発掘追跡 大阪近代文学の興亡

髙松敏男

和泉書院

『発掘追跡 大阪近代文学の興亡』目次

凡例

一、引用文について

(1) 原則として、原文通りとしたが、誤字、疑わしいものについては、その右側に（ママ）を付記した。

(2) 漢字の字体は原則として新字体に改めた。

(3) 変体仮名および略体仮名は、普通の文字に改めた。

(4) ふり仮名は、原則として、著者の必要と認めたものだけを残し、著者によるふり仮名には（　）を付した。

一、図版あるいは文献などについてはその所蔵先をしるし、著者架蔵についてはしるさなかった。

Ⅰ　明治初期の胎動から大阪文芸同好者の大会へ

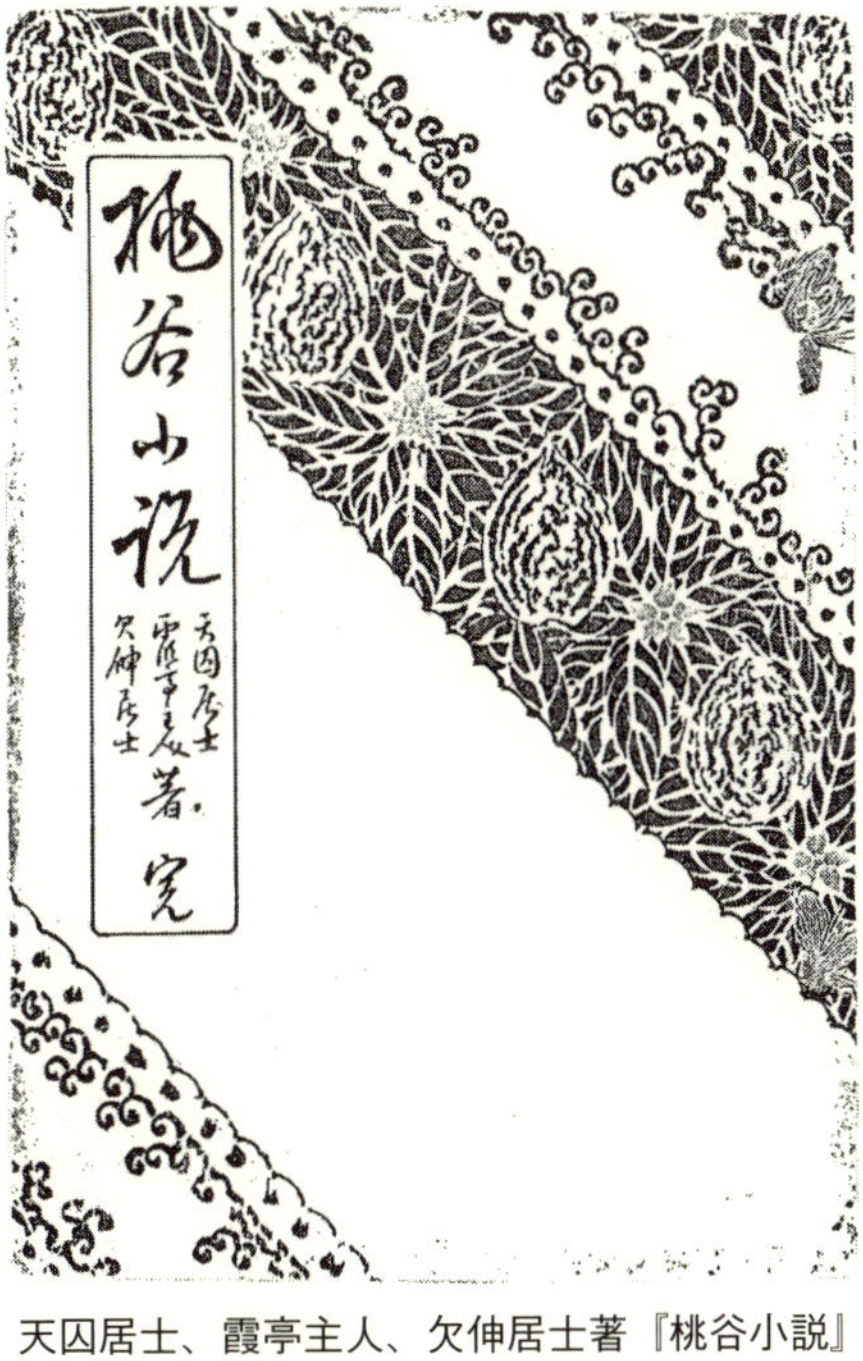

天囚居士、霞亭主人、欠伸居士著『桃谷小説』
（明25・2・13　図書出版会社）

若き日の涙香、最初の活躍

――『大坂日報』への投稿と『政事月報』の編纂――

はじめに

黒岩涙香、もしくは「無冠之帝王」、その生涯をたどる時、彼ほどエネルギッシュ、波乱万丈、多方面に活躍した人は類を見ない。とりわけ「涙香小史」による西欧の探偵小説の翻案、新聞紙での連載、そして一方、新聞王としての『万朝報《よろずちょうほう》』での活躍等は、特に世に多くのセンセーションを巻き起こした。また朝報が軌道に乗るや社内で社会救済の意志ある者の団結「理想団」を結成し、内村鑑三、幸徳秋水、堺利彦等の有志と共に「『万朝報』有志講演[1]」を全国的に展開、茶代廃止を唱えるなどの公儀の心に発する社会的活動を繰り拡げるが、一方、日露の戦役風雲急を告げ、開戦が最早さけえなくなると見るや、涙香を中心とする朝報は一夜にして反戦論から主戦論に転じ、内村、幸徳、堺とは袂を分かつ。のみならず朝報は発刊当初から読者の興味はそらさず、「相馬事件」、「淫祠蓮門教会」、名士の「蓄妾の実例」など〝蝮の周六〟の異名がつくほどの執拗さで世の事件をセンセーショナルに扱い、読者の獲得を目ざす。そして涙香自身も、日頃から多種多彩な趣味の人で、球突、狂詩、歌留多、角力、俚謡正調、聯珠などにかかわり、『万朝報』の紙面はたえずこれらの懸賞募集のキャンペーンなどで賑わう。しかし、ここではこれら世に出てからの著名で賑やかに振る舞う有名人涙香ではなく、そのずっと以前の、土佐から大阪へ、また大阪から東京へ上京する頃の、若くて未熟、それでいて才走り、野心と情熱に充ちた時期の涙香、周六の生き方、すなわち「黒岩大」と名乗って懸命に活躍する時期までの姿に注目してみたい。そして、「年譜」に見られるこの空白期を少しでも紹介することにより、もう一つの激動に充ちた涙香の埋もれたドラマを知ることが可能と思える。

大坂英語学校時代

大阪は黒岩涙香（周六）が最初に文筆の才を示した地である。そしてこの大坂英語学校時代というのは、周六が故郷の高知を離れ、大阪の上等裁判所で判事として奉職していた叔父直方（其二）を頼りに、明治一一年（数え年一七歳）九月に同校に入学、寄宿舎に入った時から始まる。この状況をうがった見方をして、当時の周六の故郷土佐は自由民権の盛んな土地であったことから、野心に燃えた周六もまたその流れに乗って大阪へなびいたという説まで立つが、これから学ぼうとする一七歳の周六にそれほど自立した自覚があったかは疑わしい。直接の目的は、やはり大阪の法円坂にある大坂英語学校へ入学することのみであったと思える。しかも、この三高の前身である同校は、当時イギリスの制度に習って新年度の開校が九月であったことから、周六もその時期を目指してやってきたはずである。そして入学するや寄宿舎に入り、学内でひときわ目立つ存在であったことは、周六を知る人の多くの回顧と証言がある。当時、同校で化学と数学の教師であった団琢磨は、「級中に擢ん出た秀才で必ずや将来為す有るの材となるであらうと、当時既に嘱目した」（「将来を触目された青年」(2)）。また山本秀樹は

「弁舌、文章の方面においても、早やくも後年の萌芽がこの頃に見られ」、「君が大阪に在りし時は僅に十五六歳の年少なりしも、時々論文を大坂日報に寄せ、主筆関新吾氏をして、其奇才に驚かしむ」（「黒岩君に就て」[3]）とも伝えているし、大杉正之は「私と同じ寄宿舎に居られ、休憩時間には運動場に集まってよく議論したものでした、すでにその頃漢籍の素養も大分あつた」（「無銭旅行の窮策」[4]）とも述べている。また都築孝介の「英人カロザウスの家に寄寓して英語の研鑽に没頭してゐた」というのも、この前後か、上京直後の話ではなかろうか。

　これらのことから、この時期の周六のいくつかの素顔を垣間見ることができるが、それを裏付ける資料として、この年齢の周六がすでに英語の読解力、漢籍の素養共に並でなかったことは、『大坂日報』への匿名での三通の投書からもうかがえる。以下、この三通の投書の概要を簡略に紹介する。

　一番最初は、明治一二年一月二八日の「在大坂英語学校　近藤堅二」名のもので、内容は「米国名医「ジョルダン」氏著述ノ「フヒロソフヒー、ヲフ、マソジ」ノ一部分ヲ」寄宿生講談演説会場で演説したもので、「手淫ノ害タル世人の能ク知ルトコロニシテ学校寄宿舎及私塾等少壮ノ男子群居スル地ニ行ハル、モノナリ」とし、「手淫隠害ノ徴候ヲ分ツテ局所一般ノ二大部トス其細目左ノ如シ」と約千字にわたって「局所ノ徴候」ト「一般ノ徴候」とを詳細に訳出している。これは投書した本人も記しているごとく、米国の医学書からの部分訳にすぎないが、のち明治一五年三月にクワッケンボスのレトリック中の要領を『雄弁美辞法』[5]（堀口昇校閲　黒岩大訳述）として訳出することになる才能が早くも顔を覗かせている。

　次に投書の二通目は、明治一二年一月二九日の「大坂英語学校寄宿生徒　山口県士族　道家清吉」名のもので、年頭に当たって、人生に於て歳月は早か《ママ》に過ぎるが、学問は「二十年ノ星霜ヲ経テ余ス所僅カ二三十年」であるにもかかわらず、「学フ所ノ者未タ漸ク下等一級ナリ」、学問は「少年易老学難成一寸光陰不可軽」と考えると、

「明治十二年ノ夢モ立チ所ロニ覚メ生前の残年ヲ惜マント欲スル」と云った内容のもので、謂わば自戒の感慨を綴ったもの。

三通目は、やはり明治一二年一月二九日付の「大坂英語学校寄留生徒　兵庫県士族　沢野良」名のもので、要約すると「旧年去テ年華全ク革マリ而シテ淑光爰ニ舒フ予モ亦旧悪ヲ悔悛シテ更ニ新心ヲ求メ之ヲ拡充センコトヲ冀フ」として、世人の重んずるは富貴を推尊し、其品行と心術を問わない、其人の外貌のみを問題とする。有識者は能く之を分ける。衣服飲食貨財妻子屋宇の如きは皆身外のもの、俗流の人の如きは、皆な驕りて外を重用に、内面を軽んじて、追い求めるのは外観美なりといえども其内は汚穢に充つ。毎日研究にはげんでいる小生は猛省せずばならない。吾が心の愚言を吐いて諸君の教えを乞う、というもの。

これも漢文調で、蛇足を加えると年の始めに当たり、心機一転気概を新たにすると共に若者らしく俗世間に攻撃を加えて、将来についての覚悟を綴って投じたものと思える。そして問題は、繰り返しになるがこれら三通の投書が、当時を知る人の言葉通り英語、漢籍の素養があったことを十分裏付けており、周六以外の投書とは考えられないことである。と同時に、こんなところにものち周六が、『万朝報』の紙面において、年の区切、区切において心を改め紙面巻頭言を好んで飾る気質の一端が見えるのではなかろうか。

しかし大坂英語学校（一二年の四月二日より大坂専門学校に改称）に話を戻すと、寄宿生徒として休憩時間に運動場に集まって議論をしたり、校内で毎週開催される演説会において年長者を驚殺する周六の生活もながくは続かなかったのは確かである。入学翌年の初夏が訪れる頃には、大杉正之が「無銭旅行の窮策」で、「君が東京へ出られた時は殆んど無銭旅行に近く、ある時渡し場に来たがその渡し銭に窮したので衣服を脱ぎ首に結び、泳いでその川を越さうとしたが、それを見た船頭が見兼ねて只で渡してくれた」としるすような所持金の貧しい状態で上京することになる。

明治一二年六月一八日大阪府下のコレラ流行により、大坂専門学校では授業を中止し、寄宿生徒を解散することが決定されたからである。周六はこの夏コレラ蔓延の勢のある大阪での居場所を失い、叔父直方にも無断で、東京銀座で医者を開業していた姉為子の夫、秦呑舟をたよっての急な上京であったのではないかと想像させられる。この夏の大阪におけるコレラの流行の恐ろしさは、板垣退助も当分犬と共に山にこもる旨の広告を、『大坂日報』に掲載していることからも察せられる。

黒岩大『政事月報』の編纂

明治一二年夏上京した周六は、最初、芝愛宕下の信楽館に下宿し、駿河台の成立学舎に入り、一四年九月には慶応義塾に席を置き、この間、政治、法律書等を乱読したり、横浜在留のケリー氏の経営する書店に出掛け、新聞や新刊書などを見ては盛んに欧州の形勢を論じ、友人達を煙に巻いた様子であるが、足どりはこれ以上に詳細なことがわからず正確さを欠く。そして最初の活躍として、一四年一一月五日発行の『東京輿論新誌』（第五二号）に「生糸紛議の結末」を投稿、この一文の才が認められたのか、一五年一月二一日には社員として入社、すかさず一月二八日の同誌第六三号には「社末　黒岩大」の筆名で「開拓使官吏ノ処分ヲ論ズ」を巻頭に掲げる。これがのち官吏侮辱罪で野崎啓蔵検事に公訴される発端となるが、一方では一二月四日からは国友会や共立会の政談討論演説会に「黒岩大」を名乗り弁士として登場、調査のついたものだけでも一八回に及ぶので列記しておく。

明治14年12月4日 討論題・人民に武器を帯ふるを許すの可否〔発議者〕（於万八楼）
同 15年2月12日 自称漸進主義を論ず（於井生村楼）
同 15年7月18日 魯国政府の存亡（於井生村楼）
同 15年9月23日 人トハ何ゾ（於井生村楼）
同 15年11月8日 〔論題不詳〕（於茨城県下常陸国行方郡吉川村、平山方）
同 15年11月19日 官吏を論ず（於明治会堂）
同 15年11月25日 地方分権論（於井生村楼）
同 15年12月9日 政党条例を論ず（於井生村楼）
同 15年12月16日 専制政府は無主義を以て主義とせざる可からず（於万八楼）
同 16年1月7日 尚ふ所を知れ（於井生村楼）
同 16年1月30日 県治の視察（於井生村楼）
同 17年1月26日・2月9日 病の説（於井生村楼）
同 17年6月14日 徴兵法は大に人種を淘汰するの力を有せることを論ず（於井生村楼）
同 17年6月28日 知識に由て道徳を改良するの説（於井生村楼）
同 17年7月12日 〔論題不詳〕（於井生村楼）
同 17年7月26日 己を恃むものと人を恃むものとの説（於井生村楼）
同 17年9月27日 宇宙の説（於井生村楼）

またこの間、明治一五年一一月一八日には漆間真学ら四名で『同盟改進新聞』を創刊（16・1・30にて休刊）、この前後の期間の黒岩大としての活躍には華々しいものがある。そしてこの二ヶ月前、すなわち九月五日からは黒岩大編纂『政事月報』を発刊、次の広告を『自由新聞』に掲げる。

黒岩大編纂　○政事月報　一ケ月壱回毎月七日発兌　○定価壱部金二十五銭半ケ年金壱円三十銭一ケ年金二円五十銭郵税金金六銭　○何レモ御注文ノ諸君ハ前金ヲ要ス

右ハ毎一ケ月ノ政事史ニシメ《ママ》全部ヲ政略、民意、彙報、外報、統計ノ五欄ニ分チ上ハ各官省ノ変革、公布達、叙任、黜捗《ママ》等中央政略ノ主義ヨリ下ハ輿論ノ方斜《ママ》、地方、施政、府県議会、政党、新聞、宗教、教育、興業、殖産ニ至ル迄デ社会ノ政治ニ関係セル事件ノ状態ヲ精覈ニ記述シ且ツ諸般ノ統計比較ノ表ヲモ載セ以テ社会ノ状態変遷ト政治世界ノ風潮波瀾トヲ明カニシタル者ナリ故ニ各官員、論者、府県会議員等ハ言フモ愚カ各政党々員諸君ヨリ苟クモ政治思想ヲ有スルノ士ハ終始参考セザル可ラザルノ書ナリ来九月七日ヨリ発兌ス蓋シ他年ニ至リテ大全ノ政治史ト為リ傍ラ〔デスクリプチーヴ、ソシヨロジー〕ノ用ニ供ス可キ者ハ夫レ唯ダ此編纂ニ在ル乎。

東京神田小川町　発兌所　政事月報社売捌　秩山堂

ところでこの『政事月報』は、周六が単独で編纂した最初のものであるにもかかわらず、これまで精査された資料がないので、ここに全五冊の細目を掲載する。

黒岩大編纂『政事月報』細目

『政事月報』第一号

明治十五年九月十五日出板。明治十五年九月十四日御届。編輯人　高知県士族　黒岩大　芝区愛宕町壱丁目十三番地。出板人　東京府士族　大塚祐英　神田区小川町十番地。版型　十八・二×十二・五糎。仮綴。一七二頁。定価一部二十五銭。発兌本局　神田区小川町　政事月報社。

〔目録〕

政略

○中央政府公布諸達

○太政官（布告、布達、達）

（布告ノ部）第三十六号及ビ別冊　第三十七号　第三十八号　第三十九号　第四十号　第四十一号　第四十二号　第四十三号及ビ別冊　第四十四号ヨリ第四十六号迄　（布達ノ部）第十六号及第十七号　（達ノ部）第四十四号　第四十五号　号外達二　第四十六号及別冊　第四十七号ヨリ第五十二号迄

○司法省達

丙第二十七号丁第三十九号ヨリ同第四十二号迄

○内務省達

乙第四十四号及四十五号

○海軍省達

丙第五十一号ヨリ第五十三号迄　丙第五十六号　丙第五十号及第六十号

○叙任賞勲

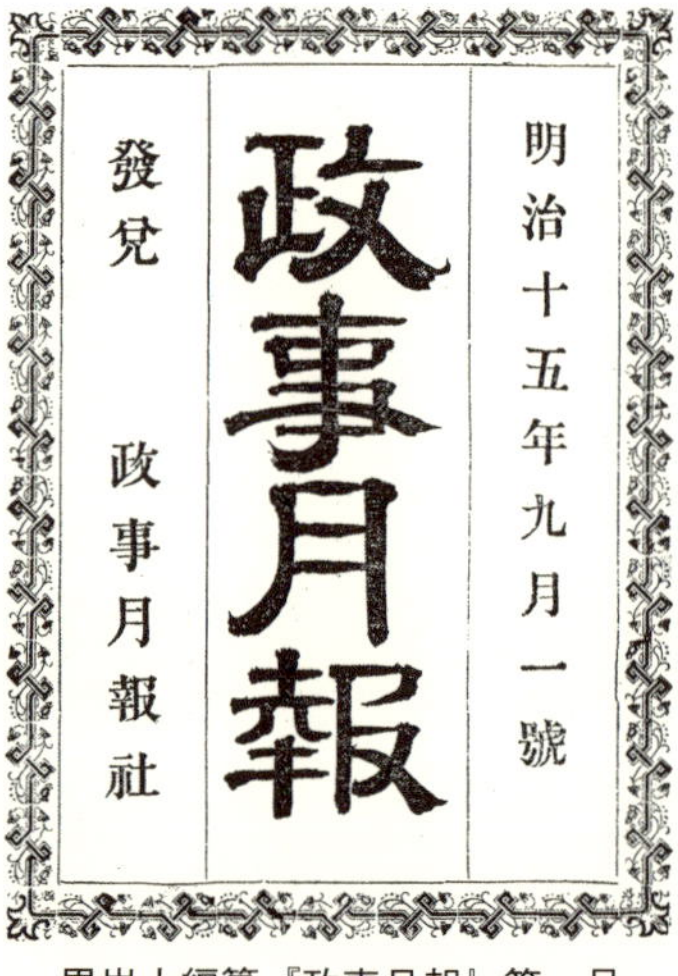
明治十五年九月一號

政事月報

發兌　政事月報社

黒岩大編纂『政事月報』第一号
（明15・9・15　政事月報社）

世論
朝鮮処分論　政治家意見
彙報
○地方議会彙報
秋田県会ノ裁定書　東京府会ノ特筆
○政党彙報
北辰自由党　淡路自由党　秋田改進党　大和同盟党　狭中改進党ノ届書　淡路改進党　自由改進党主意書
信陽改進党綱領　能奥自由改進党綱領　上越立憲党ノ綱領　東洋社会党　芸備立憲改進党結党式　政党鎖事《ママ》
○新聞演説彙報
（新聞ノ部）新聞紙発行　記者触刑　発行停止　新聞鎖事《ママ》　（演説ノ部）弁士触刑
○営業諸会社
共同運輸会社　風帆船会社臨時集会　日本鉄道会社　三菱会社　北海道運輸会社　神戸洋銀両替集会所差止
大阪銀行検査　大坂米商会社及株式取引所
○地方施政一斑
愛媛県汽船紛議始末　東京府知事ノ檄文　作州共立中学校教師雇入ノ不認可　未丁年者演説差止　地方官出
京　鎖事《ママ》
○民情一班
茨城県民経済分離願　越中ノ国射水郡人民ノ伺　鳥取県分轄願

○土木彙報

三国峠開鑿　新潟県下道路修繕琵琶湖開鑿　函館港桟橋　琵琵《（ママ）》湖周辺開墾ノ企

○雑件

村山照吉氏ノ言渡　門田平三氏ノ宣告　二大家ノ易簀　天変　水害　虎列刺病　暗合電信ノ差止

○外報

朝鮮変報　埃及事件彙報　ジョン、ブライド氏辞職ノ理由　グラジーストン氏修正説廃棄ノ顚末

○統計

軍艦及船舶諸表

『政事月報』第二冊

明治十五年十月（奥付九月《（ママ）》）十三日出板。御届日、編輯人、出板人、版型、装幀、定価、発兌本局は第一冊に同じ。一五四頁。

〔目録〕

政略

○中央政府公布諸達

○太政官（布告、布達、達）

（布告ノ部）第四十七号及第四十八号　（布達ノ部）第十九号ヨリ第五十二号　（達ノ部）第五十三号ヨリ第五十七号迄

○内務省（告示、達）
（告示ノ部）甲第七号ヨリ同第九号迄　（達ノ部）乙第四十六号ヨリ同第五十号迄
○司法省達
丁第四十三号ヨリ同第四十八号迄
○大蔵（告示、達）
（告示ノ部）告第百号及同第百壱号告第百八号及ビ第百九号　（達ノ部）第二十九号ヨリ第三十一号迄　無号
番外達各一
○文部省達
第八号及第九号
○工部省達
第十六号
○農商務省達
第四号
○陸軍省達
甲第九号及ビ乙第六十二号
○海軍省達
乙第四号及ビ第五号　丙第六十一号　丙第六十三号ヨリ第六十七号迄
○任免叙勲

八月分拾遺及九月分
○諸官省概記
第九月分
世論
朝鮮処分ニ関スル各社ノ議論　石川県会議員拘引ニ就キ各社ノ議論
彙報
○東洋時事
朝鮮変報第二
○地方議会彙報
石川県会議員拘引顛末　九州五県々会議員ノ会合　京都大阪臨時府会　広島愛知両県会
○政党彙報
政党□会議　政党ノ尋問　結党認可
○新聞演説彙報
発行ニ係ル新聞紙　停止ヲ蒙ムリシ新聞紙　改停ニナリシ新聞紙　記者所刑　各地新聞主義彙報　新聞世界
鎖事（ママ）　弁士所刑　信州飯田ノ演説　愛知県ノ演説
○営業諸会社
日本銀行彙報　共同運輸会社　東京倉庫会社　共同倉庫会社　京都七条米商会役員　宣告　明治生命保倹（ママ）会社　信越鉄道会社　関西貿易商社　第二十四国立銀行鎖店結末

○地方事情
地方官会合　警察聯合会　大坂府地方税ニ不足ヲ生ズ　分県政略　地方官出京帰省　茨城県下久滋郡牧場払下紛議　越中射水郡用水紛議　沖縄県頑固党脱走　管轄分合願　茨城県経済分離願却下
○勧業彙報
物産共進諸会　山林会及水産会　大日本農会　万国漁業博覧会　鉱山彙報　鉱山銀行　中外発明
○雑件
土木彙報　学事彙報　天変　諸家身事
○外報
埃及事件ノ収局　仏国内閣ノ更迭　希土ノ関係
○統計
明治十五年度歳入出明細表

『政事月報』第三冊

明治十五年十一月十四日出板。御届日、編輯人、出板人、版型、装幀、定価、発兌本局は第一冊に同じ。一五〇頁。

〔目録〕

政略
○中央政府公布諸達

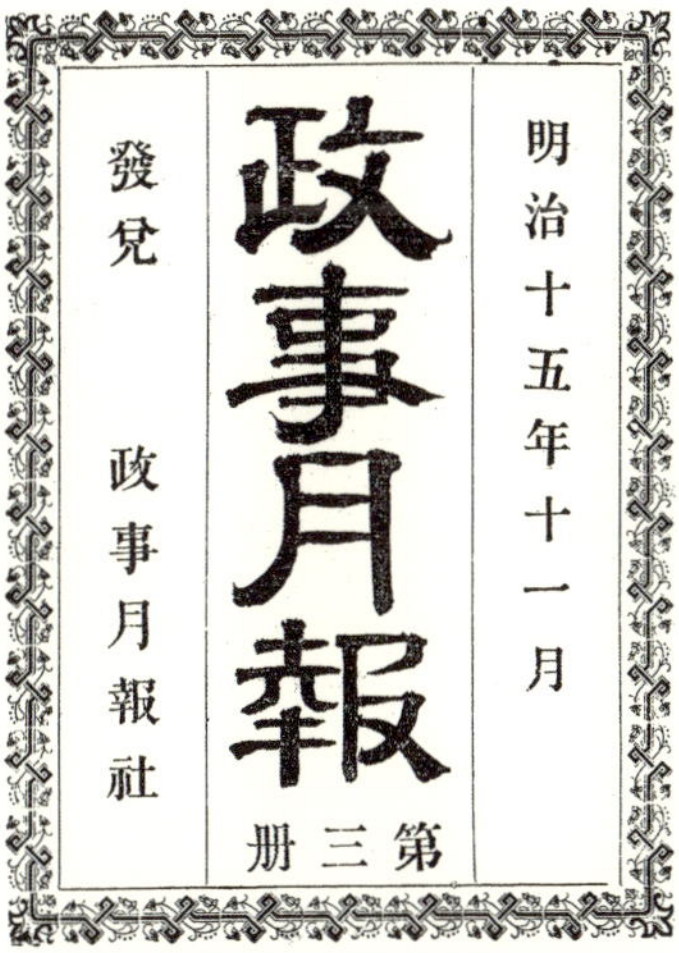

黒岩大編纂『政事月報』第三冊
（明15・11・14　政事月報社）

○太政官（布告、布達、達）
布告　第四十九号ヨリ同第《ママ》五十二号迄○布達　第二十一号○達　第五十八号及ビ五十九号
○内務省達
第五十二号ヨリ五十六号マデ
○司法省達
丙第二十八、丁第五十、五十三号
○大蔵省（告示、達）
告示　第百拾五号○達　第三十四、第三十五号
○文部省達第拾号
○工部省達第壱号
○陸軍省達乙第七十一号
○任免叙勲
九月分拾遺及十月分
○諸官省概記
第十月分及条例規則類
社説
自由改進両党ノ関係将ニ変セントス
彙報

東洋時事
修約改正○馬関償金○英国領事○朝鮮修信使彙報○清国皇帝上諭
○地方議会彙報
石川県会議員拘引顚末第二回○岐阜県臨時会ノ紛議○広島県会投票紛議○関西府県会議員ノ懇親会○県会議員ノ伺書
○政党政社
諸政党ノ党則綱領　豊州立憲改進党○筑前改進党○石見立憲改進党○尾陽立憲改進党○葡萄山北自由党○政党ノ会議　帝政党○自由党○改進党○帝政党ノ暴挙○政党ノ訊問　九州改進党○静岡改進党○日本政党ノ数
○新聞演説
新聞記事　新聞紙発行○発行停止○解停○記者所刑○発行禁止○瑣事　演説記事　東京ニテ演説ノ中止○演説ノ課税○未丁年者ノ演説
○営業諸会社
日本銀行○共同運輸会社定款及規約
○地方事情
大坂警察聯合会○お察シ申ス○地方官ノ出京及帰郷○群馬県令○酒税延納願
○勧業彙報
共進会賞与金○農具共進会○大和飛白共進会○万国漁業博覧会○電気燈試験○琵琶湖禁漁所○鉱山彙報○独逸博多織○漆器ノ模造

○土木彙報
猪苗代湖疏水式○琵琶湖堀割○小仏峠開鑿
○文事宗教
絵画共進会○日本傍聴筆記○学位授与式○東京専門学校○東本願寺
○犯罪訴訟
高知県人ノ所刑○一万円ノ騙訴○大坂堂島一件○司法卿ニ係ル訴訟○芝亭実忠氏ノ所刑○紙幣贋造者就縛
外報
欧洲ノ形勢○希土ノ関係○執政二十年
纂録
岩崎弥之助意見書○品川弥二郎ノ演説○九鬼隆一ノ演説
統計
明治十五年歳出入予纂書累年比較表

『政事月報』第四冊

明治十五年十二月二十日出板。御届日、編輯人、出板人、版型、装幀、定価、発兌本局は第一冊に同じ。一六二頁

〔目録〕

政略

○中央政府公布諸達
○太政官（布告、布達、達）
布告　五十三、四号○布達　廿二、三、四号○達　六十号○正誤
○内務省達
乙五十八、九、六十、一、二、三、四、五号及ビ丁三号
○司法省達
丙三十三号及ビ丁五十六、七号
○大蔵省（告示、達）
告示　百三十二号○達　四十三、四、六、七号
○陸軍省達
乙七十五号
○海軍省達
乙八、九号及び丙九十八号
○宮内省達乙一号
○伺指令数件
○任免叙勲
十月分拾遺及十一月分
○諸官省概記

第十一月分及条例規則類
社説
○政党条例ノ将ニ制定セラレントスルヲ聞ク
○月次記要
彙報
東洋時事
布哇国公使○ブカナン氏○ア、ウオルフ氏○朝鮮国償金○朝鮮続約○朝鮮在留清国兵軍律○韓客帰国
○地方議会
福島県会紛議裁定○関西府県会議員ノ懇親会○全国府県会議員懇親会○石川県会続件
○政党政社
自由党○石陽自由党○東北改進党○愛知立憲改進党○狭中立憲党○山陽立憲政党○中村又彦所刑○結党認可
○新聞演説
新聞紙発行○発行停止○解停○禁止○記者受刑○瑣事○弁士所刑○車夫政談演説会○篠山演説会○善積順蔵氏
○営業諸会社
均《(ママ)》融会社○銀行停止○日本酒屋銀行○三菱会社○共同運輸会社
○地方事情
衛生聯合会○神田議官ノ奮発○酒屋彙報○東京売薬家伺書○売薬家相談文○福島県騒動

○勧業彙報
共進会彙報○九州蚕業者申合旨趣○産馬共伺会○電気燈試験○鉱山彙報
○土木彙報
夜蒜突《ママ》提落成式○馬車木道○海底電線架設
○文事宗教
明治協会○絵画共進会○日本教育義《ママ》会○山林学校○泉涌寺
○犯罪訴訟
商人犯罪○国事犯受褒状○上告状棄却
○雑件
○後藤板垣二氏洋行○七面鳥彙報○松田府知事
外報
智利及秘露ノ開《ママ》係○仏国政党○米国民主党○独政府ノ外交政略○叛徒糺問ノ箇条○里昂府ノ騒動○英国上院
彙報
品川弥二郎君ノ演説○岩崎弥之助氏ノ意見書ニ対スル其筋ノ答弁
纂録
統計
諸方人口表○各港輸出入○官民雇外国人現員表○出火調其他数件

『政事月報』第五冊

明治十六年二月出板。御届日、編輯人、出板人、版型、装幀、定価、発兌本局は第一冊に同じ。一六八頁

〔目録〕

政略

○中央政府公布諸達

○太政官（布告、布達、達）

布告　五十五号ヨリ六十五号迄○布達　二十五号ヨリ三十号迄○達　六十二号ヨリ八号迄

○内務省達

甲十五号○乙六十六号ヨリ七十号迄

○司法省達

丁五十八、九号

○大蔵省（告示、達）

告示　百三十四、三十八号○達　四十八、五十、五十一号

○伺指令数件

○任免叙勲

十一月分拾遺及十二月分

○諸官省概記

第十二月分及条例諸規則其他瑣事

社説

明治十五年の綜記

彙報

○東洋時事

布哇国公使○香港大守○韓使帰国○竹添弁理公使○牛場卓三氏○朝鮮国償金○凌遅処死ノ刑○仁川開港

○地方議会

広島県会紛議裁定三件○石川県会続件○滋賀県会紛議

○政党政社

諸政党綱領規則　柳河改進党○神風自由党○木国同友会○信濃政党団結○大坂南部改進党○自由党ノ拘引○結党認可

○新聞演説

新聞紙発行○発行停止○解停○禁止○記者受刑○瑣事○弁士所刑○演説上ノ伺書○中山嘉代治氏

○営業諸会社

勧業資本会社○銀行合併○朝鮮商会○私立銀行破産○私立銀行設立○米商会所○共同運輸会社○三菱会社○北越山林会社○明石塩会社

○地方事情

京都府ノ告諭○開村式○沖縄県下彙報　商人申合定約証　石代直段（ママ）　焼酎課税法、○船税○売薬税ニ付歎願○県庁再置○士族授産金○福島県騒動

○勧業彙報
　水産博覧会○水田競争会○西班牙大博覧会○製塩新法○陶器写真○電気灯会社○鉱山彙報
○土木彙報
　港口開疏○釜山電線○東海道新路開鑿
○文事宗教
　山林学校開業式○統計学講習所○史学協会○説教停止
○犯罪訴訟
　商人犯罪○熊坂長庵所刑○国事犯仮出獄○時事新報社ニ係ル訴訟
○雑件
　可惜哉壮士○佐田介石師
外報
　米国政党の勝敗○虚無党ノ再発○埃及ノ叛将所刑○変乱党ノ檄文○ガベッグ氏
纂録
○郵便条例○弁妄草案
統計
　万国郵便函ノ数○日本英国商船比較表○造幣局鋳造貨幣○癲狂院患者表○賞牌鋳造数

『政事月報』の刊行はこの第五冊目、明治一六年二月をもって突然に途切れ、終刊になる。なぜ予告もなく終刊したのかについては、この前後の残された資料から周六の足跡をたどると、輪郭が見えてくる。この直後、山本秀樹の回顧どおり、「急劇なる脚気に罹り、姉の良人秦呑舟の医者たるを頼りにその家に至り治療を受ける」（「黒岩君に就て」）こととなり、約一年近くの期間社会的活躍から全面的に身を引かざるをえなくなったからである。このことは一六年二月から一七年一月までの期間、周六が政談演説の方にも顔を見せなくなり、また一七年一、二月の再起した最初の演題が二回にわたって「病の説」であることからも証拠づけうる。そして、年末には病気が快復し、新たに再出発を始めようとした周六に、さらにもう一つ別の災厄が待ち受けてもいた。過日『東京輿論新誌』に発表の「開拓使官吏の処分ヲ論ズ」の一文が、この直後に官吏侮辱罪として公訴されており、のち一旦は無罪になっていたが、再び野崎啓蔵検事によって上告されていたことから、結果的には病で籠ったことが居所を暗ませたことになり、まもなく快復して秦呑舟の後援で創設した二大政書出版の広告を『自由新聞』（明16・10・28～11・8の七日間）に掲載するや居所が判明、直後のある日に横浜戸部の監獄に一六日間収監という突然の刑の執行にあったからである。

この前後のいきさつ、すなわち官吏侮辱罪として公訴されてから刑の執行にあうまでの経緯と裁判関係等の資料については、野崎啓蔵検事の「上告旨意書」、輿論社仮編集長坂本清操、執筆者黒岩大による「答弁書」の全文と共に拙稿「若き黒岩涙香、その補足的考察」(6)で精査し、報告したので省略する。

おわりに

以後、黒岩周六は明治二〇年代に入ると、新たに「涙香小史」のペンネームで、英国の探偵小説等の翻案を

『今日新聞』や『都新聞』、そしてむろん『万朝報』等で連載し始め、一躍人気作家としてセンセーションを巻き起こしていくことになるが、これらの様子は特に記さない。『今日新聞』は未だ未詳の部分が多いが、他の二紙については今日完全な復刻が存在するから、容易にたどることができる。

ところで最後に、ここまで執筆してきて筆者がつらつら考えることは、涙香の初期の翻案小説に、裁判小説や疑獄譚が多いのも、この若き時代の身につまされた体験が投影されているからではないだろうか。

注

(1) 『朝報社有志講演集』全六輯（明36・6〜36・9 万成社）の刊行がある。
(2) 『黒岩涙香』涙香会編（大11・10 扶桑社）所収
(3) 同
(4) 同
(5) 輿論社刊
(6) 初出『大阪府立図書館紀要』第一四号（昭53・3）、のち『ニーチェから日本近代文学へ』（昭56・3 幻想社）所収

参考文献

『黒岩涙香』涙香会編（大11・10 扶桑社）
『黒岩涙香伝』伊藤秀雄（昭50・10 国文社）
「若き黒岩涙香（周六）の出発―『東京輿論新誌』時代をめぐって―」高松敏男（『ニーチェから日本近代文学へ』昭56・3 幻想社）所収

浪華文学会の誕生と『桃谷小説』

――西村天囚を中心に――

一　桃谷はどこか？

明治二五年二月一三日、大阪の図書出版会社発行の『桃谷小説』を紹介するに当たり、最初にこの小説集に深くかかわりのある、「桃谷《ももだに》」の地名の考証から始める。

資料の調査を進めると、明らかになってくるが、これまで「桃谷」の地理的特定については、かなり混乱があり、郷土史研究家でさえ、現環状線の桃谷駅周辺と記述する人がいる。これには、この桃谷の地に住み、浪華文学会の中心的人物・西村天囚《てんしゅう》の、明治二四年四月三日付『大阪朝日新聞』掲載の「桃山の記」をみたことによる影響が大きいかも知れない。しかしこの天囚の一文で描かれている場所は、「上本町の角を南に折れゆけば鳥居あり鳥居より南は見るかぎり桃の花なり」という記述でもわかるように、現日赤病院・元桃山病院あたりから、天王寺にかけての小高い一帯であり、現桃谷駅周辺を指すものではなく、あくまで「浪花の南天王寺のひんがしに桃山と云ふ処あり、いつの頃よりか植えつ花の頃は瓢形の空のいろもうす紅にそまんばかりなり」と、このあたりの茶店や客引女で賑わう春の情景を描写しただけのものである。そして西村天囚、渡辺霞亭《かてい》、本吉欠伸《けっしん》らが居住していて、浪華文学会結成の中心的役割を果たす桃谷の場所については、特定する手掛かりすらない。

そこで改めて明治に「桃谷」と名のつく地域はあったのか、果たしてどのあたりに位置するのか、という最初の疑問に立ち戻り、当時の大阪の地図による調査・探索から始めてみると、浪華文学会が結成される明治二〇年代発行のものには、確実に「桃谷」の地名が銘記《めいき》されている場所が存在する。しかも内務省地理局編の明治二一年刊『大阪実測図』にあっては、東側は字清水谷、西側は東新瓦屋町に挟まれた上本町筋二、三丁目のすぐ西側の一区画（天囚の描いた「桃山」とは現上本町六丁目を挟んで南北対称的に位置する場所）であることが確認しえる。そのうえこの実測図には、さらに桃山周辺から天王寺にかけての桃畑の並木の様子や、市内各地区の番地までも記されていて詳細なものであるので、色々なことが推測可能になる。それによると西村天囚、渡辺霞亭、本吉欠伸らが自ら「桃林の三傑」をもって任じ住んでいたこの桃谷の地は、下寺町筋より東寄りのかなり高台にあり、霞亭の追憶どおり、「東は生駒、信貴の連峰を望む風光に恵まれた高級住宅街であり、別荘地帯。財界人、芸能人、新聞人など多く好んでこの地に集まってい」て、市の中心部からも交通の便がよく、浪華文学会の結成、機関誌「なにはがた」の発刊、さらには「桃林の三傑」が意気投合して『桃谷小説』を発刊するのにも適した恵まれた場所であることがわかる。その実状を瞭然《りようぜん》とさせるために、「大阪実測図」から該当する部分を縮小して掲載しておくことにする。

ところでこの桃谷での天囚等三傑の文学的活躍の詳細については、のちにゆずるとして、では彼らはこの大阪近代文学の誕生の地ともいえる桃谷の地に、いつ頃から住み、仲間と結集し始めたのであろうか。まず中心的人物である西村天囚の、大阪朝日新聞入社前後までの足取りを追うことから始める。

内務省地理局図籍課編『大阪実測図』（明21・4・19　江島鴻山鐫　複製）〈大阪市立中央図書館蔵〉

二　桃林の三傑結集前史

『西村天囚伝』（社内用）（昭和42・8　朝日新聞社社史編修室）により、天囚が大阪の南区北桃谷町二百九十九番屋敷に居をかまえるに至るまでの経歴を簡略にたどってみると、次のごとくである。

天囚西村時彦《ときつね》は慶応元年七月二三日、種子島西之表（現鹿児島県西表市）に生まれた（屋敷跡には明朗幼稚園が建設した碑がある）。そして六歳の春、父と親しい郷儒、前田豊山に漢学の手ほどきを受け、明治一三年、一五歳で「学問の成就を願い」東京へ出て重野成斉の門をたたく。さらに島田篁村にも学ぶ。そして天囚の号は、明治二〇年五月に「屑屋の籠」を執筆した頃から用い、「人は天の囚徒なり」の意もあるとか。その後同二一年には東京神田区猿楽町に寄留し、『奴隷世界』（松下軍治刊）を刊行。さらに同二一年四月には、大津の中井桜州（滋賀県知事）発行の『さら浪新聞』に在席、この頃は「収入より散するが多し」といわれる。が同二二年六月には『大阪朝日新聞』に迎えられ、同社発行の姉妹紙『大阪公論』の記者となり（これが同社に生涯を献げる端緒となる）、はじめての小説「天囚雑綴十種」（同6・15）を掲載する。ところが同二三年五月二五日、『大阪公論』の廃刊により、天囚の職席は『大阪朝日新聞』編集局員となり、主筆格で論陣を張っていた織田純一郎が、前年の六月に東京詰めとなっていたので、この年から天囚がその後を受けて論説を受けもつこととなる。その間、天囚は来阪後しばらく暮らした清堀（現天王寺区）を離れ、北桃谷の大邸宅に居住を移している。

その頃の様子について西村天囚は、『桃谷小説』巻頭の「序」でこうしるしている。

桃谷在大坂城南。地高境静。門巷蕭踈。庭園閒眎。鳥与人遊。而去市不遠。望之鬱然。問之則古士人所居也。三年前予始来大坂。乃卜居於比。独読書於夭々蓁々中。以為得古人択之意馬。

では一方、この頃の朝日新聞社内での文芸記者らの動向はどうであったか、と調べてみると、『西村天囚伝』では次のような内容の報告がなされている。

この頃の『大阪朝日新聞』の文芸読物は、明治一二年以来実録物に筆を執っていた小野粘が亡くなり、宇田川文海《ぶんかい》が退社、岡野半牧も次第に健康の自信を失い、小説欄、雑報欄に大きな空き間ができ、この空間を満たすため、新人として最初に選ばれたのが、天囚であり、これに続いて渡辺霞亭、本吉欠伸らであった。

三　浪華文学会結成と機関誌『なにはがた』

こうして大阪の北桃谷の地に住み、文学的活動を開始するようになった西村天囚はといえば、同じ北桃谷地域に住む渡辺霞亭（北桃谷町三百三十七番屋敷）、本吉欠伸（北桃谷町三百七番屋敷）ら大阪朝日新聞社系の文学愛好者達五人と意気投合し、新しく大阪文芸振興をはかるための浪華文学会を起こし、明治二四年四月には中心人物として機関誌『なにはがた』の創刊を果たす。その詳細ないきさつについては、『なにはがた』第一二冊（明治25・4・1）に掲載の天囚自身の筆になる「なにはがたの一周年」に回想が述べられているので、要旨を抜粋する。

回顧すれば去年の春の初なりき檮の舎(1)霞亭圭円(2)欠伸の四子予が寂然山房を訪ひ五人団楽酒を呼んで文を話す談偶浪華の文学に及び古の盛なりしを忍び今の衰へたるを慨き俯仰傍徨相顧みて一洪嘆を発す誰れ言ふともなく声を斉うして曰く願くは浪華文学会を興し同志を糾合して浪華文学の振作を図らんと議忽ち決す相約

して曰く毎月一会必文稿を出して相指摘すべし曰く雑誌を発行して世に問ふべし曰く文学界の野次馬を拒かんが為に会員三人以上の文学篤志者なるを証して紹介するに非されは入会せしめさる可しと約成て而して散す

之を半牧子[3]に謀る半牧子案を拍ちて曰く善い哉此の挙や請ふ微力を効さんと入会して図画する所多し是より先き圭円子専ら力を雑誌発行の事に尽し遂に図書出版会社に謀りて毎月一回発行のなにはがた第一冊を出すを得たり（中略）茲月第三回を霞亭の家に開く時に鶴鳴社の仰天子[4]好尚堂[5]秋渚[6]の三子及び澱江[7]紫芳の二子も亦相率ゐて来会す（中略）其後留春亭、桃蹊、半酔、逍遥軒、千里、瓦全、焉然、夢游、南冲、天放、秋風、任天の諸子及び霞城逍遥の二子は京都より芝廼園九華魁蕾の三子は神戸より前後相踵いて入会したり[8]

ここにおいて関西の文学は「殆ど一赤幟の下に網羅し尽すに至れり」と西村天囚はやや誇らしげに述べているが、一方、天囚らの仲間とは別に、明治二四年一〇月には、『大阪毎日新聞』系の宇田川文海、それに久津見《くつみ》蕨《けつ》村《そん》らにより、『大阪文芸』の創刊がなされていることも忘れてはならない。

ところで、この回顧とは別に、北桃谷に居住していた頃の西村天囚に関して、磯野秋渚《しゅうしょ》は、些か別の視点からの回顧談を残しているので、特にここに付しておく。

私と西村君との交際は明治二十三年に西村君が天王寺の桃谷に住んでゐた頃から始まってゐる。桃谷に西村君は大きな邸を借り受けて、そこで専ら文学を研究してゐた。恐らく大阪での近松研究の最初の一人は同君であったらう。今に私の手許には同君が近松の名文章へ克明に朱点を打った手訳本が残ってゐる。西村君が首唱者で、私と故本吉欠伸との三人で「桃谷文学」を起し、西村君は専ら浪花先賢伝を考証し之が後の懐徳堂考となってあらはれた。

この一文を見ると、浪華文学会の成立事情等については、天囚の回顧と些か喰い違いもあるが、同文学会結成の主旨が機関誌のみの発行を目的としたものではなかったことが容易に想像し得る。じじつ天囚の「なにはがたの一周年」には、それを裏付ける「我が文学会の会員は、各其所蔵の書籍を随意本会に寄付し及び有志者の寄付を紹介して文学書庫を事務所に設けたことを決議せし」ともしるされていて、同文学会の意図には、先に母体として「桃谷会」があり、それが発展して、『大阪朝日新聞』系の文人達による北桃谷の地を起点とした大阪近代文学の最初の一大拠点を目差した構想と意気込みがこめられていたのではないかと考えられる。

いずれにしろ、こうして明治二四年四月二六日に『なにはがた』が創刊されると、同五月一三日の『大阪朝日新聞』雑報欄にはすかさず紹介記事が登場する。

・浪花《（ママ）》文学会　我浪華は王仁氏文学の源を上古に開き僧契沖近古に中興して文化大に開け文学の士彬々《ひんひん》輩出せし地なるに今や大に衰へ文学の権は独り東京に占領せらるる如きを慨して岡野半牧、渡辺霞亭、橋本樟舎、長野圭円、久松澱江、本吉欠伸、加藤紫芳、武田仰天子、西村天囚の諸氏相謀りて浪華文学会を起されたり其会規は毎月一回各文稿を携へて一堂に会し互に相指摘して文章を切劘《せつび》し其粋を抜きて草紙を編み「なにはがた」と名《なづ》けて世に公にするとなり偖《さて》其の編む所の草紙は小説とも限らず学説とも限らず紀行まれ伝記まれ会員の手に成りたる文学上の文稿にして面白きものは皆「なにはがた」に載せ更に文学会の事業として有益なる大著述をも為して浪華文学の中興を謀らんとの意気込なるよし入会は拒《ふせ》がず逐《お》はずといへども浮薄人の濫入を拒がんが為に会員三名の紹介を以て衆議に付したる上に許すとぞ同会の第一着手として世に出たる「なにはがた」第一冊は本日を以て世に公にせられたり其評判は明日に譲るべし[9]

四　幻の『桃谷小説』

かくて誕生を見た月刊誌『なにはがた』には、その後、第一二冊の刊行時までに、村上浪六、堺橙園（利彦）[10]らも加え、文人三七人、画工四人の会員を数えるまでにふくらんでいる。そしてのちさらに継続し、明治二六年一月の通巻第二〇冊に至って一応の終刊を見るが、これで浪華文学会自体の活動が終わったわけではなく、同年二月から新たに判型を菊判にし、装幀も改めて『浪花文学』と改題、評論を巻頭に掲げた雑誌を続刊し、途中、第三号にいたると今度は長編小説中心の『なにはがた第一集』とに分裂、家蔵の資料で確認し得るだけでも、『浪花文学』は明治二六年五月二五日の第四号まで、『なにはがた第一集』は同七月二三日の第二冊までの刊行を見る。

以上が桃谷の地で西村天囚らの発起になる、浪華文学会の活動の全貌であるが、この間の明治二五年二月一三日には、この浪華文学会の活動とも、機関誌『なにはがた』とも直接に関係を持たない、所謂「桃林の三傑」（西村天囚、渡辺霞亭、本吉欠伸）による単独の小説集『桃谷小説』が、同図書出版会社より出版されていて、この小説集について紹介された資料はこれまで浦西和彦氏編『大阪近代文学作品事典』（平17・5　和泉書院）巻末「大阪近代文学書目」に「目次」が見える以外皆無《かいむ》である。そこで、家蔵の『桃谷小説』の書誌解題を、別稿（次章）にて行うこととする。

五　大阪人文会へ

最後にこの稿を終えるに当たり、これまで言及する機会を逃した、西村天囚の文学観およびその業績について、簡略な補足を加えておきたい。

天囚は「同志社文学界」に招かれて、「文学界の時弊」という講演をしており、その全文を明治二六年三月『浪花文学』第二号に掲載しているが、ここで彼が主張している小説とは、「恋愛のみを主とする小説は甘味がちなる食物の如し、如何に好きなればとて、朝も羊羹、夕も羊羹満腹なるに至ては誰か厭果てざらん。（中略）世人は甘味を食傷せしなり」と述べ、「之を救ふは紀伝的小説若しくは巧名小説」とし、「予は喜んで恋愛小説の去るを送りて、紀伝的若しくは冒険巧名の小説の来るを迎ふるものなり」と結論づけている。このあたりから、いわゆる天囚が「小説家になり切れなかったところがうかがえる」と、『西村天囚伝』ではしるされているが、これを受けるかのように、のちに社会主義者として名を残す堺利彦（枯川）も、天囚は文人として世に出た人に間違いないが、小説家ではなかった、との一文を後年残している。この言葉の中には、もしかして若年の頃に実兄欠伸宅に同居していた時に、浪華文学会の雑務に使われたことや、のちに名をなしてから大阪朝日の本社へ天囚を尋ねた時の冷淡な対応に対する堺の思いがこめられているのかも知れない。いずれにしろ、的を射た指摘であるが、一方、繰り返し振り返ってみると、天囚は大阪近代文学の出発期に於いて、桃谷の地で浪花の先顕伝の考証をなし、大阪朝日系の文人達を集め月刊誌の創刊、小説集の刊行、さらに文庫の開設をなすなど、大阪に於ける近代の文運を盛り上げる大きな役割を果たしたことだけは間違いない。この気運と意気込みの潮流が、のち明治四二年一一月の天囚の発起になる、今井貫一[11]、木崎好尚らとの大阪人文会[12]の創立、そして同四四年一〇月五日の懐徳堂の復興（本町東詰博物場の北手の地に建設の功を賛え開堂式）記念祭の挙行へとつながる功績を残したことを付記する。

注

（1）橋本光秋（西成郡九条村四百十六番屋敷）
（2）長野一枝（西成郡曽根崎村千七十番屋敷）
（3）岡野武平
（4）武田仰天子
（5）木崎好尚
（6）久松澱江
（7）加藤紫芳
（8）以下省略するが、『なにはがた』第一二冊には「会員住所名録」があり、注目すべきは、堺利彦（橙園）が実兄欠伸宅に同居し、訳文の掲載も見えるにもかかわらず、天囚が「なにはがたの一周年」で名をしるしていないことである。
（9）『なにはがた』の発行日は四月二六日。この『大阪朝日新聞』の記事掲載日との間にはズレがある。
（10）堺利彦は、この頃「枯川」、「かれ川」の筆名をも使っている。
（11）初代大阪図書館（現大阪府立中之島図書館）館長。
（12）この会の集会はすべて大阪図書館で行われ、「毎月講筵を開いて、互いに大阪の人文を講究し、当時唯一の真摯な趣味ある会合であった」と一柳芳風はしるしている。なお、会員数は発足当時一九名、のち次第に増加し、明治四三年一一月には五〇名に達している。

〔**補記**〕引用文中のルビは原則として省略したが、一部、残したものもある。

参考文献

『西村天囚伝』（社内用）（昭和42・8　朝日新聞社社史編修室）
一柳芳風『漫録　窓から』（大12・8　会心居）付載54～55頁

『桃谷小説』書誌解題

＊書誌的事項と内容細目を掲げ、内容については〔　〕内に各々簡略な解説を補記してある。

『桃谷小説』天囚居士　霞亭主人　欠伸居士同著

明治二十五年二月十二日印刷　同十三日出版
著者　西村時彦　渡辺勝　本吉乙槌　発行者　大阪市南区北久太郎町四丁目番外屋敷　図書出版会社名代人
梅原忠蔵　印刷者　前野茂久次　発兌書肆　大阪市東区北久太郎町四丁目心斎橋西へ入　図書出版会社
判型　菊判　装幀　仮紐綴　頁数　総一六三頁（項目別頁付）
定価　ナシ

目　録

序　壬辰二月　多褹　天囚生

〔四頁にわたる漢文の序あり。一部抜粋する。「厥後渡辺士璋本吉子文亦相尋至。於是乎三人昕夕講論。鋭意修文。而桃谷会成。（中略）昔者劉関張三傑屹立于巴蜀之地。独以正統居。其人死而其名伝。方今文章之（ママ）紛乱滅裂。不啻三国戦乱之比。而唱文章之正宗以披靡一世者誰歟。予輩三人居桃谷。而蜀漢三傑之会亦在桃園」〕

天囚雑文

平家物語拾遺 島内裏の巻　一〜一三頁

〔硫黄《いおう》が島に官遊する人より送られてきた硫黄大権現縁起、三所大権現鎮座本記、長浜氏系図などによって、平家滅亡後の安徳帝の姿、草村の中に残る苔の碑をしのんで、島に今も暮らす翁の語りを通じて、白昼夢に物語った、天囚のライフワークの歴史小説〕

桃山の記　一〜一九頁

〔先に紹介（前章参照）、大阪桃山の賑いをルポ風に描いたもので、明治二四年四月三日『大阪朝日新聞』に掲載の再録〕

観楓の激　二〇〜二七頁

〔高雄、栂尾、嵐山など都の遠近の紅葉の名所廻りを、うつつともなく夢ともなく、美文調で綴ったもの〕

はつ音　一〜一三頁

〔名誉ある師団長の招待、軍人得意とする偕行社の夜会の席上、山崎大佐と吹田中佐が出会い、大佐の額に二寸ばかりの刀疵があるので、その由来を聞きだす。吹田中佐はまず自分のことを切りだし、妻のはらんだ子が男か女かも知らぬままに戊辰の戦に出立、二本松城を我が土州兵が攻め落とした時、深く攻め入ると「屋後の路」のあとに赤児が打ち棄てられていて、「搔抱きて」帰ったことを披瀝。すると山崎大佐は「其子の親は我なり」と絶叫。由来は二本松藩士として土州勢と戦い松本城を攻め落とし、散りじりになった時に、産後に妻が死に乳母にあずけられていた男の子を奪う如く引き取り戦に出たが、落城し無惨な思いから、子の命も惜しからぬ心になり、いつ「地上におろしたかもわからず」敵方に切り入り、「此の顔の疵は其時なり」と告白される。こうして偕行社の夜会の衆人の中で、お互い、その夜の敵であったことがわかるが、その言から中佐の方は、「我れ先づ語り出たる懺悔こそ怪我の功名なり」と感銘を深めさらに後日譚が語られる。それによると大阪の藩邸に凱旋してみると、子供は女であったこと、連れ帰った子について詳しく由来を語るが、母、妻共に隠し妻があると信じず、里子に預けたが、今は帝国大学で七月に卒業予定と明かされる。以上が小説の要旨で、最後に筆者は、「山崎大佐は無心に開いた口閉ぢやらず」、「中佐に向ひ只幾度か首をのみ下げたり」と結んでいる〉

霞亭漫筆

阿姑麻　一〜三二頁

〈慶長五年八月二一日の事、「長良川の北、鵜飼荘の側に、妙子の刀自《とじ》といふもの」がいた。年は六〇歳ぐらいで、織田信長滅亡後より一年余りを経て、何処よりか移り住み、ここに居を構える。身分は高いが、貧しく、家より起こるものといえば、香の香り、読経の声のみ。その孫娘、阿姑麻《おこま》は二〇歳余り、「色稍々《やや》薄黒く痩形にして、愛嬌多し」、難をいえば「人を視る瞳孔の鋭く、火を射るばかり」。斎藤道三之墓で一心に今日こそ「総大将秀信公も最後」の合戦、「潔く討死して美名を後に遺さば可し、卑怯未練に身を逭《のが》れて笑を招くことあらば、兄上のみの恥辱ならじ」と御尊霊に祈る。折しも「彼方此方に陣鉦《じんがね》太鼓」、「声魂に響く破声剣撃」が聞える。阿姑麻は

「屹と身を起し」、墓前を退き、刀自に別れを告げ、昨日の雨で水の増した長良川に向かって走りだし、「口に神仏の御名を唱へながら」「身を躍《をど》らして、波間に沈み入り」、運よく渡り切り、さらに「樹林森々」の「岩間の苔を爬《か》き」「藤葛を握りながら」山頂の城を目差して登る。そして「見渡せば早や合戦は終れり」。阿姑麻は「御大将は甚麼為《いかにな》させ給ひけん」と案じ、さらに真夜中近い深山の暗の路を越えていくと、「彼方に遠き炬火の影」が見え、「木陰に身を忍びて」眺めると、何と二人の落人《おちうど》、しかもこの臆病武士が実に肉身の兄入江左近とその郎党の高橋一徳とわかる。阿姑麻は「心憎きまで卑怯の挙動に」胸が迫る思いながら声を張り上げて、「喃兄上にはましまさずや、入江左近どのには候はずや、妹にて候ふ」と名乗り出て、「慈父が今果のお言葉を早く忘れ玉ひしか、主君の危急の秋《とき》に臨みて見苦しく城を落ち延び惜しからぬ命を永らへよと慈父は申させ玉ひしか」、「足下の卑法の心は知らじ」、「潔く戦死なせ給へ」と叫ぶが、左近は妹の涙の痕を数え、「許し給へ」「明の朝こそ」と妹に云い残して何処となく走り去る。

話はかわって稲葉城。「何れも今日を限りの覚悟」。寄手の大将池田三左衛門輝政は、「曾て此の稲葉城に拠りたることもあり」、長良川の浅瀬や、周辺のこともよく知った人物で、相したがう軍兵軍卒と共に奔流を渡り、「着きたるは峰火台の細経なり」。「功名手柄は此の時にこそ」と「木立深く落葉を踏」んで進んでいくと、「彼方に二個のものらふ《(ママ)》」。引っ捕えると一人は入江左近、傷を負った方は高橋一徳である。左近は三左衛門に城中の案内をすれば命は助けるといわれ、阿姑麻の言葉も忘れて、先導を引き受け、西之丸、本丸、続いて阿姑麻が忍んでいる焰硝蔵にいたる。三左衛門はうなずき「果たしてこゝに火を放つか」と思いつつ、阿姑麻は心元なき身の上の兄の臆病神をなげきつつ、「城の此方、塁壁の前に出」て、「屹然として立ち上れり」、――「此時早く彼の時遅く」「爆然として響く物音」。兄左近が火をはなったのである。こうして「織田家の孤城落日」する。

「阿姑麻は唯涙」。「左右を見透せば焼焦げし簾帳《すだれ》、灰軽うして雪の乱零」。「兄左近が心変りして寄手の大将を此処に誘ひ焔硝蔵に火を放ちし」こと、「神ならぬ身の露も知らず」。「阿姑麻は兄の首級を袖に抱いて立ち」、「討死ありしは責めても歓び」、「かくてこそ武士」と健気な兄をたたえたあと、覚悟をきめ、準備の懐剣を抜いて、「我と我咽喉刺貫く」。歴史を題材にした小説ではあるが、文体は朦朧調、話は講談〉

初一念　一〜一四頁

〈箕田鵬堂《ほうどう》は、京都の名のある医者の忰である。ある時、懇意の物知りより、「治すべきは一国の病にこそあれなど言はれしを無上の名説と思ひ」、「国の大患を治め後世に名を轟かさばや」と一図に思い決めるが、親の杏庵老が偏屈で、「父祖の遺業を守り居たればこそ」この通り医者先生でおられると叱り倒される。孝行息子であったので、不満ながらさからうこともなかったが、野望は捨てがたく、ひそかに「国法汎論など買ひ求めて、忍び読」みしているうちに、妹の玉《たま》が「兄さんは西洋綴の美しい本を持って居」る、わたしも欲しいといったことから露顕し、書物は没収、「一ヶ月の禁足」になる。がその禁足中に、「筆を舐《ねづ》りて梅よ鶯よと臨写」、「素人術とは思はれぬ程で」、「四条派の画工花谿隠士《はないけ》」これを見て舌を巻き、この有様でいけば「古名家を凌ぐほどの名誉もえられる」と杏庵老を説得、鵬堂はその日より門人となる。そして四、五年は過ぎ、「京都の若手画工の中で誰知らぬ者なき男となる」。

そのうち鵬堂はいつ頃からか大願を起こし、「人が見ても是れならばと飛付くほどの美人を書いて見たし」と思うようになり、「此大望を達するまでには如何なる辛苦も露厭《いと》」はずと、評判を追い求めてさ迷うが、「結果は鵬堂の眼に美人と見ゆるほどの、広い京都に一人もあるまじ」とわかる。そして「さらに浪花の芦娘」や、田舎の掘り出しも探すが、いずれもあてにならず、一〇年間に「一枚の画も完成したるなし」。反面、家には書き捨ての草紙、文庫がやまほどたまり、二八歳を迎えている。いつまでもこうしておれず、「毫《ふで》を焼いて我は行脚修行の身ならむ」、「試筆《かきぞめ》は明日の朝、今日は屠蘇に英気を養ひてと、夕暮より呑初めけるが」、夜の二時過ぎる頃までに一升八合の酒を「傾け尽し、ごろり其場に倒れ伏し夢路遥けく辿り之《ゆ》きしが、そよ吹く風に伝ひて蘭麝《らんじや》の薫り馥郁《ふくいく》と聴え、軽く優けき下駄の音して眼前現はれ出し美人一人ぞ在しける」。鵬堂は「是れぞ我が願ひの協《かな》ふ時」、「御姿が生写しに画きたき願ひ、お聞き下されば生々世々の御厚恩」、「お願い申し奉ると思ひ込んで申しける、美人はホヽと打笑ひて」、「此儀は協ひ申さぬ事なり」、「然らばと言ふ声ばかり風に残りて、姿は霞と消え失せたり」。

「鵬堂咄嗟に周章狼狽き、少時お待ち下されと叫び声に我と驚き覚めて、四辺を見廻せば」、夜が明けていたのではね起き、「手を洗ひ口を嗽ぎ墨磨流して」、「夢中の美人覚めて後も彷彿として眼に遮る、那の姿を胸に置きて」、「大願成就為さしめ玉へと念じ終り、毫を着くるに」、遂に美人の像は完成する。――という小説

抜参り　一～一八頁

〔「午前九時二十八分上り列車今梅田停車場を発せんとす」。「二人曳の腕車飛ぶが如く急がせて走り着きしは二十五六の男」小田原千介。汽車に乗り込んで伊勢まで行く予定で乗っているうち、稲荷停車場へ着くと、「見覚えのある芸妓」千賀鶴、春子が乗ってくる。どこまでと聞くので、伊勢までというと、「私ども、御一所にお伴を」という。小田原は「明後日は山田で市があるからそれへ用事があッて」とことわるが、「不可《いけ》ませんよ抜参は此れが面白いのですよ」などといわれ、おし問答しているうちに、「又一人の芸妓、年紀は十六七」で、「淡粧薄施一際の容姿」が「姉さん何処なの」と走り込んでくる。小田原は「一眼見るより『オヤ竹鶴か』と只一言頼りに胸を躍らせ居る」と、その竹鶴からも伊勢参りと聞いて、「後生ですから伴れて行て下さいましな」とせがまれ、

大津で切符を買い変える必要があったが、春子がするというので、「商売上の旅ぞら金の持合せ殊の外少な」かったが、「婆さま芸妓」ならいざ知らず、「竹鶴といふ愛の神さまも在す」以上、「血の出る金もまき散らして此身の気象見せて遣らねばなるまじ」という気になる。そして「幸ひ伊勢の津に母方の親類に梅田三十郎」もいるので、「津に着したれば宿やに女ども待たせ置き腕車を飛ばせて運動費借り出さん」と算段しているうちに津に着く。

「小田原はそんな素振おくびにも見せず」、「腕車急がせ同地の若六といふ宿屋に着き」、「僕は如何でも頭頴《とい》町まで行て来ねばならないから、お前達は此処の家に待て居て呉れ」、すぐ帰ってくるから一緒に食事をしよう、「必ず食はずに待て居なよ」と三人を残して腕車に乗り、三十郎の書籍店へ行く。ところがこの宅では、「僕も大阪へ参ツた時は君の家の二階から転げ落ちるほど飲んだ」と、思いの外手深い歓迎を受け、酒は出る、御馳走が出る、のもてなしをされ、「実は今日」と何度もいい出すが、金のことは切りだせず、やっと切りだすと、「夫れならば其のやうにに早く言て下されば好いのに」といいつつまた酒を飲まされ、あげくは「今夜は何うあツても放しません」などといい、「何時まで経ても主人金出して呉れず」。しまいには心配になり、一筆書き待っている車夫に持って帰らせる。

一方、待っている三人の芸者、客の噂もいい尽くして、「彼此れ十二時だワ御飯も食べないで待たされて此んなことは有りやアしない」、と「段々話が下卑て来る折しも」、女中が「旦那からお手紙でございます」と差し出すのを、千賀鶴が受け取るが、手紙の内容が三人とも判読できない。番頭にたのむと、「此れは旦那が御用事がありツて今夜も明日も帰られないから誂《あつ》らへてある腕車を断りてお前さん方に今晩は泊りなすツた上明日の二時十五分の汽車で大阪へ帰ツて呉れよといふ手紙の文句でございます」と知らされ、「小田原の馬鹿め」と愚痴をこぼしまくるが、一円の汽車賃もないことに気付き、「斯うなりやア仕方がない」と千賀鶴、春子は指環をはずし、竹鶴は「羽織を脱いで」、「其翌日三人の芸者は番頭に頼み」近所の質屋へ入れ、「小言たらたら参宮に出かけし後へ息せきと走せ戻りし小田原千介腕車下りる間もなく『皆なは』と問へば番頭飛んで出で斯う〳〵との話」。小田原は「番頭の大馬鹿手紙の文句は爾うではない、明日の朝は行けないから午后二時頃に出立するから夫まで腕車を断り置けと書いて越《（よこ）》したのだ」と「自団駄を踏めど今は詮なし」。番頭はあやまるが、小田原は「耳に入らず、天の一方を睨み尽して『ア、我事休む、ソラお茶だ取て置きな』と懐中より投げ出す五十円番頭は呆れ顔手にも取らず」、「此気象竹鶴に見せて遣りたや」で終わる。落語的なオチのつくユーモラスな小説」

欠伸近稿

白拍子　一〜二八頁

〔「徒然草の隠家」めいていて、「よくもかくは住みなしけるかな」、「菴主は誰にや」、老法師と思いの外、「其令は三十路余と思はるゝに、万事十七八に粧ひたる女のいとみめよきが出でけり」。そして垣根に人が佇むのを見つけ、「顔をさッと赤らめつゝ遽《あはて》て内に入りぬ」。「若き旅僧は只呆れ果て」、疲れも忘れて、「半時ばかり立尽せしが」、山路に入って迷い、疲れ、暮れかかる折でもあるので、菴主に乞い一夜を明かそうと、途方に暮れていると、先の女が出てきて、「仔細ありて今夜お泊め申さんこと迷惑なれど、よく〳〵の事とお察し申せば、一夜は明させ申すべし」との返事なので、「忝《かたじ》けなきよし云ひて内に入れば」、茶など進め、「強《あなが》ちにものうげにも見えず」。ご亭主のことはわからないが、留守中にこうして二人で居ること心苦しく、「今は早やお暇《いとま》申さんかと思ひ惑ひて」いると、「其様な処に気のつくだけでも未々《まだまだ》に心の程きたなし」、わが夫はそこにちんと座っているといって笑い、「位牌のくすぼりたるを指す」。若き旅僧は、「さらば此女後家なるか、後家にて此姿は何事ぞ」、「悪きところに宿を求めたり」と油断なく、仏に身を任せる覚悟をきめ、女の身の上について尋ねると、「今より十年余のむかし、妾が二十三の時、夫は二十五」であの世の人となったので、悲しみに耐えられずここに逃れて、「此位牌を夫と思ひ」「二人睦じう暮すなり」。今日は夫の命日」という。旅僧はこうも上手に人をあざむくかと思いながらも、これも修行の一つと、「どれ廻《え》向《こう》してまゐらせんと立ちかゝるを女は押止め」、一〇年余り位牌に線香立てたることなく、「経などあげるより休み玉へ」と勝手に立っていく。「旅僧は只呆れて茫然」としているうちに日は暮れる。やがて女は釜に入れた粥を持ってきて、「さア沢山お食べなされ」、「客人にと定めたる器もなし」といって、「位牌の前に据ゑたる黒塗椀取り」それに粥を盛って、「お前様の食べのこしは妾がと云ひ」「心よげに物語などすれど」、旅僧の方は狐か狸か気味悪く思いながらかき込む。そしてそのうち女も食べ終わり、「さア早うに寝みなされ」と何度もいわれるが、なかなかねむりにつけない。あげくに紙張吊《しちやう》て寝るがやはりねむれず、考えるほどに「斯る処に斯る女の居ることも」、何もかもあやしくなり、「狐狸ごときに化されんや」と度胸をすえ「正体を見届け呉れんと」「心を決して紙張を出んとする折しも、女のそろ〳〵と前《すす》み来る足音」。そして「吾が寝息を伺ひたる上、如何なることをか為んとすらん」。怖きもの見たさで「息を殺して暗き処に佇み」、恐る〳〵襖の「隙間より内の様子を見るに、こはそも如何に、女は大袓《おほはた》ぬいで鏡に向ひ、今ぞ化粧の真最中」である。しかもまもなく古い箱の中から、「白き水干《すいかん》めきたるものと緋なる袴など取り出し」身に纏い、「右の手に扇を執り」舞いつつ歌う。そして舞い終わって、こちらを見かへるに、「寝たりと思ひし男眼を円うして我姿見詰め居たるに、びツくり」するが、「漸く吾れに帰」ったので、「是非にも此訳聞かしてと強ゐけり」。女は「暫《しばら》く打塞ぎて」いたが、「見られては早や詮なし」と語りはじめる。

妾が夫は「妾が色と妾が舞とに心を迷はせ」、「妾も木竹の身ではなし、藍染川の末長くと云ひ交せし後は」、夫は栄誉を捨て、浮いた思いで暮らしているうちに、落ちぶれるが憂うことなく、「是れからは気兼なしに汝と暮さうと云はれ」しみじみ嬉しく、前後の考えもなしに「少しの貯ありし」を、「千年も尽きぬもの丶様に思ひ」日を送っていたが、やがてその日の暮らしにも困るようになる。金の算段にも廻るが、うまくいったためしもなく、夫が塞いで帰ってくるので、「妾が酌して上げれば」元気になり、「例の一手を必ず所望あるに、舞へば忽ち興に入りて二人とも苦は忘れ果てつ」。こうして過ごすうちに、日に一度「汝が姿見れば洗ふが如く心涼く」、「酒くむ毎に云はれし夫の言葉」今も忘れられず、こうして山に入りて後も、「日に一度今のやうに舞ひ奏づるも、位牌が喜ばれやうかとの心なり」。このこと「人々の耳にも入らば何様な目にあはんかとわびし」、「掛けても口外し玉ふな」と云われ、今度こそねむりに着く。以後は後日談。「谷文晁が在りし世の事」。用あって門を出ると、一人の「汚なげなもの纏ひ、風呂敷包一つ背負」った婆々が会釈して進み寄り、「津々浦々まで隠れなき御名を慕ひ態々尋ねて参りました」、「どうぞ絵一つ画いて玉はれ」と心易く頼む。文晁あきれ果てことわると、「このやうな身で賤しさゆゑ」とするなら、「名に負ふ文晁先生のお言葉とは覚えまをさず」、「心根哀とも思して、願ひの程かなへてと切に請ふ」。「一筋縄では行かぬ女と思」ひ、合点がゆかず「どういふ心ぞ」と問えば、「風流心も無うてか、今様の小歌にも有るやうに、此様な汚い婆々でも、鶯なかしたこともまんざら無しとも申されぞ」というので、「見込まれたを災難と諦め」、とにかく内に入れると子供のように喜ぶ。そして「座定つて如何なる絵を望むやと問へば」、「白拍子の舞ふ様」しかも「粗末なる紙にては力なし」、「おはもじながらこの婆々が舞へる所」という。突飛な要求なので文晁も笑い、家内の者どもも呆れ果てているのにそれをしりめに、婆々は

「携へし風呂《ふろ》敷包解きて、水干袴扇など取り出す」。そして「人皆目角立て、見詰めながら、如何なる舞をかすらむ」、「念のいりし狂女ぞと思ひて待つ中に」、「立て舞ふ様目を驚かすばかり」で人々「賞嘆して」見ほれる様子である。「文晁一入感じ入りて」、「今は白拍子の跡絶えたるものから、筑紫には近き頃まで、其流の人残れるよし聞き及びしが、お前様もさる人のなれの果か」、よかったら聞かせて欲しいと乞うが、婆々の返答は、「乞食婆々の身の上話、聞き玉ふとも何程の興かあらん」。「今舞ひし婆より、妾が三十年も若かりし昔を思ひやり玉ひて」約束通りただ絵を画いて欲しい、ではその代り後の語り草として、「其水干ども吾に賜はらずや」、「絵を画いてさへ頂ければ最早入用無き此品」と扇を添え残す。文晁は面白い男で乗気になり、「貴人の頼みよりも心をこめて明る日の夕暮までに画き終り、吾れながらよく出来たりと眺め居る処へ、婆々笑ましげに来」て、「喜び此上なし」。そして絵を受け取り、「忙はしく暇を告ぐるに」、文晁は住居を教えてほしいというが、婆々は知らせてもきていただくような所ではなく、「重ねてはお目にもかからじ」、「只御恩は何時の世までもと述べて」帰る。そこで文晁は、「本意無き事に思ひ」弟子に住居を見て来いと跡をつけさせると、「婆々は野末にしつらへたる菰垂《こもだれ》の小屋の中に入りぬ」。そして内の様子を覗くと、「さも嬉しげに古き位牌の前に坐はりて、彼の画姿を押し展べ、コレ見玉へ常々お前様に話して置きし妾が画姿」。「之は当時の二人とない名人の筆に妾が昔しの姿画いて貰ひしなれば、之れからは是れを見て、せめては心を慰めたまへと云ひて画姿を壁に懸け」る。「お前様も嬉しかるべく、妾も嬉しうてならぬ」で結んでいる。

が、なおこの物語には次の後日談が付いている。幾年か後、「彼の旅僧文晁にめぐり逢ひて」、「彼の時の白拍子が話すれば」、「婆々より乞ひ受けたる水干扇など見せて、若し此品に覚えなきやと問へば」、旅僧驚いて、「まがふかたなき吾が見し品なり」、同じ女であると「婆々が事精しく語る」。欠伸の成熟期の力作

思ひ出るまゝ　二九～三九頁

〔「夢」「口惜きもの」「家畜病院」「江頭某」「頓智」「余情」「酔中楽」「峰の巣」「卆塔婆」「西鶴」「如し」「手紙」「蟻」「動静」「朝の雪」以上一五項について、思い出《いず》るまゝに綴ったもの。「卆塔婆」の抜粋をしておくと、「西鶴の墓に詣でたるに」「卆塔婆数多建てゝ、墓前に木履の跡夥しく、詣づる人の少なからじと見えしが、同じ誓願寺に在りながら、中井甃《しゅうあん》庵、竹山、履軒《りけん》等の墓には」何もない。「此も彼も浪花文学の大家なるに、世の流行の為めに斯る差別あるにやと太息つかれぬ」と綴られている〕

忍草　四一～四八頁

〔篠田本坦翁追憶文。翁「医を以つて業とせり」。「其善行を積みたること夥しかりしが」、「陽報は終に其生前に於て廻り来らず」。「あらゆる不幸の中に余年を送りぬ」。が「翁は明治廿三年の春故ありて家を大阪に移し、浪花の名勝残らず尋ねて、和歌あまた作らんと楽しみし甲斐なく」、「其年の秋の暮」、――〝来て見れば菊も紅葉の浪花潟、只身をつくすところなりけり〟の一首を残して、あえなくこの世を去った。「時に年八十有五」。遺稿の所在もわからないので、自分が記憶する和歌を記して「其恩を忘れざらん」と二五首の掲載あり〕

以　上

明治中期に於ける
大阪の文界と出版の動き

一

近代大阪の出版の動向というものを顧みる時、いろいろな角度からの考察が可能であることは論をまつまでもないが、とりわけそれをジャーナリスチックな動きと絡まった大阪での文人たちの文学的活動といったものに限定して眺めてみる時、やはりここでも近代文学の定説どおりに、明治、大正、昭和、といった時代区分にしたがってその動きをとらえてみることにかなりの意味があるのではないかと思う。すなわち、明治期の輪廓としては、二〇年代の中頃に相次いで創刊された『なにはがた』『大阪文芸』『葦分船』等の文芸雑誌の活躍を端緒として、やがて三〇年代の東京に対抗しうるような勢力の結集、また大正期においては関東大震災という突発的な事件のために、地盤沈下の大阪出版物がポプラ社の『女性』『苦楽』を中心としてにわかに勢力を盛り返すような動き、そして昭和期に入ってからは、文化的出版物の不毛な大阪において創元社が谷崎潤一郎や横光利一らの高踏的文芸作品を中心に出版界へ頭角を伸ばしたような現象。これらはほんの顕著な一例にすぎないが、それでもかなりの点まで時代の特色というものを物語っているのではないかと思える。

ところでしかし、こうして綜合的に明治、大正、昭和と各時代ごとに区切って、大阪の文界と出版の動きというものを眺めてみる時、その中でもとりわけ明治期、特に明治中期を中心とした文界と出版の動きほど質量ともに大きな勢力を結集して盛り上り、花を咲かせた時期は、他のいかなる時期にも見当たらないというのは、まず異論のないところであろう。というのも、大阪での現象というのは、大体において散発的なものに終始し、中央の文壇と出版に対抗しうるような一大勢力を文人の顔ぶれと頭数、さらにはジャーナリズム、機関誌、出版社も含めて結集し得た時期は、この時代を除いては遂ぞ見当たらないからだ。具体的にいうなら、それは『なにはがた』創刊にはじまり、続いて『よしあし草』の創刊、「朝日月曜附録」の創設、大阪文芸同好会の大会、『小天地』の創刊、金尾文淵堂の出版事業などの一連の活発な動きを指す。

したがって大阪の文界と出版の動向というものを問題にしようとする時、私は、何はさておき明治中期の動きに視点を向ける必要を痛感する。以下はそのための作業である。ただしかし、明治中期の動きといっても明治二四年四月に創刊の『なにはがた』からはじまり、金尾文淵堂主人金尾思西（種次郎）の上京という明治三八年頃までにわたる一連の大阪での活発な動向を、広範囲に逐一克明に辿るということは、紀要で受け持った原稿の枚数、その他の点で些か不可能なことのように思えるので、ここではあらかじめ視点をしぼり、明治二〇年代の動向としては、『なにはがた』『大阪文芸』を中心とした前後周辺の概観を、また三〇年代の動向としては角田浩々歌客の活躍とその周辺の様子、そして金尾文淵堂の出版についてなど、これまで比較的に知られていない事柄を中心に紹介する程度にとどめたい。なお私が意識的にふれなかった点[1]については、明石利代氏の「明治期大阪での文学雑誌の書誌的展望」（『女子大文学』昭37・3、38・3）、石山徹郎氏の「大阪と明治文芸」（『国文国史』昭10・2）、一柳芳風氏の「「よしあし草」前後の大阪文壇」（『月刊文章』臨時号・昭13・7「明治の文章明治の文学」）など、この時期の一面の動きを伝えた資料が見当たるので、舌足らずを補う意味からも参照下さることを願う。特に明石利代氏のものは、文芸雑誌の動向のみについてであるが、詳細なものであることを付記する。

二

谷沢永一氏は、私がこれからふれようとする『なにはがた』について、『現代日本文学大事典』（昭40・11　明治書院）の該項目で、「『葦分船』とともに明治二〇年代大阪文壇の代表的雑誌」という一文を記しておられる。もちろんこの言葉には注釈すべきことは何もないのであるが、あえて周辺の動向を紹介するために二、三の言葉をつけ加えておけば、まず第一にこの『なにはがた』の存在は、その創刊によって、『浪花叢談兼葭具佐』[2] 以来漢学中心であった大阪の文学的風土に新しい気運を盛りあげた、またその創刊は『葦分船』『大阪文芸』『小文壇』といった周辺の文学グループに大きな刺激を与える役割を果たした、さらに三〇年代の大阪文壇全盛期を迎える母体となった、などいっそう多くのことが特長づけられるであろう。

では、いったい『なにはがた』とはどのような雑誌であったのだろうか。まず創刊前後のいきさつから紹介すると、前身は当時大阪の桃谷の地に住んで浪花先賢伝などの考証をしていた西村時彦（天囚）、渡辺勝（霞亭）、本吉乙槌（欠伸）などの桃谷文学会であるが、これに長野一枝（圭円）、橋本光秋（樟廼舎）などが発起人として加わり創刊にはこんだ明治二四年一月頃のことを、西村天囚は「なにはがたの一周年」（『なにはがた』第一二冊）で次のように回顧している。「去年の春の初なりき　樟の舎霞亭圭円欠伸、の四子予が寂然山房を訪ひ五人団楽酒を呼んで文を話す談偶浪華の文学に及び（中略）願くは浪華文学会を興し同志を糾合して浪華文学の振作を図らん」。そしてこの五人がこの時意気投合し、浪華文学会を結成、機関誌『なにはがた』の創刊のために、第一回の会合を樟の舎の家で、第二回の会合を圭円宅で、ともに同年の二月と三月にもち、印刷所など駆け廻ったことを西村天囚はかなり詳細に記している。

かくして誕生した『なにはがた』は、創刊号が定価一〇銭、版型は四六版仮紐綴といった凝ったもので、頁数は一一一頁（替頁を打つ）、月刊で企画され、編輯人は本吉乙槌、発行人は梅原忠蔵、発行所（奥付では発売所）は大阪市東区北久太郎町四丁目心斎橋筋西入、図書出版会社といったもの。そして第二号からはこの創刊当時の五人のメンバーに加えて、さらに創刊号刊行直後より加入した新たな顔ぶれがそろい、会員の色どりもいっそう賑やかなものとなる。すなわち西村天囚の言葉を借りると、「茲月第三回を霞亭の家に開く時に鶴鳴社の仰天子好尚堂秋渚の三子及び澱江紫芳の二子も亦相率ゐて来会す。（中略）其後留春亭、桃蹊、半酔、逍遥軒、千里、瓦全、焉然、夢游、南冲、天放、秋風、任天の諸子及び霞城逍遥の二子は京都より芝廼園九華魁蕾の三子は神戸より前後相踵いて入会」。

こうして眺めてみると、『なにはがた』は大体において西村天囚を中心とする大阪朝日新聞系の文人が主たるメンバーとなって結集し、刊行されたといっても過言ではないが、とにかく以後このメンバーは、明治二六年一月の通巻第二〇冊の終刊を数えるにいたるまでほぼ変動することなく、したがって所謂、明治二〇年代大阪文壇の代表的な雑誌を生みだすこととなる。もしつけ加えるべきことがあるとするなら、これに遅れて参加した岡野武平（半牧）、第一一冊よりの村上信（浪六）、さらに第一二冊より参加して創作活動を始める欠伸の実弟堺利彦（枯川）らの名ぐらいのものだろう。当時としては、大阪のかなりの文人が結集したことになる。

では、内容の方はどうだろうか。編集方針だけに限っていえば、創刊当時は大体毎号読切の短篇小説四、五篇、他に翻案、伝記、紀行文といったところであったが、明治二四年七月には『葦分船』、続いて一〇月には『大阪文芸』などが相次いで創刊されたことや、会員の増加もあって創作のみの掲載では全員が満足できなくなったことから、途中の明治二五年一月の第九冊からは、「附録」として半牧、紫芳、好尚、欠伸、霞亭の合作小説「恋猫」を掲載したり、以後は各号の巻末に「雑録」欄を設けて論説等にもかなりの力を注ぎ、次第に文芸綜合雑誌としての魅力のあるものに工夫されていったことは読み取れるが、しかし一方、作品の水準だけを例に取ってみれば、当時、森鷗外がすでに「舞姫」を発表していたことなどと考えあわせてみると、かなり意識の遅れた通俗的な作品の掲載が目立つといわなければならない。そのなかにあって比較的注目すべき作品だけを一応ここに列記しておくなら、天囚の「天目山」（第一冊）、欠伸の「風流乞食」（第六冊）、「油画師」（第一八冊）、枯川の「肥えた旦那」（第一五冊）、半牧の「忍び車」（第一六～一八冊）などが目に止まる程度のものだろう。特に現在でもなお評価に耐えうるような傑作の掲載が見当たるわけでもない。このうち「油画師」は会員中では好評の作品、「肥えた旦那」はアーヴィングの「スタウト・シエントルマン」からの翻訳ではあるが、気のきいた作風のもの、と記しておけば、ほぼことはたりるのである。そしてこれに圭円の翻案・翻訳の仕事、――例えば第一冊に「朋輩」、第二冊に「青幽霊」、第九冊に「マーザー夢物語」、第一七冊に「因業老爺」などの題で、サッカレー、ユーゴーなどの欧米の作品を訳出していることをつけ加えておけば、ほぼ『なにはがた』全二〇冊の内容の概観を言い尽くすことになるかも知れない。ただしかし、そうはいっても、これを明治二〇年代の大阪の文界と出版の動向という状況において眺めてみる時、やはり他の文芸雑誌にも増して中心的な大きな役割を果たしたことだけは事実だろう。

なお余談になるが、この項をおわるに当たって、次のことだけは是非つけ加えておきたい。ほかでもなくこの『なにはがた』は通巻第二〇冊をもって終刊されたのち、ただちに明治二六年二月にいたって同浪華文学会の機関誌として版型、装幀を改め、評論を巻頭にした『浪花文学』と改題されたことは周知のことと思うが、その後、第三号にいたってこの『浪花文学』より長篇小説を中心にして分裂した『なにはがた第二集』というものの刊行がさらに第二冊までなされたということである。これは簡単にいえば、『浪花文学』に改題後その評論中心的な編集にあきたりなくなった小説家グループが、第三冊より分裂して復刊したものにすぎないが、従来どの資料からも見落とされているので、特にここで「総目次」を紹介しておく。

『なにはがた第二集』一覧表

冊	題	作者
第一冊 明26・6・11	惜春郎（発端）	漣山人
	中心 恋夏草（一、二、三）	好尚
	忙裏縦筆（続）	澱江漁長
	生娘形気（前半）	仰天子
	五軒長屋（三軒目）	かれ川
	女画師（未完）	霞亭主人
第二冊 明26・7・23	中心 恋夏草（四、五）	好尚
	五軒長屋（四軒目）	かれ川
	生娘形気（後半）	仰天子
	独身者（完）	黙蛙坊
	女画師（続）	霞亭主人

三

以上、私は『なにはがた』についての簡単な紹介をしてきたわけだが、この『なにはがた』に対して、明治二〇年代の大阪の文界と出版の動向を知る上で、さらにもう一つ代表的な雑誌をあげるとするなら、やはりなんといっても『大阪文芸』は無視しえない存在だろう。もっとも、この両誌には、現時点において眺めてみる時、いろんな意味で差があるにはありすぎた。一方が桃谷文学会というはっきりとした母体を持ち、小説中心誌として首尾一貫して二〇冊の刊行を重ねているのに対し、『大阪文芸』の方は雑多な作品の収録で終わり、通巻八号にしかみたない。それに発行が遅れをとったせいでか、一ヶ月二回の刊行という強行軍を敢行したため、全体的に作品の水準もかなり見劣りがする。さらに大阪朝日新聞系の『なにはがた』に対して、大阪毎日新聞系の文人が多く集まっていたために、最初から対抗意識が強すぎて文学集団としての本質的な要素が二のつぎにされたという面もある。にもかかわらず二〇年代の大阪の文界の動向を眺める時、やはりこの『大阪文芸』が『なにはがた』と並んで大きな役割を果したと位置づけなければならないのは、単に文芸雑誌に見る文学的な水準からではなく、大阪という土地を舞台にこの機関誌を刊行するために集まった文人の顔ぶれや、集団の巻き起こした波紋の大きさによるものだといえるだろう。

では、『大阪文芸』とは具体的にはどのような雑誌であったのか。書誌的な事柄をさきに列記すれば、明治二四年一〇月に創刊され、翌二五年二月の終刊までに、四六版で平均六〇頁前後のものを一ヶ月二回刊行、定価七銭で通巻八号まで発行した文芸雑誌、――あるいはより正しくは大阪文芸会の機関誌。編集人は金子福次郎、発行兼印刷人は菅原喜一郎、発行所は大阪市東区道修町二丁目二四番邸（宇田川文海宅）。そして創刊当時の会員は全部で三七人である。うち主な人物の名をあげておくと奥村柾兮、香川蓬洲、大川北郁、宇田川文海、久津見蕨村、木内愛渓、大久保夢遊、竹柴諺蔵、菊池幽芳などで、このうちには当時の大阪を代表するような文人が幾人か顔を揃えている。

それなら、これだけの会員数と顔ぶれを揃えながら、再度繰り返すようだが、『大阪文芸』が『なにはがた』に比べていろんな意味で見劣りがする原因はどこにあったのだろうか。私はやはりそこには機関誌を発行する母体たる文学会そのものの性格に、最初から根本的な相違があったせいだと思う。すなわち、大阪文芸会は単に文人による文学だけを目的とした集団ではなく、もともと『大阪毎日新聞』系の文人を中心とした相互の親睦会的性格が強く、したがってその影響が機関誌の内容にまで及んだと見受けられるからだ。その証拠に、機関誌の掲載範囲が、論説、小説をはじめ、院本、脚本、物語、人情話、落語、能、狂言、俄、漢文、和文、詩、歌、俳諧と博採広蒐しすぎていることもあるが、さらに明治二五年一月の新年号（第六号）付録では「十二支課題」というものを特集し、「新年初刊の祝意を表し会員十二名十二支の鬮引を為し（中略）、難題目といふは論説家に論説を禁じ小説家に小説を封じ詩人に漢文を書かせず歌人に和文御断との厳令各自十八番の外を演じて加役の不出来は却て看客の一興」などと宣伝し、およそ真面目な文芸雑誌ではみられないような悪趣味な芸の披瀝にも努めているからだ。こうしたことが結果的には、文芸雑誌としての内容全体の水準にも影響したものと思える。

ただしかし、弁護のためにここで二、三の例外をつけ加えておけば、その中にあって創刊号より「文学者の目的」、「大阪の文学者に望む」（第二号）、「演劇の改良に就て」（第三～四号）と毎号にわたりほぼ巻頭に掲載の久津見蕨村の論説は、観念的にすぎ当時は悪評も多いが、大阪では珍しく反骨精神のある急進的な論で、巻き起こした反響も大きく注目すべきもの。遂には、『しがらみ草紙』の森鷗外とも論戦を交えたことのある『葦分船』の柯亭邦彦との間で、木崎好尚をして「浪花文学界希有の現象なり」といわしめる下記のような論争を、両者で繰りひろげるに至っている。

『葦分船』　柯亭邦彦
　「大阪文芸一号評言」（第五号）
　「大阪文学者に望むの文を評し并せて久津見蕨村氏に告ぐ」（第六号）
　「久津見蕨村氏の駁論に答ふ」（第七号）
『大阪文芸』　久津見蕨村

「世の批評に答ふ（文壇の偽壮士）（思想学問上の稚弱）」（第五号）
「病犬論者に一言す」（第八号）

ついで作品の方にうつれば、木内愛渓の歴史談「僧天海と徳川氏の初世」（第一、二号）が、全八号中に唯一篇、雑誌の水準を抜きでた作品といえよう。他にも宇田川文海の「紅葉」（一〜三号）や、第四号より参加した菊池幽芳の小説など言及しておきたいものもあるにはあるが、いずれも精気に乏しく、通俗的にすぎ、ここで問題にするほどのものではない。全般的にみるなら、以上のごとくである。

こうして舞台は、明治三〇年代の全盛期へと移ることになる。

四

明治三〇年代の大阪の文界は、一般的には三〇年七月の『よしあし草』の創刊をもって開始されると考えるのが妥当なようである。私もその意見には特に反対ではない。しかし、私のこの紹介が角田浩々歌客というこの時期に精力的に活躍した一文人を通して眺めるのが目的であってみれば、やはり角田浩々歌客の略伝と、彼が大阪入りした時から話を始めなければならない。

角田浩々歌客は明治二年九月一六日、駿河富士郡大宮町（現静岡県三島市大宮町）に生まれた。本名は角田勤字公勤、通称は勤一郎、雅号は桜堤浩々歌客、漢詩には桜顛道士、紀行文には不二行者などと称したが、その活動範囲は広く、他にも多くの筆名がある。『大阪朝日新聞』での出門一笑、『東京読売新聞』での剣南道士、伊吹郊人、豹子頭、『大阪毎日新聞』での迂鈍居士、鈍右衛門などそれであるが、このほかにも初期には『国民之友』

で岳麗布衣、浩々而歌閣主人などと称したことがある。しかしこの「号」のことについては、のち本人自身の次のような回顧が見当たるので、引用しておけばはっきりすることだろう。「自分の号は不二行者といふので、維摩経の問疾品の文殊菩薩と維摩居士との問答に、不立文学不離文学不二法門といふ事が有る。其時分は甚く仏教に凝って坐禅した時も有る位なので、此不二の二字を恰かも富士山下の人と云ふ点に寄せて号とした。所が国民新聞社にて評論の筆を執るには不二行者より外のでと言はれたので、馬子才の詩に執って浩々而歌閣主人と云ふ法性寺入道的の名を署したが、余りに長い所から印刷小僧の小言が有る。其処で縮めて浩々歌閣とした折から知友が門よりは家の中へ入る方が好いから門を止めて宀（うかむり）に仕ろと言ったので、閣より飛び下りて流浪の客と成って了った」（「雅号由来」『小天地』明34・4）。

ところで角田家の歴史についてであるが、今のところ祖先についてはそれほど正確な資料が揃っているわけではない。一説には大宮町はもと幕領で、角田家は一時「大宮の殿様」と呼ばれるような家柄であったと伝えられるが、正確な資料があってのことではない。しかし祖父の代あたりからのことになると、角田家とは三代に亘って交際のあった江原素六翁が、実際に見聞したことを記しているので、いくらか正確な輪郭が辿れる。それによると「勤一郎氏の祖父与市氏は、江川太郎左衛門氏に畏敬せられたる人、駿河富士郡大宮町居住の大農にして、文事あり経論あり胆力あるを以て知られ、東海往復の志士三里の迂路を厭はずして、往訪する者甚だ少なからず」とある。また「与市氏居住の北方十余町を隔て丶万野原と称する大原野あり、与市氏は、無職浮浪の徒に産を与へんとして開墾に従事せしめしに、原野の主人公たる狐狸の怒る所となりしか、陸続狐つきなる者相出で、人心恟々たりしも、与市氏毫も意に介せず」とも記されている。そしてさらに父鍬太郎のこととなると、「体格雄大肥満膂力飽まで逞しく、最も剣道の達人にして、余は斎藤弥九郎の道場に於て勝負を争ひたるものなり、氏はその主義とする所、強者の専横に抗し、弱者の微力に同情するに侠客的紳士なり、故に一方に蛇蝎視せられ他方に慈母視せらるゝ所の人にして、好んで他人の苦痛葛藤の解決に任じ、家事経済の如きは固より顧る所にあらず、常に曰く、困ることあらば、何時なりとも来るべしと、氏も亦畸行多き人なりき」。

また祖父を紹介した別の資料には下記のようにも記されている。「桜岳翁　千門万戸到る処錙銖を争ふもの、岳を繞って皆然り、岳南独り桜岳翁あり、傑然として風俗に卓出す、翁は今代角田秋金翁の父桜堤氏の祖父たり、家世々土地の守護者たるが故に、幼より心を州郡の間に注ぎ、家を嗣ぐに及びて万野原（地名　著者注）の開墾を助成し、流民に安堵の法を与へぬ、嘗て近傍諸村の負役過重なるを患ひ、之を除かんと欲して意を得ず遂に幕府の大老を途に要する事数回、遂に其意を達する事を得、衆民の為に父として崇はる、其他一大土木一大水利の両事業、工夫計画既に成り、未だ着手せずして逝けり、翁の碑今光塋《こうけい》の域内に建てり、中村敬宇先生碑文を編み、宍戸貴族院議員篆額を書けり、翁の遺志半は既に鉄路の開通により成就せられ、翁の名亦既に千歳に伝はるべく、然して之を祀るもの亦児孫と衆民とあり、翁亦以て瞑すべし」（「西遊漫興（三）」行行行者、明24・8・13『国民新聞』）

以上がだいたい浩々歌客の祖父、父についての知り得るところであるが、これに対して、浩々歌客自身のこととなると、かなりの点まで資料に基づいて紹介することができる。まずこの人物が大阪にやって来て、『大阪朝日新聞』での本格的な文筆活動を開始するまでの経緯を簡単に辿っておくと、学歴は郷里の岳麓洞小学校を卒業後沼津中学校に進学、中学在学中は麒麟児の誉れが高かったという。そして明治一八年には、東京の慶応義塾大学の文科を卒業、しかもこの間エピソードがないわけではない。学生時代一七歳の頃には、湖山小野長愿を詩師と仰ぎ、漢詩を勉んでいる。またのち多少時期はずれるが、清国の志士康有為に師事、支那学にもかなり通じたとも記されている。とはいえこの浩々歌客が、実際に今日われわれの目につくような活動を開始するのは、やはり何といっても、日頃徳富蘇峰を深く敬愛していた彼が、直接に蘇峰やその周辺の民友社の人々と接近するようになってからだ、と記すのは正しいだろう。事実、浩々歌客の最初の文筆活動は、彼がこの民友社より発行の『国民新聞』にいくらか発表した投稿・紀行文と、明治三〇年二月二七日からの『国民之友』誌上で、当時好評の宮崎湖処子（十八面楼主人）の後を引き継ぎ、時評文を担当した時から始まっている。そして、彼の名がいくらか世間に知れるようになるのも、この時期からである。以後、彼はこの『国民之友』という恰好の雑誌を舞台に、ほぼ毎号にわたって時評文を書き続ける傍ら、出門一笑などの匿名でも寸評を発表、次第に基盤を固めていくこととなる。だがこの仕事は、まもなく明治三一年八月一〇日に『国民之友』終刊という事体を迎えることによって、一年六ヶ月あまりで終止符をうたれることとなるのは、今日すでに知られているところである。

かくて浩々歌客の活躍の舞台も一転する時が訪れる。『国民之友』時代のジャーナリスチックな才筆が高く買われたのと同時に、かたや『大阪朝日新聞』が紙面拡張を企画、いよいよあらたに月曜付録を設け文芸欄に力を注ぐということもあって、大阪朝日新聞社の招きに応じたのがそれである。足跡を辿ってみると、この間、彼は明治三一年の秋に一時「康南海の事業に与りて清に航し」ているが、すぐ故郷に戻り、そして明治三一年一二月二七日にはこれまで縁もゆかりもなかった大阪の土地にはやくも単身足を踏み入れている。この時の最初の印象については、『畿内見物（大阪の巻）』（明45・7　金尾文淵堂）中の「大阪見物」に詳しい。そして、翌三二年一月九日付の『大阪朝日新聞』紙上では、月曜付録の創設と共に寸暇をおかず「時文観」の題で関西文学に対する抱負を述べている。

こうしてわれわれは、角田浩々歌客にとっては第二の故郷であり、われわれにとっては見逃すことのできない、彼の大阪での一三年八ヶ月にわたる精力的な文筆活動、もしくは文界での活躍に接することが出来るのである。

そこで以下、この期間の浩々歌客の文界での活躍を少しでも具体的に伝えるために、私はいま『大阪朝日新聞』時代と『大阪毎日新聞』時代の二つの時期にわたっての紹介の必要を痛感するのであるが、このうち『大阪毎日新聞』時代に限っていえば、角田浩々歌客が朝日を退社した後に入社して活躍するのが、明治三八年八月以後のこと、したがってその頃にはすでに私の問題としている大阪の文界の動きも全盛期を過ぎ去っているという事情もあって、本稿では問題とするに当たらないので、ここではさしあたり『大阪朝日新聞』時代のみに絞って紹介をしておこうと思う。

五

この『大阪朝日新聞』時代というのは、いうまでもなく角田浩々歌客が『大阪朝日新聞』に入社し、明治三二年一月九日付の紙面に「時文観」の題で最初の時評文を掲げた時より、日露戦争勃発後、月曜附録の廃止、ひいては『大阪朝日新聞』の文芸欄冷遇にともない、同三八年五月に退社するまでの六年五ヶ月の期間を指す。要約すれば、大阪という土地での文界の動きと浩々歌客の意気込みとが偶然にも一致し、もしあるとするなら「大阪文壇」というものが稀にみる高まりをみせた時期といえよう。

ところで、この期間の浩々歌客の活躍を顧みて、特筆すべきことは何だろうか。まず私は、『大阪朝日新聞』で筆をもつや開口一番、関西文士の合同結集を呼びかけている浩々歌客の姿勢に注意を向けなければならないと思う。以下、明治三二年一月九日付、同三月一三日付の二回にわたる全文を紹介しておく。

関西文学

関西文学は振はずとの声は、常に吾人の耳にする所、勿論東都は文学の淵藪なれば、之に比して寥寥見るべきなきはさることながら、単に賑はずといひて互に相嘆ち相依頼するは、竟に文学を振興するの所以に非ず。思ふに関西文壇に立つもの、先づ自から関西は文学不振のところ、物質繁昌の地到底高尚なる趣味の容れられざるものと先入主を成し、文学の事必ず先づ東都の消息動静に依て云為す、乃ち文士の交通を欠き独立を欠き声聞相通ぜず識見相交へず、勢孤単となり随て萎靡不振を致すものに非ずや。若し文士の数を以てし機関の数を以てし而して文士優劣の状を以てすれば東都に匹敵すべくもあらねど、凡そ文士にして自から卑しめず自から軽んぜず、独立の元気を起し文士相会合し声聞相通じ識見相交へば、少くとも其質に於て関西文学の新興を庶幾すべし、吾人は是に於て関西の文士、特に京、阪、神の諸子に告ぐ、必ず文士文壇に立ち文学の振興を得むとせば、到底関西文士相糾合会集して思想交通の道を取らざるべからず、先づ関西文学倶楽部を大阪に起し、文学雑誌を発行せむが為に集るにあらずして、機関雑誌を要する程に文士の声息を通じ合同を堅からしめむが為に文学倶楽部を起すべし。機関は末なり、会合は本なり、吾人その本を建てんことを望む、隗より始めんも吾人また辞せざる所なり。

（「時文観」明32・1・9）

再び文学会に就て

文学会組織文士会合の必要は現下思想界の状態に視て益切なるを感ず。之に就き文学会は可成的広く思想界の側に立てる人々を網羅せんことを吾人は欲す、単に小説家新体詩人を集むるのみに非ず我新文学に関係を有するものは美術哲学宗教教育社会の諸学家をも招致し互に面相照して彼此所見相聴き精神的社会の思想感情の疏通を旨とすること、例せば職を此地中学京都大学若くは同志社等に有する文学関係の諸家をも包含す

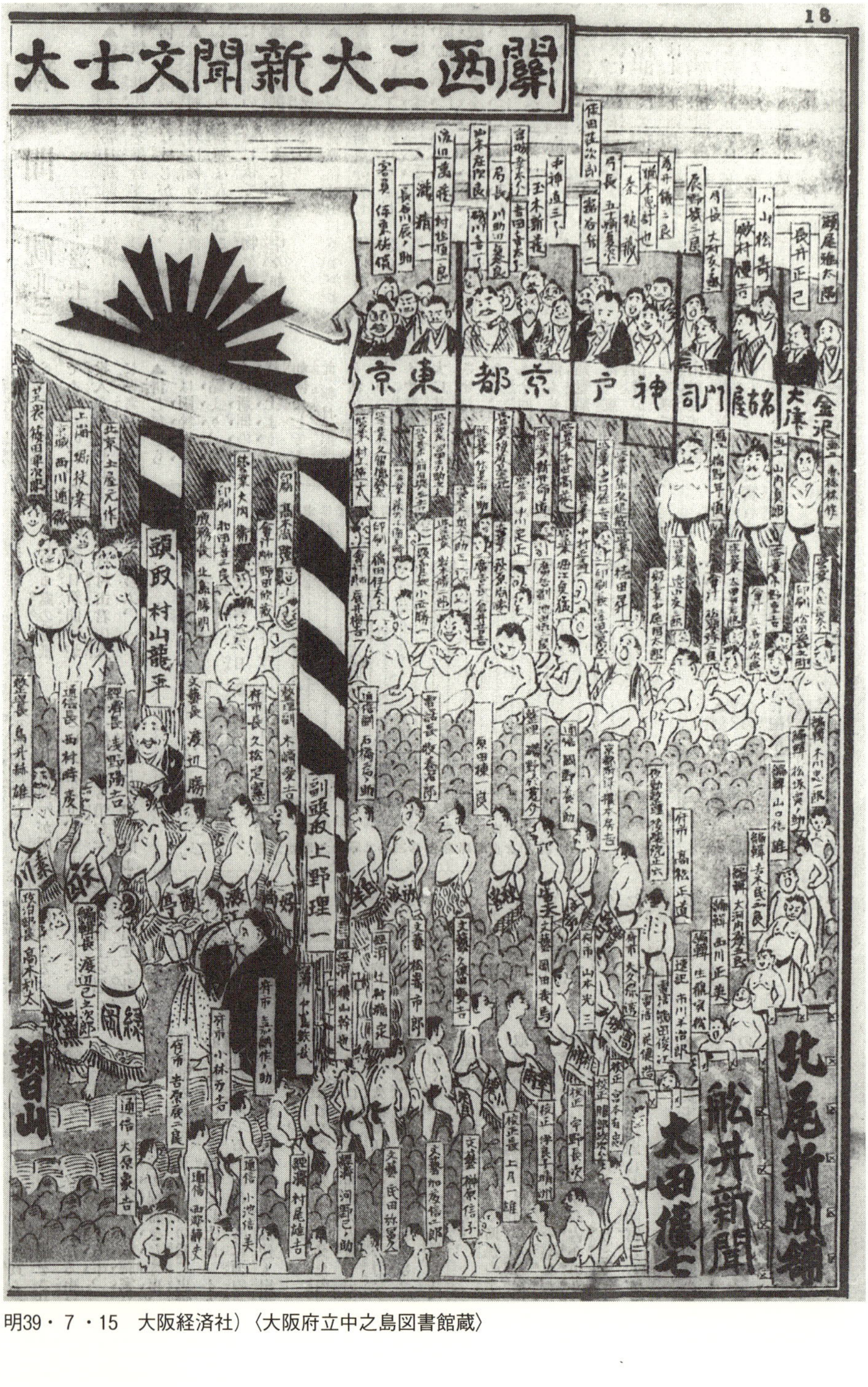

明39・7・15　大阪経済社）〈大阪府立中之島図書館蔵〉

「関西二大新聞文士大相撲名誉之土俵入」(『大阪経済雑誌』

るを期すべし。(中略)
文学会が機関雑誌を出すに至るは望ましゐけれど雑誌を出さんために会合せんは本末を誤れるものなること
吾人既に言へるが如くなるが、機関を要するまでに充分なる堅固の組織に周到の注意を経べし。
此等は現下文学会組織に就て吾人の管見なり。(「時文観」明33・3・13)

では、それに応呼するだけの胎動が、当時の大阪にあったのだろうか。ここであらかじめ私は、当時の大阪の文界の動きを素描しておくのも無駄ではないように思う。

角田浩々歌客は、明治三四年一月の「辛丑文壇を迎ふ」(『小天地』第一巻第四号)という一文に於て、この当時のことを回顧して次のように記している。「己亥(明治三二年)の文壇は、関西文学第三期の振作なりき、(南翠天囚好尚秋渚諸子を中心としたる時を第一期と仮定し、文海時代を発端と仮定して)、大阪毎日の文芸欄、大阪朝日の月曜紙上、関西青年文学会のよしあし草等を中心として、一時の盛を極めたる後、更に庚子に入て幾多の淘汰を経、漸く統一整理の運に向はんとせり。先づ人に於ては新体詩人として泣菫子が漸く其詩を認識せられたる、春雨酔茗其他の青年文士が東都に留学して其修養を重ねんと期ししばしば青年文学に有力なる製作所見を寄与し来る、曾て関西文運論を以て確実なる文学史料を与へたる湖南子の朝日に入社したる、幽芳子の『己が罪』鶴浦子の『蛍火』等が、新聞紙上小説の風化を表はしたる、月郊子が『金字塔』に理想小説の片影を漏したる、晴風不孤両子の毎日紙上に文学思想を鼓吹したる、従来相隔て勝なりし南翠子其他先輩諸家と青年諸子とを文学同好会の組織成立(三三年一月)に依て結合連絡せしめたる、此等は正に特書すべき事に属す」。

これを多少舌たらずの面を補う意味で、再度、機関誌などの動きから見れば次のごとくである。まず一柳芳風氏をして、「大阪文壇否中央文壇に残した功勲は、今の酔茗、春雨、梅渓、晶子の所産だけでも、偉大」(『明治の文章明治の文学』昭13・7）といわしめている、浪花青年文学会の機関誌『よしあし草』が、中村吉蔵（春雨）、高須芳次郎（梅渓）の両発起人を中心に創刊されたのが明治三〇年七月。参加者は河井酔茗、佐藤義亮、野田別天楼、斎藤渓舟、上野精一、田口掬汀、奥村梅皐、小林天眠等で、与謝野晶子が小舟と署名して処女作「春月」を投じたのもこの雑誌。終刊は同三三年七月で、のち『若紫』と合同して『関西文学』と改称。これに対して、一方文淵堂書店の階上に屯する文淵会と称する一派の機関誌『ふた葉』が創刊されたのが明治三一年一月。中心人物はおもに文淵堂の主人金尾種次郎の学友、青木月斗、松村鬼史、山中北渚、芦田秋窓、中井浩水、等少壮俳人で、これは『小天地』の前身に当たるもの。

この二雑誌の活躍に加えて、当時、大阪で役者の人気投票(3)をめぐり相対立していた二大新聞の陣容を記しておけば、角田浩々歌客が活動を開始した頃の大阪の文界がどの程度多彩な顔ぶれに充ちていたか、浩々歌客自身の一文と合わせてみれば、ほぼその輪郭がつかめるだろう。さいわい明治三三年六月二〇日の『大阪経済雑誌』に、大阪朝日毎日両社編輯局陣容の見立番付が掲載されているのでここに紹介しておく。

朝日新聞		
大関	編輯長	伊東祐侃
関脇	編輯部長	久松定憲
小結	経済部長	本多精一
前頭	文学部長	須藤南翠
同	同　取締	加藤紫芳
同	硬　派	関　新吾
同	同	長野一枝
同	軟派遊軍	角田浩々

これに加えるべき人物が居るとするなら少々遅れて朝日に入社の内藤湖南、浩々歌客と入れかわる毎日の桐生悠々などであろう。

以上、時期的には多少前後するが、これらがまさに角田浩々歌客が身を乗りだした大阪の文界と出版の状況だった。そして彼の開口一番、関西文士の合同結集という呼びかけに呼応するものであった。

同	軟派	木崎好尚
同	同	磯野秋渚
行司	副社長	上野理一
勧進元	社長	村山龍平
毎日新聞		
大関	編輯長	山田敬徳
関脇	編輯部長	渡辺巳之次郎
小結	経済部長	高木利太
前頭	文学部長	菊池幽芳
同	同取締	水谷不倒
同	硬派	児玉亮太郎
同	同	本多信次
同	軟派遊軍	佐東柳水
同	軟派	香川蓬州
同	同	斎藤吊花
行司	副社長	桐原捨三
勧進元	社長	原敬

では、それは具体的には、どのようなものに実を結ぶのであろうか。

六

ここで私はその後の角田浩々歌客の『大阪朝日新聞』での活躍や、交友録[4]などをめぐって、これから紹介する事柄を一つの頂天としたいのであるが、すでに原稿の方の制限枚数が近づいて来たので、端的に二つの事柄を指摘するだけに留めたい。その一つは明治三四年一月一三日に南地演舞場にて開催された「大阪文芸同好者の大会」であり、もう一つは角田浩々歌客、薄田泣菫、平尾不孤の編輯になる雑誌『小天地』の創刊である。そして前事項に限っていえば、浩々歌客の呼びかけが美事にこの大阪の土地で実を結び、空前の団結を示す気運を見せた具体例として紹介すべきものであるが、当日のことについてはすでに明治三四年一月二〇日『大阪経済雑誌』に詳報が見当たるので、ここでは一部来会者の名簿等を省略する程度にして、挿画と共にほぼ全文を再録すればことはたりると思う。

●大阪文芸同好者の大会
新俳優川上音二郎を歓迎す

大阪に於ける文学者の大団体なる、文学同好会、大阪文学会、浪花文芸会の発起に成れる、大阪文芸同好者の大会は、恰かも好し新俳優川上音二郎氏の欧州より帰朝せるを機とし、去十三日午後一時より、南地演舞場に於て開かれたり、サテ当日の来会者は、川上氏夫妻を主賓として、（中略）の諸氏を始め、其他著名の紳士にては、（中略）以上諸氏の外、尚遅れて臨時に出席したる者を合せ、実に二百二十余名の多きに達したり、（中略）斯の如く文芸同好会の名の下に、あらゆる各種の紳士を一堂に会し、以て将来劇と文学との調和を謀るの端を啓きたるは、実に是れ大阪文学界空前の現象と云ざる可らず、則はち当日開会の献立は発起幹事の予定する処ろに従がひ、関西音楽団の奏楽を以て始まり、左の順次にて、

開会の辞　大阪毎日新聞記者　結城礼一郎
歓迎の辞　大阪経済社　永江為政
演説　大阪府会議員　松村敏夫
音楽独奏　関西音楽団長　甲賀良太郎
欧米経歴談　川上音二郎
挨拶　同　貞奴
同　同　座員
講演　文学同好会　平尾徳五郎
演舞　川上音二郎

同　　　　　　　　　同　座　員
演　説　　大阪市会議長　　森　作太郎
惣代の謝辞　大阪朝日新聞記者　角　田　勤一郎
開宴の披露　大阪文学会　　土　井　晋　吉
演　説　　大阪学士会幹事　砂　川　雄　峻
同　　　　大阪美術協会　　吉　永　米　城
余　興　　　　　　　　　　村　田　正　雄
同　　　　　　　　　　　　同　座　員

一同会食をなし、演説及び余興の間だには、終始音楽を合奏し、殊に

第一　凱旋マーチ
第二　カドリーウ、マスコット《一、二、三、四、五》
第三　ポルカの曲《鏡獅子合の手》
第四　梅にも春《鉄道マーチ》

の曲は、関西音楽団中の西田、大村、谷村、田中、石原、遠藤、瀬倉氏の合奏にて、甲賀氏の小鍛冶《長唄》サキソーンヌ、ソップラーヌ、独奏は、最とも会員の耳を澄したり、余興の演劇は、村田座員の口上演説にて幕を開き、（中略）月夜、日本橋上の立廻りを演じ、彦九郎が勤王誠忠の志ろざし動か

「大阪文芸同好者の大会」の図、於南地演舞場（『大阪経済雑誌』明34・1・20　大阪経済社）〈大阪府立中之島図書館蔵〉

す可らざるを紛し得て妙なり、演説の後に此余興あり、拍手喝采頻りに起れり、殊に此日の演説中、

川上優に希望の要点　松村敏夫
巴里所感演劇局外観　森作太郎
仏国演劇史　砂川雄峻

諸氏が此日を機会として、平素懐抱の意見を発表したるは、来会者一同の最とも歓迎したる処ろにして、川上氏が英、仏、米諸国の経歴談より延て俳優学校設立の意見を述たるは、大ひに会員の同情を博したるが如し、且同優が洋装の儘礼服の上に、ヘコ帯を結び、一本の『ステッキ』を横たへ、同座員野垣誠一『フロックコート』を相手に、得意の児島高徳を扮し、正面の金屏風に対して、『天莫空勾餞《てんこふせんをむなしふするなし》。時非無范蠡《ときにはんれいなきにあらず》』の句を手書し、行宮を拝して一片の誠忠を表はすの所ろ、最とも神を得たり、此日の折詰料理は森吉楼の仕出にて、開宴中は乾娘美人の接待に一任し、来賓と会員と打雑りて快を尽し、歓を極め、余興の演劇打出と共に午後九時に至りて散会したり、要するに此会たる空前の盛会にして、大阪紳士の演劇思想を発揚するの好機会を与へたる者と云べし、殊に当日諸氏の演説を概評すれば、結城氏の開会の辞、最とも能く其旨意を貫徹し、天晴の達弁たり、唯永江氏の歓迎の辞は、抑揚の態度を失なひ近来の不出来なるに引代へ、松村法学士の演説は態度能く整なひ、サスガに一大弁士たるの価値を現はしたり其他森議長の演説はいふ迄もなく、平尾、吉永諸氏の演説も亦無難にて、何れも文学者たるの資格充分に見たり、最後の砂川氏の演説に至りては、既に開宴の席上にて、人皆演説に飽き、席漸やく乱れんとするを喰止め、約一時間半に陟るの長演説を試ろみ、而も満場の人をして之を静聴せしめたるの伎倆は、最とも是れ近来の大出来と云ざる可らず、川上の演説は其場馴たる所ろに値打あり、従容として迫らず、殊に謙辞を以て面白く縦横に説廻して、欧米遊歴

中の所感を述尽したり、貞奴の挨拶亦愛嬌ありき、

次いで『小天地』の方に移れば、この雑誌は、『ふた葉』の後身として、青木月斗一派の俳人たちが明治三二年一〇月に『車百合』を創刊して分離したのち、三三年一〇月に金尾文淵堂書店より刊行されたものであるが、大阪では稀に見る綜合的文芸雑誌としてながく記憶に留めるべき必要があるだろう。事実、大阪に於ける代表的な出版馬鹿金尾種次郎と、大阪の地に足を踏み入れるやいなや文人の合同結集を呼びかける角田浩々歌客とが、この気運の高まった時期に意気投合し、さらに薄田泣菫、平尾不孤がこの編輯に身を投じて、巻頭に「敢へて告ぐ、多くを言はず文壇の趨勢と読書界の渇望とはここに吾人をして雑誌『小天地』を発行せしむ営利にあらず党閥にあらず期する所は趣味の普及と理想の実現にあり主として文学に尽す側また美術宗教教育社会各方面の時評と報道とに精ならんとす」と高唱され、「大阪文芸同好者の大会」が開催される直前の明治三三年一〇月に創刊号を発行をみたこの雑誌は、大阪の有名文人の参加と執筆はもとより、鏡花、荷風、独歩の小説、逍遥、梁川、蘇峰らの評論、さらには眉山、鉄幹、天外、宙外、抱月ら東都の有名文人も多く名を連ねる画期的なもの。しかも体裁の方も、毎号菊版一六〇頁前後の大誌にて、むろん月刊、今日終刊号として確認しえる明治三六年一月発行の第三巻第三号までに限っても、全部で二五冊の刊行が見当たるといった豪華なもの。

ここに於て、角田浩々歌客の念願は一応その実を結び、大きく動きだしたこととなる。そしてまた大阪の文界と出版も、従来になく画期的な賑わいを見せることとなる。

では、その後の動きはどうだろうか。

七

ここで早急に結論をだすようであるが、この『小天地』に限っていえば、創刊号から中央有名文人の参加を例外的に多くみ、大阪では珍しく画期的な賑わいを見せたこと自体が、結果的には角田浩々歌客の意気込みを裏切るようなことになったのもまた事実だった、ということを指摘しておかねばならないと思う。すなわち一柳芳風氏が「「よしあし草」前後の大阪文壇」の中で、いみじくも記しているごとく、「古今を通じて其揺籃時代を華とし光彩とする大阪文壇は、この統制と東都文士の参加を得た時、既に命脈の断末魔であった」、そしてこの『小天地』は、「大阪が有して居た文芸誌の尤なるものと目されたが、それだけに地方色を失って、東都文壇の支店のやうになり、引続き文淵堂主人の東上と共に、その光芒は消滅した」のであった。創刊号から数えて、わずかに数年ののちのことである。

もっとも、浩々歌客自身はそれでもなお大阪に執着し、『小天地』終刊直後においても、明治三六年二月二三日の『大阪朝日新聞』では、「文芸家に檄す（文芸家大会を大阪に開くの議）」と題して、博覧会開催を機会に全国文士が大阪で一同に会合する大会の意義を強調しているが、これは所詮、かけ声だけに終わったと見るべきだろう。まもなく日露戦争の勃発による時代の諸状況の急激な変化、『大阪朝日新聞』での月曜附録の廃止、須藤南翠・加藤紫芳等先輩・同僚の文芸記者諸家の退社等が重なり、浩々歌客自身に於ても、もはや一時のように高山樗牛ら中央文人を相手に「月光青色論に就て」（明32・12・11）、「美的生活とは何ぞや」（明34・8・12、19）など朝日の文芸時評で一人気焔を吐くような冴えは、少なくともこの大阪を舞台にしては見られなくなり、次第に彼の関心も匿名を使っての『東京読売新聞』での時評へと奪われていくこととなる。ただ、その中にあって、彼の『大阪朝日新聞』時代の最後の仕事として、もし記しておかねばならないものがあるとするなら、『花外詩集』（明37・2　金尾文淵堂）中の「同情録」の編輯に力を尽くしたことと、もう一つ、明治三七年五月に大阪の振文館より刊行の『絵入日露戦記』(5)に、西村天囚、内藤湖南、二葉亭四迷、木崎好尚、渡辺霞亭、須藤南翠などと共に、創刊号より名を連ねているぐらいのものだろう。

この時より、角田浩々歌客の『大阪朝日新聞』退社までの期間は、わずかに一年たらずである。その間、彼は大阪ではほとんど執筆の場を失い、活動らしい活動をなしていない。そしてやがて舞台は一転し、『大阪毎日新聞』(6)での再登場ということになるのであるが、これはまた別な事柄としてあつかわねばならないだろう。

八

最後に約束通り、金尾文淵堂の出版について、簡単に紹介しておきたい。

周知のように、金尾文淵堂主人金尾種次郎が大阪での出版活動を営むのは、明治三二年一月の『ふた葉』創刊を手はじめに、のち明治三八年の春に店をたたんで、朝日新聞懸賞当選小説大倉桃郎の『琵琶歌』の出版権一つを携えて上京するまでのごく限られた一時期にすぎないが、それでもその残した業績たるや大というのは、私一人の意見ではないだろう。今日、この人物の出版馬鹿振りについては、幾人かの人の書き残したものが見当たり(7)、いずれもみな明治期の大阪出版文化に残した功績を賛えている。そのなかにあって、二、三、金尾文淵堂のユニークな一面を伝えるために特筆すべきことを記しておくなら、文芸雑誌『ふた葉』創刊当時（明32・1）の文淵堂の階上は、連夜句吟会などが催され、文淵会、その他青少年俳人たちの賑やかな文学サロンであったこと、薄田泣菫と文淵堂主人との繋がりは特に深く、平尾不孤の紹介でその第一詩集『暮笛集』を発行した翌年には東京から泣菫を誘い一時文淵堂の階上に寄宿させるまでにいたったこと、『小天地』の創刊はこの延長線上で誕生したこと、また児玉花外の『社会主義詩集』についていえば、明治三六年九月一四日官報内務省告示五七号で安寧秩序を妨害という当時としては異例の思想上での発禁処分を文淵堂が受けるにいたり、その刻板印本までも差し押えられるといった不幸な事件に見舞われたこと、そのためについで発行の『花外詩集』は著者の私版となり、文淵堂主人に贈られたこと、――これらはいずれも大阪時代の金尾文淵堂の活躍を知る上で見逃せないことだろう。

以下、その功績を偲んで、ここに私の調査しえた大阪での金尾文淵堂発行（発売）の単行書目を掲載し、この稿を終えたい。

出版年月	書名	著者	備考
明32・11	暮笛集	薄田泣菫	
明33・6	長春譜	三木天遊編	『ふた葉』臨時増刊
〃〃	詩国小観	浩々歌客	
	金字塔	月下郊上散人	取次
〃12	夜濤集	月郊散人	取次
明34・2	川上音二郎欧米漫遊記	金尾種次郎編	
明〃・4	川上音二郎貞奴漫遊記	金尾種次郎編	和本
〃5	よつちやん	菊池幽芳	

〃 6	出門一笑	浩々歌客	
〃 7	無花果	中村春雨	
〃 9	菅公論	梅沢和軒	
〃 〃	※避暑漫遊 旅行案内	金尾種次郎	
〃 10	ゆく春	薄田泣菫	
〃 〃	春くさ（第一集）		
〃 12	俳諧叢書第十一編 俳句問答（上編）	獺祭書屋主人	俳書堂共発行
〃 〃	七日間（前編）	菊池幽芳	
〃 〃	ひな鳩	中村春雨	
明35・2	俳諧叢書第十二編 俳句問答（下編）	獺祭書屋主人	俳書堂共発行
〃 3	菅公実伝	水谷不倒	
〃 4	俳諧叢書第十三編 俳句界四年間	獺祭書屋主人	俳書堂発行
〃 5	児島湾開墾史	井上経重編	
〃 8	半月集	湯浅半月	
〃 8	せみしぐれ（春艸第二）	武定鈔七編	
〃 9	提督ぺるり	米山梅吉	
〃 12	薄墨の松	米光関月	
明36・1	七日間（後編）	菊池幽芳	
〃 〃	大阪名勝図会（巻の一）	文淵堂編輯局編	
〃 4	春雪集	高安月郊	取次
〃 6	※写生の道	金尾種次郎	
〃 〃	処生の道	御風真人	

〃8	※社会主義詩集	児玉花外	発行直後に発禁
明37・1	小扇	与謝野晶子	
〃2	花外詩集	児玉花外	東京堂共発売
〃9	みだれ髪〔三版〕	与謝野晶子	杉本書店共発売

※印はなお調査を要するもの

注

(1) 中村吉蔵（春雨）、高須芳次郎（梅渓）らの発起になる浪花青年文学会（のち関西青年文学会）の動きなどを指す。これについては、明石利代氏の「関西青年文学会の文学運動」（『女子大文学』昭30・3、31・3）があることをしるす。

(2) 明治一二年一〇月創刊、全二〇冊、大阪朝日新聞社より発行、府立中之島図書館に一～一八号（欠一四、一七号）まで所蔵。

(3) 明治三三年六月一四日にいたり、菊池侃二、田村太兵衛、磯野小右衛門、外山修造の四氏により仲裁の調停がなされたが、明治三三年一月より六月にわたり両新聞のあいだでは、『大阪朝日新聞』が社説で攻撃を加えたのをきっかけに、人気俳優投票等をめぐり連日筆戦を闘わせている。

(4) 例えば後藤宙外『明治文壇回顧録』（昭11・5 岡倉書房）中の「一六 関西遊覧と京阪諸文士」に、明治三三年七月に関西遊覧に来た時の回顧があるが、その時、宙外歓迎に集まった大阪の文人の顔ぶれや、特に浩々歌客については、彼の案内で中之島界隈で船を浮かべて遊んだ思い出がなつかしく回顧されているなど、その一例。

(5) 創刊号内容、「宣戦詔勅通解」西村天囚、「雲帝宣戦評釈及開戦の由来」石橋白羊、「奉天の五日間」内藤湖南、「戦局の発展」木崎好尚、「軍事小説大輸送」渡辺霞亭、「輸卒物語」須藤南翠、「戦時の天然」角田浩々。明治三七年九月二日付『大阪朝日新聞』に第五号の広告が確認しえる。原本未見。

(6) 浩々歌客の『大阪毎日新聞』での活躍をしるすと、明治三八年八月一三日付紙上で「関西読詩《ママ》社会に告ぐ」の一文を掲げた時より、大正元年七月一九日に『東京日日新聞』学芸部長の転勤辞令を受けるまでの期間。この間、明治四一年一二月～四二年六月、同四四年二月～四四年四月の二度にわたり社会部長の要職にある。

（7）　宇野浩二『文学散歩』（昭17・6　改造社）中の「四　初期の純文学書出版者（一）その一　金尾文淵堂」。小川菊松『出版興亡五十年』（昭28・9　誠文堂新光社）中の「出版文化へ貢献した金尾」。湯川松次郎『上方の出版と文化』（昭35・4　上方出版文化会）中の「大阪書籍業界人物誌」。近松秋江『文壇三十年』（昭6・1　千倉書房）中の「自分の見て来た明治三十年以後の文壇」。広津和郎『年月のあしあと』（昭38・9　講談社）中の「金尾文淵堂」など。雑誌に書かれたものは省略。

〔付記〕　角田浩々歌客についての調査中に、終始ご助言を賜わった肥田晧三氏に深く感謝いたします。

Ⅱ　角田浩々歌客の活躍

――『国民之友』から『大阪朝日新聞』へ

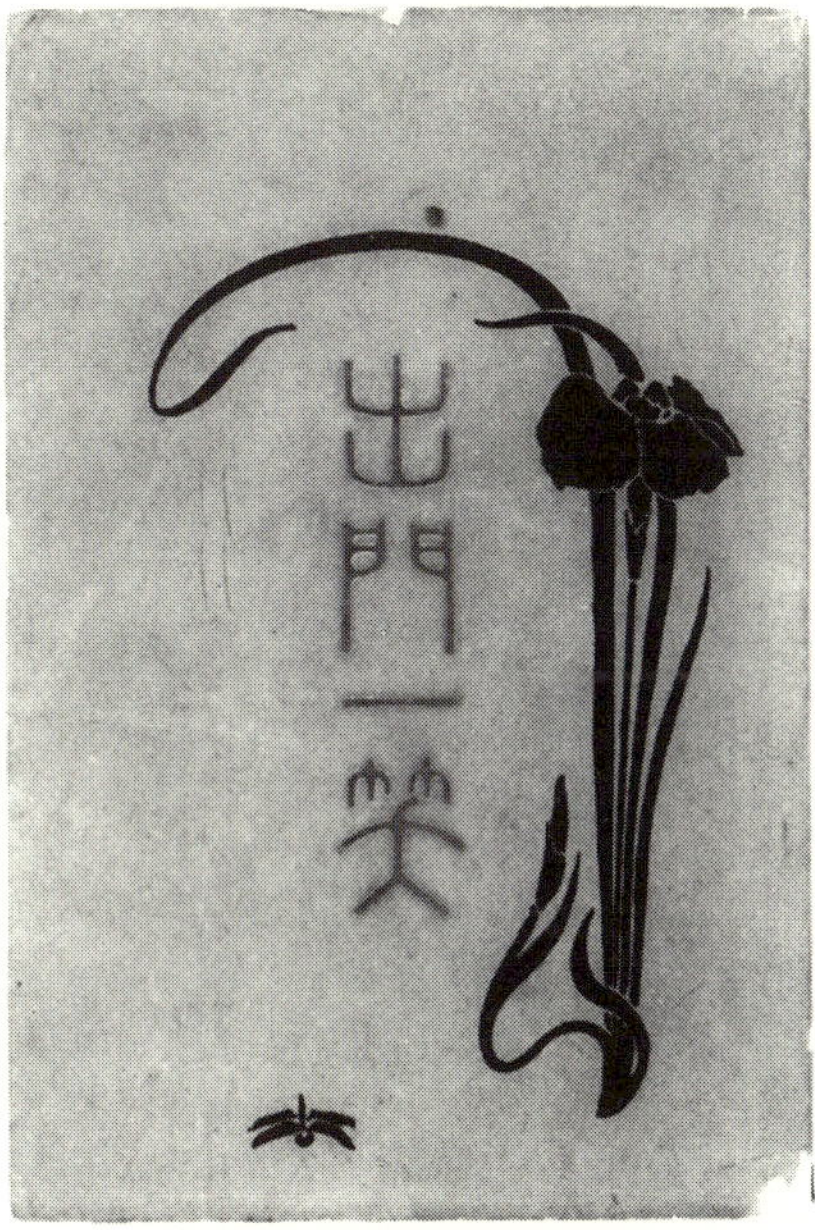

角田浩々歌客『出門一笑』
（明34・6・16　金尾文淵堂）本文119頁参照

「老天」の新視界

――角田浩々歌客と宮崎湖処子に於けるホーソーンの受容――

角田浩々歌客と宮崎湖処子の関係について、浩々歌客の残した唯一の長篇小説「老天」[1]の射程から、ホーソーン、湖処子の小説が与えた影響について論究するのが本稿の目的である。

すでに知られていることと思うが、角田浩々歌客が文芸時評家として登場し、世に知られるようになるのは、明治三〇年二月二七日の『国民之友』第三三七号に、八面楼主人（宮崎湖処子）と共に「『鹿子紋』『人殺し』及『たかせ川』」（筆名・浩々而歌閣主）の掲載をはじめた時からであり、そして以後しばらくは同誌に両人の時評が掲載されることになるが、やがて四月三日の第三四二号からは八面楼主人のあとを引き継ぐかたちで浩々歌客が一人単独で時評を担当し、以後は定着、湖処子は退くことになる。しかし、浩々歌客が民友社、特に湖処子との関係を持つようになるのはこの時が最初ではなく、資料でわかる範囲に限っただけでも、それ以前のかなり早い時期から始まっている。明治二四年一二月三、四日の『国民新聞』に掲載の「白雲を読む（正）（続）」（筆名・不二行者）には、それを裏付ける実に多くの重要な回顧がなされている。

まず「今年の夏湖処子西遊の序、飄然我富士山下の庵を訪れ、富士峯頭に登臨し、仙風に吹かれ明日に対し簫管を吹かんと曰ふ、我笑て大に之を賛し、同攀せんとして果さず」と記している。これは明治二二年八月に、父の一周忌に郷里への帰省を果たした湖処子が、同二三年六月『帰省』を民友社から単行本で刊行、「わが国の文学に珍らしい田園文学の領域を開拓したものとして清新な感銘を読書界に与へた」（笹淵友一『浪漫主義文学の誕生』）という評価が忘れがたく、今年も初夏を迎え、また遊ぼうと思って一書生を伴い、遂に西遊の路に上り、途中鈴川で下車、富士山下の大宮まで馬車を走らせ、角田家を訪れた時のことをしるしたもので、事実この時の訪問と登岳の様子は湖処子自身の側からも、『国民新聞』に紀行文「西遊漫興」（明24・8・9～9・5　筆名・行々行者）を連載して、ただちにより詳細に描いている。それによると湖処子は、この訪問では「氏は余と筆硯の友たり」としるし、当地の旧家角田桜堤《おうてい》（浩々歌客の雅号　著者注）氏の家に寄宿し、そして桜堤の父秋金翁《しゅうきん》にも会い、さらに祖父の与市（桜岳翁《おうがく》　著者注）がこの地の万野原の開墾を助成、衆民の父と崇はることなど三代にわたる功績等をも詳細にしるしたのち、富士山登岳の時の様子については次のように述べている。「秋金翁大に賛す桜堤氏も登らんとし太孺人病あるを以て止む」。「秋金翁娓《び》々余等の為に家人に命じて用意せしむ、好意忘るべからず」。

　要するに浩々歌客は体調が悪く同伴できなかったので、湖処子のみ書生と二人で[2]登岳することになる。そしてその湖処子はといえば、「晨四時に起き」、秋金翁の「今日の如き好天気復あるべからず」との言葉に、「岳を望むに雲霧茫として天将に雨ふらんとす窃《ひそか》に翁の言を危ふみき」と思いながらも、「富士の正面に当る」「最も険なりと云ふ」「大宮より登るの道」を、金剛杖を買って登頂する。そして「絶頂にも亦富士浅間社」あるのを確認、但し疲れることはなはだしく、「その側面の四五の窖《あな》」ある「第一の窖に入りて休息し」、頭痛に悩まされながらも「脚袢を着け草鞋を穿き菅笠に筵席《むしろ》を携へ、金剛杖を握つて登攀三日を消し帰り来」る。その結果はといえば、これを実家で迎えた浩々歌客は、次のようにしるす。「頻りに微笑す、興如何と問へば大に快と頷く、嚢中何物か得しと問へば得るありと曰ふ、日ならずして処子また飄然去て琵琶湖の月を石山寺に賞し、南海の雨を高野山の奥に聴く、消息なきの数句、暑去り涼来りて白雲一篇紙上に湧き来る、行者則ち処子の前に得しところのもの是此白雲なるを知る」[3]。

つまり簡略にいえば、小説「白雲」は、この時の富士登岳の体験を背景にして生まれたといえる。そして湖処子はこの紀行を終え、「西遊漫興」に続いて「南遊漫興」（明24・9・8〜9・11）の二つの紀行文の連載を終えると、同一〇月二二日より一一月二七日にかけて次に「白雲」の連載を、同じく『国民新聞』で始める。では、「白雲」とはどういう意図で描かれた小説なのか。そして浩々歌客の小説「老天」にどう影響するのか。

笹淵友一氏は、「白雲」は前作「「空屋」が全く心理描写に欠けてゐたのと反対に心理描写において数歩を進めたもので、湖処子の作品としては異色のもの」としるしたうえで、「場面は富士山に、人物は強力阪井慶蔵、彼と筒井筒の頃に将来を誓つた阿夏とその夫の谷静一として設定されてゐる。慶蔵は自分の愛を裏切つた女に復讐するために富士山の頂から静一を顚落させようとするが、阿夏の悲歎の叫びを聞いて翻然として宿怨を忘れ、静一を助けて去る。この作がホーソーンと関連をもつであらうことは当時浩々歌客によつて指摘された」（『浪漫主義文学の誕生』）と、ほぼ作品の要点を要約している。一方、浩々歌客の「白雲を読む」では、要旨はこうである。「白雲は一個の壮漢が、少時の痴なる恋愛より迷途に入りて魔界に心念を堕し、一歩一歩より深く暗迷に落ち、竟に之を窮極せんとして、一点明火猶心中の一隅にあるあり、発して暗を照し翻然其魔界を脱するに至る心情行徑を描出せるもの、（中略）しかも、行者の言をして当らずとも遠からざらしめば、処子がアービングよりホーソーンの域に至れる」と[4]。

いずれの論稿でもホーソーンの影響を問題にし、容認している。そして、確かに「白雲」で描かれているのは、

「道徳と愛慾との矛盾相克を描き、而も結局道徳律のために愛慾を犠牲にしなければならない悲劇」(『浪漫主義文学の誕生』)であり、ブルジョワ女の不倫を心理的に描くフランス型姦通小説ではなく、物語が始まる時罪は犯され不義の結末のみを描くという意味でホーソーン、――特に『緋文字』の影響が如実に見られ、その裏付として湖処子自身もこの前後の時期に、「落武者」[5](明24・6・8〜17)、「白髪武者」(明25・2・14〜19)、「漁翁」(明25・2・26〜3・31)などホーソーンの作品の訳出を、『国民新聞』に多く掲載してもいる。したがって、笹淵友一氏が言うように、この時期に『緋文字』を読んでいたという証拠はないが、構想の類似などから読んでいたと考える方が妥当であり、「湖処子がこれまで書いたことのない一種異様な人間像」、強力阪井慶蔵の「原型は「緋文字」の医師キリングヲルであると思はれる」し、「構想が湖処子の作として珍らしく錯綜変化の妙を具へてゐるのも「緋文字」といふ手本があつたからだらう」(『浪漫主義文学の誕生』)と結論づけているのも正しい。

しかし一方、「白雲」を一つの文芸作品として、「緋文字」との比較で評価を試みてみると、これも笹淵友一氏のしるす如く、「モティフは極めて抒情的であつて、倫理的、宗教的でもな」く、「「緋文字」のやうな清教徒的な罪悪感」、「罪悪に対する深刻な苦悩も懺悔もない」。「「白雲」はピューリタニズムの感化を受け倫理的な主題の設定を企てながら結局抒情的なもののためそれが曖昧にされてしまつた」(同上)といわざるを得ないだろう。

このように「白雲」は、結局「緋文字」の強い影響を受けていると考えられるわりには、ガウンの胸に赤い布地にAの文字を付け罪の子を抱いて処刑のさらし台に立つヘスタープリンと、「人類の精神の救済のために生命を使いはたしたすえ、彼は自分の死にざまにひとつの寓話を仕立てあげ」「教訓を刻みつけた」[6]牧師ディムズデールの次元には至っていない。

これに対して、「白雲」ですっぽり抜け落ちているホーソーン的主題は、その二ヶ月前の「空屋」(明24・8・

13『国民之友』）や、のち明治二九年二月二一日~六月六日にわたって『国民新聞』に連載された「人寰」の方に、より切迫した問題として描かれていると見てよいかと思う。

まず「空屋」の簡単な梗概から始める。これについては、すでに笹淵友一氏や山田博光氏[7]も要約しているので繰り返すことになるが、敢えて紹介すると、

農家の新婚まもない夫が西南の戦争に軍人として従軍、戦死する。寡婦となって残された若い妻を、夫と共に軍夫として従軍した友人が、女の境遇に同情を寄せ慰めているうちに、徐々に女主人公の心に恋めいた思慕が生まれ、不倫におちいる。が、その恋が遂げられないものであることから女は絶望の果て縊死し、男の方は後悔から家出をし行方が知れなくなる。そのため村里には二軒の空家ができる。

というストーリーである。

当時の評価としては、一般には心理描写に欠けるといわれながらも、田園情調を描いていることの魅力から好評であったが、笹淵友一氏は、「湖処子が果して単なる田園風俗を書くつもりであつたかやや疑問」（『浪漫主義文学の誕生』）という言葉を投げかけている。というのも、むろんここでも描かれているのは、題材を故郷に求めた田家小説の系統に位置するものであるが、と同時に「白雲」同様の道徳と愛慾との矛盾相克でもあり、尼になろうとまで決意していた寡婦が次第に夫の友人に心をひかれ、遂には自殺に至るという小説に内在する問題性を直視してみると、倫理的な主題が抒情的な曖昧さに流されることなく、悲劇は完成されて描かれている。そして、特に注目すべきは、最後の部分であり、おぼろげながら暗示的に描かれている主人公の佐太郎の次のような姿である。

不思議にも彼が死骸は何処にも浮ばざりき、（中略）斯くて古門村には二軒の空屋を残したり、（中略）三

年立ち五年過ぎ、村人の代も変りて去年新に隠居して本願寺に詣でし父老の一人、帰村の初め、歓迎の宴席に於て語れる其紀行の裡に左の一節ありしなり。「我等が西京より近江に出て有名なる三井寺に詣づる途中、今しも琵琶湖を漕ぎ出る舟に一個の気高き行脚僧を見き、我等が彼を認めし時は、舟既に岸を離れてありき、我等が彼を熟視する如く彼も頻りに我一行を打守りき、遂に彼は舟子に舟を返さしめんとする様子なりしが、其語は櫓の声波の音に紛らされ舟は返らずして益々遠ざかり、（中略）遂に全く見えなくなりぬ、さて其法師の容貌と風采とは、宛然《さながら》年とりし佐太郎其儘にて、不思議の再会最も懐しく思ひたるに、他に佐太郎にあらずと云ふものもあり、去らばとて、帰り路に再び其処を過ぎたれど人にも舟にも遇はざりし」。

この後日譚を物語の結末にことさらにつけ加えているのには、どのような意図があったのだろうか。単に物語の浪漫的気分を盛り上げるためだけのもの、と考えるには意味深いものが暗示されすぎている。むしろ『半生の懺悔』（明41・10　如山堂書店）で告白されている湖処子の自伝的人生を背景にしてみるとき、佐太郎の姿こそ倫理的にいきづまった人間のたどるべき自己救済の姿であり、事実、自伝で告白されている「首実すれば、吾が罪悪は色欲なりき」、「此の躬を以て姦淫を実行し、之を以て己を滅ぼし、多数の婦女子を滅ぼしたり」と重なりあい、自分の品性に対する悔恨・懺悔こそ原点である。と同時にそれは、小さい時から、身体が弱いので坊主にでもなれば、と父の口から言われて育った湖処子自身の、早くも明治一九年五月に牛込教会で受洗を受け、さらには同三一年四月に多摩川での浸礼を受ける生き方ともつながる。そして明治二九年二月二一日〜六月六日にわたって『国民新聞』に連載の「人寰」は、この延長線上で書かれた小説として、物語は冒頭から「某がし寺の奥なる学寮の一室」、「頭丸き学生たちが『如何にして僧となりしか』といへる通題にて、とりどりの身の上を語りあひつゝ、土曜日の夜を深かせるなり」で始まり(8)、年若き僧房太郎が如何にして社会を棄て出家したかの告白が物語の中心となる。しかもここでの告白は、『半生の懺悔』とつきあわせてみるとき、一部には女主人公玖摩の妊娠、自殺などフィクションも混っているが、「人寰」の玖摩と『半生の懺悔』の摩代は同一の女性で重なり合う部分も多く、半自伝的な小説であることに間違いない。

ところでこの半自伝小説「人寰」の評価を廻る問題であるが、北野昭彦氏がしるす如く、「新聞に連載された切り埋もれてしまい、久しく研究者の目に触れ」ず、「退潮期の一作品という予断と偏見をもって見過し、正当に評価されるに至らず」[9]、ようやく山田博光氏編『民友社思想文学叢書』第五巻「民友社文学集（1）」（昭和59・5　三一書房）の刊行によって、「湖処子の全小説の中で、作品の長さ質の両面で『帰省』に匹敵できるのは『人寰』である。（中略）『人寰』は、明治前期の少年少女の世界を描いた作品として、「たけくらべ」「一之巻〜誓之巻」と並べられるべき秀作である」と「解説」で評価されるに至ったもので、同「解説　故郷と都市の現実――民友社の文学」で梗概を次のように要約している。

「人寰」は、ある若い僧の懺悔という形式をとっている。主人公は地主の次男として生まれ、寺子屋、小学校、丁丑義塾に学ぶ。その秀才ぶりをねたまれて同級生と対立する。寺子屋時代の一一歳のとき、祭礼で情死ものの「桂川連理柵」を、仕組み踊としていっしょに踊ってから、玖摩という同年の少女と親しくなる。五年後、主人公が一六歳になったとき、偶然玖摩と再会し、たけくらべなどしているうちに、薄の原で結ばれてしまう。以後、主人公は漢学塾の勉強をよそに密会を続ける。そして遂に破局を迎える。玖摩の妊娠が彼女の父にばれ、主人公も父に烈しく叱責される。主人公の自殺未遂を玖摩が既遂と誤り聞き、井戸に身をなげてしまう。絶望した主人公は、一切を捨てて家出し、僧となる。

そしてこの小説について、山田氏は「経済的独立を確立する年令と愛しあう年令のずれの悲劇」としてとらえる。[10] しかし「これだけでは「人寰」が〈秀作〉であるゆえを十分に論じ尽くせていない」とするのが北野氏で、「この恋愛の悲劇の要因は、房太郎の出世を願う一族の期待と、四民平等の世になっても解消しない貧富の懸隔である。（中略）このようにありうべき恋愛悲劇を虚構によって、体験的事実より以上に真実らしく典型化したところに、この作品の再評価すべきゆえんが認められる[11]」というあたりに焦点をあてている。

これら「人寰」に関しての近年の評価は、いずれも作品に内在する問題点を適確に分析・評価を下している点では的はずれでないが、しかし一方、笹淵氏がしるす如く、この時代の「その文学と信仰との関係に注目したものはほとんど見当らな」く、「小説におけるピューリタニズム的傾向は信仰体験を背景として考へられる」（『浪漫主義文学の誕生』）以上、「人寰」の作者の窮極的な眼差しは、倫理と愛欲との相克の果ての宿命的破綻、その背後に見える浩々歌客も指摘したホーソーンの影響、そして先にふれたが何より湖処子自身の東京専門学校時代の牛込教会での早くからの受洗、一致教会でのキリスト教信仰、さらにのちの浸礼事件、森川町教会での牧師として生きる姿をも重ねあわせて考察する必要があり、それらはこの世における救い難い人間存在の罪、生まれながらに背負っている原罪など、存在それ自体の本来的な問題にまで至るはずである。なぜなら「人寰」の物語自体も、前半の美的実存の時代が終わり後半へいたるにつれて、女主人公玖摩の妊娠にはじまり、性悪な玖摩の父親の面倒ないいがかり、主人公房太郎の縊首自殺未遂、それを既遂と誤り聞いた玖摩の後追い自殺と作者の筆は止まることなく盛り上がりと緊迫感を見せ、悲劇性は一気に高まり、房太郎は悲憤に暮れ恋しき人を求めて黒川を彷徨し、田間の墓原にさしかかると、「余は玖摩が位牌に対ひて屈み、二の膝瓦に顔を伝《つけ》て、悲哀の極、人事不省の態なりき。（中略）御身は浮世の天女なり！　仏なり！」と精神の極限を見せ、小説は完成度の高いものになっているからである。

しかし、問題はそれからである。房太郎はその果てに「出家！出家！」と坊主になることを決意するだけで、湖処子の描く小説は、「空屋」の末尾で暗示的・象徴的に描かれた姿が具体化しただけであり、その域を越えてはいない。湖処子はキリスト者でありながらも、その描くものは浪漫的に終わり、人間の極限を描くという姿勢には、性格的に限界があったように思う。

角田浩々歌客としては、誰よりも関心を持ちながら、こうした「筆硯の友」の小説の連載を熟読し、片や『国民之友』での時評文を執筆していたはずである。そして、「白雲」をホーソーンの影響と断じた自負もあり、湖処子の小説にはあきたらず、自身でも力量と成果を問う小説の執筆の必要を痛感し、執念を燃やしたものと思われる。なぜならホーソーンの小説「緋文字」は、湖処子の小説のように、神に救いを求めて終わってはいない。登場人物らはヘスタープリンにしろディムズデールにしろ犯した罪をつぐなうだけである。「人間は本来すべて罪人なのだ。罪人になるということは本来ありえない[12]」――との浩々歌客の思いがあったからである。

かくて「人寰」の連載終了の三ヶ月のち、明治二九年九月二〇日の『国民新聞』紙上で連載を始めたのが「老天」である。

そこで角田浩々歌客の唯一の長篇小説「老天」についての論述に移るなら、注（1）にしるしたように『国民新聞』での連載は三回のみにて中断、新たに「石ふみ」に改題されて明治三一年四月一〇日から『国民之友』に再発表完結したせいでか、ほとんど正当な評価をされることなく終わった。当時は時評家としての存在の方が世に知られていたせいでもあろうか。それにまもなく明治三一年八月に『国民之友』終刊という事態も重なり、浩々歌客自身も同三二年一月には大阪朝日新聞社の招きに応じて、東都を去ったこともあったかも知れない。とにかく「老天」が再び世に出たのは、浩々歌客が『大阪朝日新聞』で時評文を担当、大阪での活躍が本格的に始まり、同六月五日の同紙に「詩人ホウソーンに就て」を掲げ、「『人の霊魂の神秘なる生活』を其詩題となして之を描く」と刻みつけたのちに、単行本『詩国小観』（明33・6　金尾文淵堂）の巻首に収録を見る時である。この時にはわずかであるが、刊行直後に左記の新聞に好意的な寸評が見える。

「小説は無論巻首の「老天」を以て圧巻となす可し。髣髴として露伴の面影あり[13]。的是一篇の好詩、これ十年前の作とすれば、思藻の富騰また驚く可きものあり」　（徳富蘆花『国民新聞』）

「小説は巻頭の「老天」を以て自負とすべく、富士川の畔、湫窪の山村に、塁々積なされたる三十尺の尖塔、雨露に晒され、苔は蒸して茲に七十年、秘密は其石の底深く蔵められて、竟に人に語られざりし、百四十頁の「老天」は善く其来歴を明かにし、恋に狂ひし男子と、嫛に死せし女子との、最も清き最も尊き情の歴史を詩化したり、文字の佶屈なるは、偶ま著者の漢学に通じたるを示し、想の高潔なるは転に露伴子の面影をとゞむ」　（千葉紫草『静岡新報』）

しかしそれっ切りで、以後は文学史の上でも再評価されることなく、完全に無視されたままで、吉田精一氏の『近代文芸評論史　明治篇』（昭50・2　至文堂）所収の「角田浩々歌客」の項を確認しても、「『詩国小観』は二十四年作「老天」という小説もあるが、見るべきは漢文くずしの美文調の詩的散文」と頭から切り捨て、問題外に扱っている。そんな中で、ただ一人近年になってこの小説に多少なりとも注目しているのは、芦谷信和氏の執筆になる「角田浩々歌客」[14]（『民友社文学の研究』昭60・5　三一書房）のみである。

では「老天」とはどういう筋の小説なのか。入手困難と思えるので、些か詳細に梗概をたどる。

ことを期待したい。

小説のはじめの部分はやはり「人寰」同様に、「たけくらべ」にヒントがあったと推測される少年少女の恋愛物語が中心である。そして全体的な構成はなかり湖処子の小説に負うところも大きいが、ヒーロー、ヒロインの人物像、その家と家族関係、そして恋愛の果てに展開される世界はほとんど異質である。(15)

発端は富士の山勢うねりうねり、富士川の自然の別寰区に、湫窪《ぬまくぼ》と名づけられた山谷部落があり、その孤村を行き尽くすと平野の路傍に、「高さは三十尺に近く、周囲二百尺余の尖塔一基聳え」、「全塔層々重なりたる頑石をもて成り」、「中腹に祭壇据ゑられたる摩利支天の石像を祭るとて」賽詣の群衆の光景からはじまる。物語は、この尖石塔の石の底深くにおさめられている秘話で、主人公の孝左は小農の次男で少しばかりの紙漉きを業とし、茅屋で兄と暮らし、変物の渾名がある。そして、この村の遠からぬところに源吾の娘阿袖《おそで》という世間に知られる美しい娘がいる。この二人がいつしか噂に昇るようになり、「離れ難き恋を契」るが、阿袖の家と身分が違うと反対され、阿袖はいったんは相応の男を婿にすることを約束するが、孝左はあきらめ切れず青樹村の阿袖と会い、今度はお互い家の許しを得ようと誓って別れ、許しが得られないと知ると阿袖は孝左の許へ走る。そして、涙と争いの末許され、「人に羨まるべき新郎新婦と称へらるるように」なり、茅屋の家を建て移り住む。

かくて二年目の夏が来る。ある日、孝左のところへ「富士山の旅客を宿して少からず利殖ある表口五合目の石室此夏は業を休み」、それを安く貸すという話が舞い込んで、簡単にまとまり、「白雲の山辺」へいで立つ。そして八月も半ば過ぎた二六日、近くの村の知人の強力が伊勢の客五人を送って登って来る。しかしこの日、烈しい暴風雨に襲われて三昼夜続き、石室の食糧は尽き、あらゆる手をつくすが飢えと渇きと寒さで老若二人の客が死ぬ。結局、孝左も山を降りることになり、二ヶ月間で儲けた若干の資金を元手に新生活を始めることになるが、ただ一つ変わったように思えることがある。里の若者達が休みといえば訪れて来ること多く、「しかも菩提寺の住僧のうら若き殊勝らしきが、その中の話巧者として事繁く見え」、そのうち阿袖が夜に出ていくようになる。

また久しぶりに亡父母の法事に訪れると、兄嫁からもそのことをからかわれ、翌夕に家に帰ってみると雨戸は閉じられ、応答もなく、しかも阿袖は夜が明けても帰らず、色んな噂が聞えてくる。二人の姿を富士川の渡舟で見たというものもあり、「淡暗に行李携へて出てゆくを視たり」と。僧は江戸より来ていたので、阿袖を連れて彼の地に行ったのは確かである。孝左は「姦婦と姦夫との為に骨を粉にし心を韲にして高き山に上り死の蔭の危きを歩みたる」自分の大愚を思い知らされる。そこで仕方なく源吾夫婦とも縁を切り、生家の兄の許へ帰り食客となるが、兄嫁にはがゆがられて、兄の許も去り、「其日の口を糊する憐れむべき奴隷の境に落ちぬ」。

が、そのうちある日、孝左に変わった振る舞いが起きる。山から帰る時には薪を背負わず、「蛙石を揺がし負子《しよひこ》に担《を》はむとするに」、仲間に「其様な石を如何するだわ」と問われても「一語も言はず、やがて負ひ了りて前に立ちつ、村端の郊路の十字なせる場に至り、軽らかに石を卸し置き去りぬ」。その後数日は同じように運び、さらに「繁くなり半日を石の運搬に至り、大石を動かして一日を全く費すやうになりぬ」。そして「石を集め積みて何にか成らむと諭せ」ど、「冷かなる笑を浅黒き顔に現はし」、黙って答えず。「かくてかれは全く生産の業を捨て、石を負うて一処に運ぶをもてその一日の業の如くなしぬ」。そして「後には村端の摩利支天の古祠に臥し、朝の祈りの言葉を捧げては終日石を動かし運ぶ」だけで、衣破れてもかえず、

「頭髪結ばず、鬚髯切らず、生延ぶるに任せ」、兄が哀れに思い衣を与えても、たちまちぼろとなる。そしておよそ一年は過ぎる。

一方、菩提寺の住僧より江戸ほど面白い都はなく、「極楽浄土」と口説かれ、罪と知りながら言うままに行ってみたが、裏切られて幻滅し、果ては落ちぶれ、「遊女に売られむとし」、天罰を受け艱難酸苦の末、「乞食とも見ゆる旅装」にてわが家へ夜ひそかに戻ってきた阿袖は、両親に「孝左は如何に」と問うに、離縁して今では狂気と聞き地獄の責めに嘖まれ、「謝らねば罪が恐ろしい」と、ある黄昏時に人目をしのんで家を脱けだし、かの摩利支天の祠を指して出て行き、一心に「倒しては復た起しては復た倒し、休らひてはまた動き、かくかれが積み重ねたる石塚に達れる頃は」明け方である。阿袖は孝左に近寄り、「孝さん悔謝るから、撲つたり蹴るなり存分にして堪忍しておくれ、拝むから、拝みます」と悔いて号泣するが答えはない。縋って男の腕をとれば、「悪婆！」と一声を発するだけである。

次の日、昼近い頃、四、五人の老人にしたがわれ、「担架《たんか》筵《むしろ》は一個の死屍を載せて此路に来」る。そして「女の死顔に逢ふは、後生の功徳にもならむ」と、蓆を少し開いて孝左に示す。しかし「孝左は冷やかに笑みて頷きもせざる」。ただ「直立ちつゝ見送りたる其黒き眼には、一滴二滴の露を帯び、惨たる色その面に籠めたるが、忽ち身をかへしてまた秤石に双手をかけ」、「金剛力に一転せらるゝ石を倒し、嘯《うそぶ》く如く天をば仰ぎ大に笑ふその面は、さながら小児のそれよりも邪気無し」。かくてその日も暮れて夜が来る。昼と同じ石の地響が聞える。

最後に筆者はしるす。「阿袖去りて、石を積みはじめたる時、三十路に足らざりき」。「孝左は人寰の風塵すべて知らず、唯孜々として石を運び石を積みぬ」。「この渺たる一匹夫は、かくて昔人のユーフレート河畔に築けるバベル塔を積む如く、単身営々、風霜に年々の骨を磨し、雨路に夜々の肉を消し去ること四十年。雪の如き白髪を冠し寒岩の如き痩軀《そうく》を支へて七十年の齢を迎へし時金字塔に似たる渠の尖石塔は築き成されぬ」。そして「疾風砂を飛し迅雷耳を劈《つんざ》き、滄海を倦きかへせる如き大雨に、天地晦冥なりける明治廿年五月某日の後朝、かの尖石塔は崩れず壊れず、平郊に卓然として蒼空を仰ぎたる処、彼方に距ること数十歩、柱も扉も擔も床も粉々狼藉、摧け頽れたる古祠の跡に、石より冷かに凝りてミイラの如くなる、坐したるまゝの人屍ありき」。

結論めいたことを書くべき時がきた。ここまで詳しく紹介すれば、「老天」の意図するところは、おのずから浮かび上がってくることだろう。蘆花はこの小説に露伴の「風流仏」の面影があるとしるすが、おそらくは次元が異なると思える。石を積むことに人生を賭ける主人公孝左の姿は、「罪の子を抱いて処刑のさらし台に立つ若い女」、「この世にある限り胸に恥のしるしAの文字をつけ」つづけるへスタープリンでもあり、彼女があの恥辱のしるしをつけた「その日から、一連の苦行を開始」したディムズデールでもある。とにかく「畏怖をおぼえながらも、尊敬をもって眺めるべき象徴となりおおせた(16)」人物像がそこにある。なお別の表現をすれば、孝左は希望もなく無益の労苦に果てしなく耐えるシジフォスではなく、カミュの小説『ペスト』の主人公の医者リウーのような人間の矜持のために希望もなく戦う二〇世紀の不条理人でもない。目的はただ一つ、尖石塔の完成。それは自ら十字架を背負って殉ずるしかない生である。湖処子の小説のような、出家がすべての解決という甘えはない。ただ、ひたすら昼も夜も休まず石を積み続けるのである。無益かも知れない。しかし、人間を救う神は未だ存在しないのだ。しかも、人類にはなお神が必要である。この矛盾を最初に見たものは、この歴史的矛盾を埋めねばならない。すなわち自らが存在を賭けるしかない。これはまさしくドストエフスキーの小説『悪霊』のキリーロフの観念ではないのか。

孝左は十字架を背負って黙々と石を積み続ける。塔は完成し、烈しい暴風雨落雷にも耐える。そして近くの祠の跡に孝左の人屍のみが残る。問う、人間それ以上の何があるのか。問いが答えでもある。

〔補注〕笹淵友一『浪漫主義文学の誕生』について、本文中で書誌的事項を省略したので、昭和三三年一月一〇日、明治書院刊であることをしるす。なお引用はすべて本書の「第八章　宮崎湖処子—アルカディアへの憧憬—」からである。

注

（1）この小説は不二行者の筆名で、「発端」「第一」「第一上」（明29・9・20、9・27、10・17）は『国民新聞』に発表されたが中断、のち「石ふみ」に改題され、第三〜八（明31・4・10、6・10、8・10）は『国民之友』に連載されて完結をみる。のち単行本『詩国小観』に所収。

（2）笹淵友一は『浪漫主義文学の誕生』の「第八章　宮崎湖処子—アルカディアへの憧憬—」の中で「単独」としているが、間違いではなかろうか。

（3）浩々歌客の筆名「不二行者」の略称。

（4）注（3）参照。

（5）『集英社世界文学大事典』の「ホーソーン」の項目執筆者、鷲津浩子氏によると、日本における受容は明治時代末と述べられているが、訂正の必要がある。なお浩々歌客の「詩人ホウソーンに就て」によると、この湖処子の訳の外に、「此文豪の我文界に識られしは今日初りしに非ず思軒居士の訳『用達会社』外数種あり、国民新聞に松居松葉『巨人石』（中略）最も早きは女学雑誌上に『ダビツド、スオン』『幻想』等ありしと覚ゆ」としるしているが、正確さに欠けるので、初期翻訳を列記しておく。「夢ならぬ夢」「心の浮画」湘川漁史（大島正健訳）『女学雑誌』（明22・1）、「黒頭巾」十八公子（松居松葉訳）『女学雑誌』（明25・4、5）、「用達会社」思軒居士（森田思軒訳）『国民之友』（明25・11、12）

（6）『完訳　緋文字』八木敏雄訳、岩波文庫版より引用。

（7）「故郷と都市の現実─民友社の文学」（『民友社思想文学叢書』第五巻「民友社文学集（一）」（昭59・5　三一書房）参照。

（8）この「人寰」の書き出しと構成は、これまで研究者による指摘を見ないが、あのペストの荒れ狂う聖女マリーアーノヴェッラ教会堂に、ある日若い三名の貴公子と七名の貴婦人が落ち会い、郊外の山荘へ難を逃れ、死臭の漂う現実世界の憂さ晴らしに、一〇日にわたって各自一日一〇話ずつ新奇な物語を語り合う『デカメロン』をヒントにしたと思える。裏付ける資料として『デカメロン』の「牧婦」（明25・4・26～5・7『国民新聞』）の訳出がある。

（9）『宮崎湖処子　国木田独歩の詩と小説』（平5・6　和泉書院）の「第四章　宮崎湖処子の「人寰」論」

（10）「人寰・半生の懺悔（湖処子）」（『民友社文学作品論集成』平成4・3　三一書房）

（11）注（9）参照。

（12）酒本雅之「傍観者の精神構造─ホーソーン・ノート─」（『筑摩世界文学大系』49　昭48・10）

（13）幸田露伴の小説「風流仏」を指す。

（14）論稿の最後で、「老天」について、「かなり力作であり、文章力も構想力もある」とし、主人公の「乞食をしながら、ただ黙々と何十年大石を積み上げることに、その後の生涯を費し、独力で摩利支天の大石塔を築き上げて死ぬという筋」に「性格悲劇」として注目している。

（15）少年少女の恋愛から始まり、倫理的破綻に至り、女主人公の自殺という両小説の結末。さらに質的には違いがあるが、主人公がそのことから宗教的な境地に目醒めるなど。また「白雲」との関連についてもふれておくと、富士山を舞台にそこで働く主人公が客を案内し、石室が登場する部分などは十分に湖処子の小説を意識してのことと思われる。

（16）注（6）よりすべて引用。

参考文献

吉田正信編「宮崎湖処子年譜」（山田博光編『民友社思想文学叢書』第五巻「民友社文学集（一）」（昭59・5　三一書房）

わが国最初のチェーホフ文献と初期受容

――角田浩々歌客の先駆的仕事を中心に――

一

わが国の初期ロシア文学の受容の足跡をたどると、必然的にトルストイとドストエーフスキーの伝来の様子が無視しえなくなる。したがって、チェーホフに至る前に、この二人の作家の最初の伝来について簡単に紹介することから始める。

まずトルストイの場合であるが、最も早い訳文は明治一九年八月に忠愛社より刊行された森體（肌香夢史）による『戦争と平和』のロシア語からの抄訳『泣花怨柳北欧血戦余塵』（『西洋文学翻訳年表』）といえるが、これは格別で、柳田泉「ドストイエフスキイの日本伝来について」によると、「明治二十年十月二十四日の『時事新報』に、露国小説の流行と題して、欧米に露国小説が非常な勢で流行してゐることを述べた記事があるが、この前後から露国文物の外国訳が盛んに出て来た」（『浪漫古典』昭9・4）とのことで、柳富子氏「明治期のトルストイの受容」では、「通常、トルストイの名を冠してのもっとも早い紹介は（中略）『国民之友』に明治二三年九月から十月にわたって、上・中・下三度に掲載された「露国文学の泰斗、トルストイ伯」ということになっているが、それより二ヶ月早い七月、『日本評論』の社説欄の「欧州の文学」其二でトルストイが紹介されて」いて、「一体トルストイの名が、こうした雑誌に最初にあらわれるのはいつ頃なのか、という問題がまだ未解決のまま残っている」が、「私が現段階で調べ得た限りでは、トルストイへの早い言及は明治二二年の『国民之友』においてである」(『文学』昭54・3、10)と結論づけている。

これに対して、一方ドストエーフスキーの場合をたどってみると、先にあげた柳田泉「ドストイエフスキイの日本伝来について」でふれられているように、松原二十三階堂主人が二葉亭四迷から梗概を聞いて印刷された、国会新聞社発行の「ドストエフスキーの罪書」(『国会』明25・5・27)が最初である。以後、続いて明治二二年六月、丸善に英訳本が最初に三冊入荷、そのうちの一冊を入手した内田魯庵がしるす、「二百頁ばかり読んで行くと、急に興味が湧いて、最うそればかり手にして殆んど飯を食う間も惜しく食卓の上に本を拡げて、食事をしながら読み続けた」(「ドストイエフスキーのおもひ出」『トルストイ研究』大7・2)という有名な話の結果、わが国最初の英訳からの『罪と罰』が、内田老鶴舗から明治二五年一一月(巻之一)、同二六年二月(巻之二)、不知庵の名で刊行されることになり、この時期が最も初期。

では、それから約一〇年ほど遅れて、日露戦争勃発直前にわが国に受容されたチェーホフについて、この作家の場合はどうかと調査してみると、これまで知られていなかった意外な事実が浮上してくる。

二

角田浩々歌客はわが国最初の英訳からのチェーホフの小説「大椿事(原題「事件」)」(上)(下)(『大阪朝日新

聞』明37・3・6、13）の掲載に当たって、前書きで、「今後読書社会と共にかかる作家を研究せば、現にわが日本が武威を加へて居る彼の国民の思想を知る便宜になることは必ず少くあるまい」と付言。同時にかたや剣南の筆名で連載中の文芸時評「風頭語（露国文学研究とアントン・チェホフ（Anton Tchekhoff））」（『読売新聞』明37・3・6）で、「チェホフの作はわが文壇に僅に紹介せられたるが如し、但だ其人の声価の紹介せられたるものは、吾人の知る所にて三十五年十一月中大阪朝日新聞紙上告天子が、『ブックマン』紙上カーハン氏の論説に成れる批評を記述したるものと、三十六年二月帝国文学紙上愛天生が、英国『隔週評論』紙上ロング氏の所説に依りて抄したるものとのみ。吾人は今如上二子の紹介と二三英文壇に見えたる所説とを参酌して、チェホフの作の如何なるものかを窺ひ、読書社会露文学研究の一端に供する」として、要約すると次のような紹介記事を掲げている。

「チェホフは、今年四十五歳既往作る所百を以て数ふべし、初め千八百八十年前後露都の新聞紙に短篇を公に し千八百九十八年『荒野』を出して彼は忽ち作家の域に入り、千八百九十九年『隣人』を出して、其特殊の長所を発揮せり、爾来彼は将に過去時代に属せんとするトルストイの作以外、彼に継ぎ来れるゴルキーの作以外、或意味に於て最も露の国民的として読書社会に迎へられつゝある（中略）。彼の作に対する諸象の評を見るに、是までの作は大抵短篇にしてまた短篇に恰好なる寸鉄的文致を具ふるを特色とし、（中略）随処に観察力を有し痛切に動機を捉へ、平凡なるものをして生命あるが如くに写し出すは其異彩ある所なり（中略）。彼の作は、露の他の作家の通有性とは全く反対なる特性あり、（中略）。彼は改革者の情動無く、衷心より発する激怒の叫無し、彼は唯だ冷然として諷刺の眼を以て所在の心的物的の悲哀なる事局をも観察し、時に滑稽諧謔を其中に弄す、彼の筆は実に唯だ白眼を以て一切の人生を冷却せんとする如く感ぜらるゝものあり。（中略）彼の読書社会に迎へらるゝ所以は、蓋し笑中の涙に於ける他の作家のに反して、嬉笑怒罵の外に超絶したる理観の上にあるに非ずや。

（中略）彼の作が社会的思想を寓せずとの非難を受くるは偶ま以て彼が一切施為的思想の痕跡を去て超然として其外に立てるを見るべし、彼は露国人の羈絆圧抑を蒙れる生活に対して同情せんには、余りに露の社会革命の帰趨を明察せるなり、彼は虚無主義を宣伝して露の社会状態を改むべく慷慨せんには、余りに真理の自然的勢力を信ぜるなり、吾人はしか観ず、若し強ひて類例を求むれば、トルストイの述作を孔孟と見做し、ゴルキーのを筍子と見做して、彼れの作は夫れ荘子に似たりといふべきか」。

恐らく角田浩々歌客はこの一文を執筆するに当たって、すでに瀬沼夏葉によるわが国最初のロシア語からの翻訳、「月と人」（『新小説』明36・8）、「写真帖」（『新小説』明36・10）の先行することを知っていたと考えられるが、それでもこの浩々歌客のチェーホフの紹介記事と、翻訳「大椿事」の東西二紙同日掲載は時期的にも早く先駆的な仕事といえる。というのも、「大椿事」はチェーホフの短篇小説中に於いてわが国最初の英訳からの翻訳であり、「風頭語（露国文学研究とアントン・チェホフ（Anton Tchekhoff））」の方は、作品が翻訳される以前のさらに早い時期に於ける、チェーホフの最初の伝来の様子が知ることのできる「告天子」と「愛天生」の筆になる二文献があることとの記述に出会うからである。

そこで煩瑣をいとわず、この貴重な二文献について、ほぼ全文を掲載しておくことにする。

三

西文消息 Anton Tchekhoff（ByR. E. C. Long）《上》

マキシム、ゴルキーが一度フォーマ、ゴルヂエッフを公にするや、西欧の文壇相伝へて露国文学の珍とし、甚しきは第二のトルストイを以て目する者あり、然れども予は此一時の流行に雷同して、敢てゴルキーを以てトルストイの後に擬せんとする者にあらず、何となれば伯は春秋既に高く、而してゴルキーは此に次ぐには余りに弱年なり、況んや世界の一隅に、未だ騒客の口に上らざる一文星ありて、能く伯の承継者たるべきあるをや、是を誰とかなす、アントン、パヴロヴィッチ、チエコフ其人なり。彼の著書は未だ英の文壇には多く知られず、其知らるゝ遅きが故を以て敢て其真価を疑ふ勿れ。ゴルキー以前英文壇に喧伝せられし者、曰くドストイエフスキー、曰くツルゲニエフ、曰くトルストイ此の三者のみ、而して彼等は多く翻訳にすがりて其品評を専にするが故に、遂に此三者が其天才の縦横其筆致の霊妙に於て、ニコライ、ゴヾルに及ばざるを知らず。今や無名の文士チエコフはゴヾルの真価を知らざる西欧文壇に紹介せられんとす余の一論を呑まざる所以。評家及び翻訳者がトルストイよりゴルキーに一躍し、其中間一世代（否思想上より云へば確に一世代以上なり）の連鎖を顧みざるは予の常に怪む所なり。蓋しトルストイの『全能的良心の崇拝』なるドグマは、文学史の一小期を造りて今やトルストイ其人と共に終結に近づきつゝあり、而してニーチェ、ゴルキーに因て創められたる新時期即ち『勢力の崇拝』（Deifieation of force）は夫の『良心の崇拝』に対するよりも寧チエコフの平凡主義に対する反定立なりと云ふを至当とす、而も反定立たるゴルキー先づ聞えて、定立たるチエコフの顧みられざるは全く彼ゴルキーの実生涯が、其詩よりも尚詩的趣味を以て満たされたるの故なり、彼の情は総て激越なり、知は総て偏狭なり、其叙筆亦龍蛇の奇趣あり。之に反しチエコフの作及び実歴は両ながら平々淡々千里の野を行くが如し、知らるゝ事遅き所以なり。彼の出発点はゴルキーの如く華やかならず、千八百八十年前後漸く「ノヴォエ、ヴレミヤ」「聖彼得堡《セントピータースブルグ》ガゼット」等の紙上に短篇を公にし、単に滑稽作者として非凡の才を顕したるのみ、千八百八十一年奴隷解放の革命熱漸く冷沈するや、知的不関心主義（Intellectnal Indifferentism）の為に一時其発芽を挫かれたるも、一方には露国民が政治上に社会の改革さるべき望を失ひ、益渾乱の状を誘起し、社会の有らゆる方面に不健全不調和の色彩を増したる為、却て彼れチエコフの為に此上もなき好材料を供給し、卑俗なる生涯に齷齪《あくさく》たる無理想無活力の賤民は彼の詩的哲学的温光に浴するを得たり。

彼の最初の作は極めて短きもの多く、随つて其叙説の技倆分析の才能を十分に働かしむるに足らず千八百九十八年“The steppe”を出すに及んで彼の天才既に毅然として蔽ふべからず、仮令其形式に於て平凡なりと雖も、そは即ち露国内部の反影のみ、無変化無趣味なる露の実生涯に彷徨したる者は、此“The steppe”に接して、必ずや馬首を廻らし更に原の逵路を索むるの感あるべし、一度逵路に復帰せば前途の理想は洋々春海を望む如し、理想を索ねん為には一度経過したる此無趣味無変化なる山川を眺めざるべからず、而も荒涼たる山川の彼方にはゴルキー好し、ニーチェ佳なり、所謂驚天該地の新気を呼吸すべし。是れ彼の作が其形式平凡にして其内容の云ふべからざる活力と希望とを彷彿たらしめる所以なり。形式既に平凡なるが故に、彼の描く人格の普通属性は、亦平凡にして遅鈍なり、高徳明智の士女は其作中に片影を留めず、痴ならざれば即ち惰弱なり、卑劣ならざれば即ち醜汚なり。偶明智高徳の性格なきにあらざるも、そは畢竟主格の痴愚を顕著ならしめん為の手段のみ。其傑作と称せらるる“Ward No. 6”の如きは野獣陋境の小宇宙にて露国地方生活の好反射鏡たるのみならず、更に大に哲学的内容に富めり。チエコフの哲学とは何ぞ、『平凡なれ、野卑なれ、無為なれ、無特色なれ、若し然らずんば狂気か、自殺か、此二者は実に平凡を忌みて向上の念に追はる、哀むべき徒輩の末路なり』と彼は又曰く、意識的生活は即ち人類を滅亡す所以なりと。“The Neighbours”（一八九九年）に於けるヴラシッシユは実に此意義を体現せる者なり、されど此消極的解脱主義によりて彼を厭世家といふ者あらばそは誤れり、何となれば彼の筆は諧謔百出、曾て楽天家の装ひたりし色彩よりも更に一段華やかなるものあればなり。

（告天子『大阪朝日新聞』明35・11・17）

海外騒壇　◎唯《（ママ）》か果してトルストイ伯の後継者たる可きか

今やトルストイ伯老いて弱き時に方り、露西亜文壇の少壮作者中、彼の遺鉢を伝ふ可き者果して誰なるかを尋ぬるは決して無用の問に非じ、昨年十二月発行の Book man に寄せたる露西亜生れの新聞記者、アブラハム、カーハン氏 Abraham Kahan の評論は之に対して解答を与へんと努めるに似たり。（中略）カーナン《（ママ）》氏の説に従へば少壮露西亜小説家中の最大なるものは嘗てゴルキイがフォマ、ゴルデエッフを献ぜしアントン、チェッコッフ Anton Chekhff なり。チェッコッフに関して彼は次の言をなせり。

『純乎たる技術の見地より判断すれば、チェッコッフは露西亜小説界のトルストイなり。彼の母国の晩近小説の他の凡ての代表者中、（アンナ、カレニナの作者は前時代に属するものとして省く）其人物と周囲の事物となして著しく真実ならしむる技術を有するは彼一人のみ。人生の果敢なき出来事の詳細に亙りて之を謬らず捕捉する彼の観察力や、動機に対する痛切なる彼の知覚や、彼の諷諧の異常なる熱意と成熟や、一定の道義的目的の欠乏の故に、彼を弾劾する評家すら驚嘆せざるを得ざる者なり。彼は伝ふ可き何等の統一思想なく、只随処に人生の傷ましき喜劇と悲劇とを描出するのみ、故に彼の勝利は、露西亜の如き専制国に於ては政治学の代用をなす教育的分子の些の混和もなく、純然として文学的性質のものなり。……チェッコッフは新聞の文芸記者としてその文人たる閲歴を始めぬ。彼の最初の試みしものは人生の撞着矛盾を嘲笑せる滑稽短篇物なりしが、現実界を直観する極めて深奥なるものありしを以て、程なく世間の注目を惹くに至れり。彼の諧謔の中には一種の悲痛の響き宿りて、読者をして半は哄笑し半は哀傷せしめき。彼は漸次に一層真面目なる心境に進み、稍々長篇の小説に指を染めしが、新作ある毎に最高級の技術として万人一口に歓迎せられぬ。而も同時に何等の社会的思想を寓せずとの非難を蒙りたり。彼今日の盛名を博してより既に十二年を経たれども、其間彼は甞て其得意の短篇を棄てゝ長篇の大小説に筆を着けんと心を動かしたることとなし。彼は特に露西亜人の煩悶憂鬱なる性情に興味を有す。而してこれ年と共に彼心中に発展しつつある所の一傾向なり云々。（中略）カーハン氏の結論に曰く『ゴルキイ、チェッコッフ、及びコロレンコの名は到底ツルゲ子《ネ》ーフ、トルストイ及びドストエヴスキィの名に敵する能はざれども、目下露西亜を震動しつゝある所の自由制度を得んとする軋轢は新しき大文学を喚起す可きは疑ひを容れず、而してその大文学は千八百六十年時代の雄篇傑作が当時の輿論を反映せしが如く新時代を反映すべきものなる可し。』（愛天生『帝国文学』明36・2）

四

かくて繰り返すと、この直後の八月と一〇月に、紅葉散人、夏葉女史共訳で「月と人」（原題「別荘の人々」）、「写真帖」（原題「アルバム」）のロシア語からの直訳の掲載を見るのであるが、この時からチェーホフが転地療養中のドイツのバーデンワイラーで歿するまでは、わずかの期間である。明治三七年七月二日、肋膜炎の悪化のために死去している。

前後して、我が国での関心もにわかに高まり、この年までに翻訳された作品は次の如くである。

桐生悠々　配所の月（原題「流刑地で」）　『太陽』　明37・5
正宗白鳥　不運くらべ（原題「敵」）　『太陽』　明37・6

角田浩々歌客　流人（原題「流刑地で」）　『新小説』　明37・6
角田浩々歌客　子守歌（上、下）（原題「ねむい」）　『大阪朝日新聞』　明37・7・3、10
瀬沼夏葉　叱っ！（原題「しいッ」）　『心の花』　明37・7
瀬沼夏葉　里の女（原題「女房ども」）　『文芸倶楽部』　明37・7
瀬沼夏葉　余計者（原題「余計者」）　『新小説』　明37・9

そして、遅れてチェーホフの訃報に接した角田浩々歌客は、明治三七年九月四日付『読売新聞』所載の「警露集（アントン・チェホフの訃）」（筆名・剣南）で、下記の回顧をしるすことになる。

「吾人は露国の作家アントン、チヱホフの死去の報道に接したり、チヱホフの作に就ては、吾人が三十七年三月六日の「風頭語」（読売）に記述したる所、なほ前に瀬沼夏葉、後に白鳥其他の諸子の訳あり、訳文には物議さへ起りしこともあれば、[1]読書社会の記憶なほ新なるべし、今に於て其訃を聞くは吾人また多少の感なくはあらず、（中略）今再び西人の論に拠りてかれをしのばん」とし、「トルストイとゴルキーとの間に介立したる彼の思想に少なからざる興趣を感」じ、「倫敦タイムス文学記者のチヱホフに見る所」と、「吾人が既に言説したる管見」を披瀝している。すなわち「彼が見たる人の生活は、真実と熱誠とに非ずして唯だ一の徒労なり、仮令人の最も真実偉大を以てするもなほ生活に何ものをも招来すること無しとやうの観なりしなり、其作「Ward Number 6」に於て彼の特色はよく現はる、云々」と。

以上がチェーホフが歿するまでのわが国の初期受容であるが、これによって旭李彦氏がしるす「生前、日本に紹介されたチェーホフの作品は以上（「月と人」「写真帖」「不運くらべ」）の三篇に過ぎない」（『チェーホフ　日本のあしおと』昭54・6　新興出版）との断言は、些か訂正の必要があると考える。但し、氏が『チェーホフ遁走曲』

（平7・3　新読書社）で述べている、夏葉の仕事を別にすれば、初期の「明治時代の文芸雑誌に載ったチェーホフの作品はすべてLongの下記の二著からの重訳とみなしてよい」。すなわち、R. E. C. Longの"The black monk, and other stories" 1903. と、"The Kiss, and other stories" 1908. は御説の通りである。

五

かくてほぼわが国の初期チェーホフの受容の輪郭が浮かび上がってきたことになる。残された問題は、この時期における時代的背景、すなわち日露戦争とチェーホフの受容史との関係と当時の二葉亭四迷の動静等であるが、柳富子氏が、「日本のロシア文学は、その大部分が欧米経由であって、外語系、ニコライ神学校系のひとびとによるロシア語からの直接移入の経路が存在したとはいえ、その比重は大きいとはいえない」（前掲「明治期のトルストイの受容」）と指摘する如く、これはチェーホフの場合もあてはまる。とはいえ、それでもニコライ神学校系のトルストイ→小西増太郎→瀬沼恪三郎→瀬沼夏葉とつながる「ロシア語からの直接移入の経路」は、翻訳史から見れば重要な位置をしめている。

詳説すれば、この経路からの翻訳は、明治一四年一七歳の頃に東京へ出て、ニコライ堂の鐘つきをしながら神学校でロシア語の勉強をはじめた小西増太郎にまでさかのぼり、彼は同二〇年五月一日に特命全権公使西徳二郎に連れられて横浜を出帆しロシアへ留学、同氏の保護のもとに「キエフ神学校に学ぶ。トルストイから絶大な信頼を受け、しばらくトルストイ邸にあって、老子、孔子、孟子の講義をし[2]」（この間明治二五年一一月から翌二六年三月までにトルストイの後見で『老子道徳経』の露訳をなす）、同二六年一〇月二九日に帰国[3]するのだが、その小西とキエフ神学校時代の学友である瀬沼恪三郎と同三一年一月に結婚した夏葉が、夫からロシア語の教えを受けながら翻訳した仕事ということになる。この夏葉の業績については、すでに旭李彦氏の「瀬沼夏葉論」(4)（前掲『チェーホフ　日本のあしおと』所収）等があり、さらに中村健之助・中村悦子『ニコライ堂の女性たち』（平成15・3　教文館）などでも詳説がなされ、別に川戸道昭　榊原貴教共編『明治の女流文学翻訳編　第二巻　瀬沼夏葉編』（平成12・9　五月書房）に全文の復刻も見えているので、ここでは省略する。

ただしかし、当時の日本の国情を大局的な見地からかえり見るなら、明治三五年一月の日英同盟以後、同三七年二月一〇日の日露双方からの宣戦布告にいたるこの間、及びこの直後の世論の激変から、情報の流れは、やはり英国からが主流で、ロシアからのものは閉ざされていたといわざるをえないだろう。瀬沼夏葉に見られるこの時期の小説のみの翻訳は、ロシア語から直訳であったとはいえ、やはり家庭婦人の仕事でもあり、中村健之介氏の指摘のように語学力への疑問、夫恪三郎のかかわり方などに問題が残り、この時代に於ける主流ではなかったはずである。

六

そんな日本の国情にあって、最後に注目しておかなければならない人物が居るとするなら、それは外語系の二葉亭四迷の存在である。もしこの時代に二葉亭がいぜんとしてロシア文学に関心を寄せ、翻訳の仕事にも情熱を注いでいたなら、わが国のロシア文学の受容史自体が、もう少し別な展開を見せていたかも知れない。しかし、周知のように、時代の状況はそれを許さず、彼自身にあっても、文学は関心の圏外であった。

日露の雲ゆきがあやしい中で、ロシアの満州撤兵第三期となり、相手国が約束を果たさなかったことから、世の主戦論者が急に鼻息を荒くし、もはや開戦が避けられなくなると見るや、『万朝報《よろずちょうほう》』において、平和主義を掲げていた社長の黒岩涙香までもが急に開戦支持を明確にし、そのために、明治三六年一〇月一二日には内村鑑三、幸徳秋水、堺利彦が揃って「退社の辞」等を掲げるにいたっている。そして、もともと主戦論の立場をとっていた『大阪朝日新聞』にあっては、論を待つまでもない。紙面は徐々に戦時色へと傾き、文芸記者の冷遇、「月曜文壇」の廃止、特派員の最前線への派遣と準備が進められ、やがて三七年二月一〇日の日露双方からの宣戦布告にいたるや、紙面は戦報記事一色に塗りつぶされてしまう。そして、角田浩々歌客のような文芸記者にあっては、文芸時評の執筆の場すら失い、この年はチェーホフの二小説を訳載するに終わり、翌年四月には大阪朝日新聞社を去っている。

一方、これとは対照的にロシア語や満蒙情勢通等の能力を評価され、内藤湖南の紹介で明治三七年三月四日に、大阪朝日新聞社に籍のある東京出張員という変則的な勤務で入社した二葉亭四迷はというと、入社当初の職掌は、「新聞の編集事務には関係なく、露国の事情やら満韓経営問題などを研究調査する」ことで、「東亜経営問題に全幅の精力を傾注してみる考えに候」（山下芳太郎宛書簡）と、覚悟と決意を固めていることでもわかるように、もはやロシア文学の訳載どころではなく、極東の風雲に志を立てるつもりでいる。そして、朝日の東京支局にあって、定期的に『ノヴィ・クライ』『ノヴォエ・ヴレミヤ』『アスヴォボジデニエ』『ハルビン通報』『関東報』など多数の外紙を購読し、ロシア関係の最新の情報の収集に力を注ぎ、満州各地の視察体験をふまえ、敵国の極東にいたる輸送力等の周到細密を究めた記事・論説等を、大阪朝日新聞社の方へ送るが、翌年になると早くも意志の疎通を欠き、「満州実業案内」の中絶、勇退の催促などの問題を起こしている。二葉亭にしてからが、時代の激動の中での対処に苦慮するのである。そして、世はまさに日露戦争一色となり、『大阪朝日新聞』の記者たちにおいても、二葉亭の参加も含め、戦報雑誌『絵入日露戦記』[5]への結集を見せるような形勢にいたる。

わが国に於ける初期チェーホフの受容は、その訃報と共に二葉亭の実生活が物語っている如く、きわめて特殊で複雑な時代の中で迎えたというのが真相ではなかろうか。

注

（1）明治三七年七月発行『明星』馬場孤蝶（山の人）の「満鞭」を指す。

（2）ア・イ・シフマン著　末包文夫訳『トルストイと日本』（昭41・11　朝日新聞社）より引用。

（3）この日付については、杉井六郎「小西増太郎覚書（一）」（同志社大学人文科学研究所『社会科学』昭56・2）の考証による。

（4）「一八八〇年代にロシアに留学。キエフ神学校卒業の神学士」と『トルストイと日本』の注記にある。のち明治三一年ニコライ神学校校長。

（5）明治三七年五月五日創刊。大阪・中村盛文堂内振武館発行。須藤南翠、西村天囚、渡辺霞亭、二葉亭四迷、内藤湖南、角田浩々歌客等の執筆があり、第五号までの刊行が確認しえる。

角田浩々歌客の未掲載稿「大阪の新聞紙と文学」と関西文学の状況

一

角田浩々歌客は明治三四年一月『小天地』に掲載の論稿「辛丑文壇を迎ふ」の〝関西文壇〟の項にいたると、これまで執筆してきた「大阪朝日月曜附録」での「時文観」の主張とはかわり、「庚子の文学界に於て、特に記すべきは、関西文壇の状況なり。（中略）己亥（明治三二年）の文壇は、関西文学第三期の振作なりき、（南翠天囚好尚秋渚諸子を中心としたる時を第一期と仮定し、文海時代を発端と仮定して）」と、突如として関西文学界の未来に希望に充ちた現況を綴る。この豹変は、「大阪朝日月曜附録」創設と共に東都より来阪、同三二年一月九日より「時文観」の題で時評文の連載をはじめた浩々歌客の論調を知る者にとっては意外である。

浩々歌客が『大阪朝日新聞』の「時文観」で、開口一番『関西文学』の題で論述したのは、以下のような提唱であったはずだ。

関西文学は振はずとの声は、常に吾人の耳にする所、（中略）思ふに関西文壇に立つもの、先づ自から関西は文学不振のところ、物質繁昌の地到底高尚なる趣味の容れられざるものと先入主を成し、（中略）文士の交通を欠き独立を欠き声聞相通ぜず識見相交へず、勢孤単となり随て萎靡不振を致すものに非ずや。（中略）吾人は是に於て関西の文士、特に京、阪、神の諸氏に告ぐ、必ず文士文壇に立ち文学の振興を得むとせば、到底関西文士相糾合会集して思想交通の道を取らざるべからず、先づ関西文学倶楽部を大阪に起し、文学雑誌を発行せむが為に集るにあらずして、機関雑誌を要する程に文士の声息を通じ合同を堅からしめむが為に文学倶楽部を起すべし。

そしてさらに、同三月一三日の「時文観」の「再び文学会に就て」で重ねて呼びかけたのも、

文学会組織文士会合の必要は現下思想界の状態に視て益切なるを感ず。之に就き文学会は可成的広く思想界の側に立てる人々を網羅せんことを吾人は欲す。単に小説家新体詩人を集むるのみに非ず我新文学に関係を有するものは美術哲学宗教教育社会の諸学家をも招致し互に面相照して彼此所見相聴き精神的社会の思想感情の疏通を旨とすること、

以上のような、関西文化人の広範囲の合同結集・促進の急務であったはずだった。そして、これらの性急な提唱には、これまで中央の文壇で活躍してきた浩々歌客の、――つまりは『国民之友』での宮崎湖処子のあとを引き継ぐかたちで時評を担当したのち、突然の廃刊という事態に直面し、『大阪朝日新聞』に招かれて大阪に移住、これまで縁もゆかりもなかった関西の文学界で、これから腰を据えて本格的に文筆活動に挑もうとする強い決意がこめられていたと考えられる。

ところで、では角田浩々歌客が『大阪朝日新聞』に着任し、「時文観」を担当するやただちに関西文士の組織的団結を呼びかけた頃の関西文学界の様子、もしくは浩々歌客自身の眼に写っていた関西文学の実情とは、実のところどのようなものだったのだろうか。それを実証するには、来阪まもなく綴られた浩々歌客自筆の無署名の

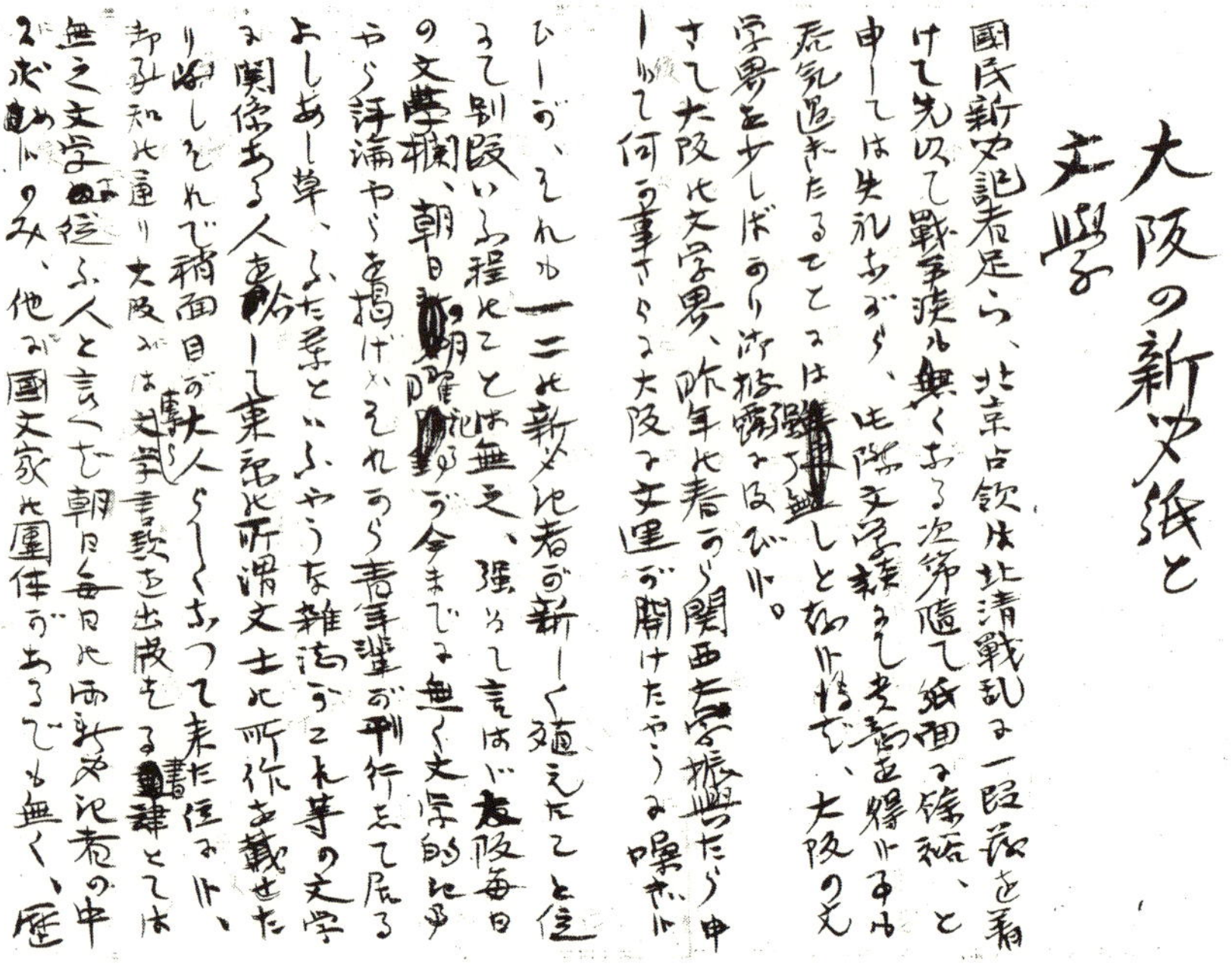
大阪の新聞紙と文学

國民新聞記者足下、北京占領は北清戦乱に一段落を着けて先以て戦争談も無くなる次第随て紙面は余裕、と申しては失礼ながら、此際文学談にて貴意を得候事も呑気過ぎたることには強ち無しと存候得ば、大阪の文学界を少しばかり御披露に及び候。

角田浩々歌客自筆稿「大阪の新聞紙と文学」〈大阪府立中之島図書館蔵〉

未掲載稿、「大阪の新聞紙と文学」が残されてあるので、これを紹介することが何より重要と思える。国民新聞記者宛にしたためられた、未掲載のこの稿は、半紙大白紙五枚に毛筆で（写真参照）当時の関西文学の動向を、遠慮なくありのままに描かれてあるので、特にここで全文を翻刻し掲載しておく。

二

大阪の新聞紙と文学

国民新聞記者足下、北京占領は北清戦乱に一段落を着けて先以て戦争談も無くなる次第随て紙面は余裕、と申しては失礼ながら、此際文学談にて貴意を得候事も呑気過ぎたることには強ち無しと存候得ば、大阪の文学界を少しばかり御披露に及び候。

さて大阪の文学界、昨年の春から関西文学

振興たら申し候て何か事さらに大阪に文運が開けたやうに噪ぎ候ひしが、それも一二の新聞記者が新しく殖えたこと位にて別段いふ程のことは無之、強ゐて言はば大阪毎日の文学欄、朝日の月曜記事が今までに無く文学的記事やら評論やらを掲げ、それから青年輩が刊行して居るよしあし草、ふた葉といふやうな雑誌がこれ等の文学に関係ある人を合して東京の所謂文士の所作を載せたり致しそれで　稍面目が大人らしくなつて来た位に候、御承知の通り大阪には専ら文学書類を出版する書肆とては無之文学に従ふ人と言へば朝日毎日の両新聞記者の中に求め候のみ、他に国文家の団体があるでも無く、歴史家があるでも無く、漢学先生は塾で飯食ふだけ文運に影響を与ふるやうなことなきは勿論なれば、文学界と言へば右の両新聞記者の中と青年文学雑誌に関係ある青年の一部を指すものにして宜しく候、現に文学同好会といふものあり、重なるものは朝毎の二記者に候、斯れぞ大阪の文学とは如何なるものぞと問はれなば、朝毎二記者の文学に関係あるものを列記するこそ尤も手早き答へにてそ候はめ、近日に至り大阪新報が頁数を六とし、記事編輯活気を帯び整理し来りたるは注目すべき現象にして小生は之をも大阪文学界の有力者と識認せんと欲し候。

先づ朝日新聞にて文学に関係あるもの、須藤南翠、渡辺霞亭、角田浩々歌客、加藤紫芳、木崎好尚、磯野秋渚、岡田翠而、河野鶴浦等に候、毎日にては菊池幽芳、水谷不倒、梁田晴嵐、斉藤弔花、佐東耕水、香川逢洲、桜井芳水等の面々に候、大阪新報には貴社に在りし結城桂陵を初めとして山本郭外、江上朝霞等若手有之候、新体詩家たる薄田泣菫は目下大阪に在り雑誌ふた葉の編輯を受持つとの事に候、此外に自称文学者は沢山有之べく候らはんか、また真の文学者たるべき小生のやうな無名の英雄も少からぬことなるべしと存候。此人々が大阪の文学社会に重きをなし、此人々の記したものが、朝日、毎日、大阪新報、関西文学、ふた葉等に出候が即ち大阪文学界にて候。そこで此等文学者の短評をざつと御紹介致置候はば大阪文学の価値も略知られ申すべく候。

南翠、頗る翁になられ候、眼界識見漸く考古に傾き随て割合に進歩したる此人の思想は、漸く固りて木乃伊的に相成候こそ口惜けれ、彼の従健筆彼の従根気精力に富みたるのに今は頓と筆を執らず、所謂三面記事の総督となられ居候、されば今は南翠は小説家には無之ものと相成候。元来此人は小ジューマ的の作家として今の文学界に地歩を占め今なほ作家として多数の読者を有すべき筈なるに黙してしまひ候は惜しきことながら大阪に来る文学者は皆化石すとか申候致ば、其中を漏れずなれることと存候。或る人は申すらく、南翠は社会的詩人の資格ありそれが俗化したるなりとか、詩人の俗化したるは困り候。

霞亭、此人の小説は朝日新聞の売高を増加したる程の評判にて読者に受けたる由、随て一篇完成すれば直に次の筆を執るといふ有様其健筆精神力実に驚くべきもの有之候ひき、さる程に是も久しくありしかど今は稍引込みの気味にて、出支ものも好評を得ず、読者が進歩したるか霞亭が後れたるか、兎にも角にも亦是化石せるかはあらずやと疑はれ申候、元来此人は才力を以て勝ち、創造の方よりも寧ろ模倣に長じ、しかもよく或る事柄を消化排冪する技倆は随分嘆美すべきもの御座候、惜むらくは文学者と言はんよりかきてといふ方なるは思想上致方も無きことと存候。紫芳、此人も大阪に来りて化石致候。今はほんの所謂艶ものに筆とり居候、読者に在りし頃の意気は世を隔てたるように覚え候。

浩々歌客、此人は未だ化石するやうなことはあるまじくと信じ候致す、昨年あたり例の月曜紙上に気焔は頓に見えず、兎に角大阪文界に花を咲かせ候彼の時文の如き寂声無き有様、何をして展るにや近頃一向所論製作を見ず候、化石せぬこそ唯一の希望に候なれ。

好尚、此人は健筆な文章家に候、文学者と申すことは如何がと存候、叙記の文章は感興観察等に乏しきも整備したるものなり。

秋渚、国文漢文漢詩和歌及筆蹟兼備の大阪学者に候、記実の文章など見るべきものあるべく候、墓跡考とか古実談とか骨董文学には、好尚と共に他に及ぶべからざる技倆趣味を有し候、好尚、秋渚、兎に角朝日新聞の二人男、大阪固有の文学者を代表致居候。

翠而、面白い艶種をかく人に候、南翠と共に改進新聞に居たといふことに候。

鶴浦、此節朝日に小説を出し居候、評判よろしき由に候、他には知られたることも無き様思はれ候。

幽芳、此人は利巧な人に候、事務家に候、南翠の朝日三面に於ける如く、毎日の三面総督にして文学家たる側に成功するといふよりも事務に長じ居るより成功すと申すべきか、此人の施設は着々毎日紙上に現はれて功を奏して居候、小説己が罪は翻案の由に候致共、随分読者を集め候、それも落葉籠といふ葉がき集にて手前味噌に匕加減が大なる効能ありし承り及び候、

自身をも含めてこの未掲載稿の記述は、空白のスペースを残し、ここでなぜか途切れている。おそらくはこのあと毎日新聞系の文士について、まだ書き続ける意図があったと推測するが、何らかの事情で、結局は『国民新聞』にも送られず、手元に残されてしまったのだろう。もしかしたら余りに醒めた目で綴ったので、続稿を躊躇している間に、浩々歌客周辺の文学的諸状況が急変し、最早、「化石云々」などの表現をつかった人物評が面映ゆくなったのかも知れない。事実、その実情を裏付けることは可能であるので、まずこの未掲載稿の書かれた時期の特定から始める。

未掲載稿を見ると巻頭の一文に、「北京占領は北清戦乱に一段落を着けて」と明瞭な歴史的事項で始まっていることから、北支事変で日本軍が北京占領を開始するのが明治三三年八月、九月には終結するので、この時期に

執筆されたのは明らかといえる。これを文学的事項から見ても、同年七月上旬に金尾文淵堂の二階に寄宿した薄田泣菫については、「目下大阪に在り雑誌ふた葉の編輯を受持つ」としるしていることや、同年九月の『よしあし草』改題更正の『関西文学』の名称が見える一方、同三三年一〇月の浩々歌客自身等の編輯になる総合文芸誌『小天地』については、何事もふれられていないことなどで判別できる。これらのことからも、未掲載稿の執筆のみに限るなら、同年九月中と考えるのが妥当で、この時期以外に特定するのは不自然である。

三

ところが年度が変わり、明治三四年一月の雑誌『小天地』に執筆の論稿「辛丑文壇を迎ふ」にいたると、浩々歌客の論調が一変し、目下「関西文学第三期の振作」という希望に充ちた展望を綴ることは、本稿の最初でしるしたごとくである。その間わずか数ヶ月、一体何がこれほど浩々歌客を豹変させたのか。もう少し「辛丑文壇を迎ふ」での声を聞いてみることにする。

大阪毎日の文芸欄大阪朝日の月曜紙上、関西青年文学会のよしあし草等を中心として一時の盛を極めたる後、更に庚子に入て幾多の淘汰を経、漸く統一整理の運に向はんとせり。先づ人に於ては、新体詩人として泣菫子が漸く其詩を認識せられたる、春雨、酔茗其他の青年文士が東都に留学して其修養を重ねんと期ししばしば青年文学に有力なる製作所見を寄与し来る、曾て関西文運論を以て確実なる文学史料を与へたる湖南子の朝日に入社したる、幽芳子の『己が罪』鶴浦子の『蛍火』等が新聞紙上小説の風化を表はしたる、月郊子が『金字塔』に理想小説の片影を漏したる、晴嵐、不孤両子の毎日紙上に文学思想を鼓吹したる、従来相隔て

『小天地』第二巻第九号
（明35・6・10　金尾文淵堂）

勝なりし南翠子其他先進諸家と青年諸子とを文学同好会の組織成立に依て結合連絡せしめたる、此等は正に特書すべき事に属す。

之を機関紙に見んか、よしあし草は『若紫』と合同し『関西文学』となりて一層青年の元気を発揮し、『小天地』が少くとも『ふた葉』の旧衣を蟬脱して広く東都文壇の諸家の製作所説を収め、しかも美文学に止まらずして一般社会芸術に関する説議記事を録し更に宗教政治教育等の評論をも網羅せんとするに至れる。（中略）吾曹敢て之を関西文壇の進歩となし前述の多望なる表証とせんとす。

「未掲載稿」及び「辛丑文壇を迎ふ」の両稿で論じられているのは、共に関西文学についての現状であるのに、この明らかな記述の違いについては興味がつきない。短い歳月の間に見られる浩々歌客の関西の文学観に対する差位、もしくは心境の変化は、すでに以前から胎動しつつあったにもかかわらず、来阪からわずかな期間しか経過していなかったこともあって、未掲載稿執筆時には停滞した大家連中の方にのみ目差しが向き、新たな方向がまだ読み取れなかったということか。ともあれ、明治三四年一月に突如「関西文学第三期の振作」といわしめた論稿の内容は、まさに的を射たものであるので、これに関連する前後の動向を整然とさせるために、年代順に整理し列記してみる。

▽明三〇・四　浪花青年文学会発会式。

▽同・七　『よしあし草』創刊。
▽明三一・一〇　『国民之友』終刊。
▽同・一二・二七　角田浩々歌客、来阪（一三年八ヶ月の大阪在住生活始まる）。
▽明三二・一・九　「朝日月曜附録」創設、浩々歌客「時文観」の連載を始め、「関西文学」を掲載。
▽同・一　『ふた葉』創刊、文淵会結成。
▽同・三・一三　浩々歌客「時文観（再び文学会に就いて）」を『大阪朝日新聞』に掲載。
▽同・一〇　俳人連が『ふた葉』より『車百合』に分離。
▽同・一一　薄田泣菫、第一詩集『暮笛集』を平尾不孤の尽力により金尾文淵堂より刊。
▽同・末　薄田泣菫が金尾種次郎の懇請で『ふた葉』の新体詩欄の編集にかかわる。
▽明三三・一　大阪文芸同好者の会発足。
▽同・四　『明星』創刊。
▽同・六　角田浩々歌客『詩国小観』金尾文淵堂より刊。
▽同・六　高安月郊『金字塔』金尾文淵堂より刊。
▽同・六　平尾不孤「浪華文壇を退かざる辞」を『ふた葉』に掲載。
▽同・七上旬　薄田泣菫が平尾不孤、文淵堂主人（金尾種次郎）に伴われ来阪、文淵堂の二階に寄宿、大阪に留まる。この頃より文淵堂の出版が活発になる。
▽同・七　内藤湖南大阪朝日新聞社に再入社。
▽同・七・一二　後藤宙外来阪、九日大阪毎日新聞社の六千号の祝宴に臨み、一二日には在阪の文士、

書家新聞記者と堺卯楼での招宴に臨む（参加者、須藤南翠、菊池幽芳、渡辺霞亭、磯野秋渚、木崎好尚、角田浩々歌客、平尾不孤、薄田泣菫、金尾思西等、一七名）。

▽同　・七・二三　後藤宙外、角田浩々歌客邸を訪れ、夜に船をやとい蜆川、淀川に出て大阪名物の船遊びを楽しむ（これが縁となり長い交友を持つ）。

▽同　・八・一四　日本軍、連合軍と北京占領開始（北支事変）。

▽同　・九　平尾不孤大阪毎日新聞社に入社。

▽同　・九　『よしあし草』を改称更生『関西文学』誕生（『若紫』と合同する）。

▽同　・九　角田浩々歌客未掲載原稿「大阪の新聞紙と文学」の執筆中断か。

▽同　・一〇　総合文芸誌『小天地』創刊。平尾不孤、角田浩々歌客、薄田泣菫編輯。菊判一六〇頁の大誌で中央文壇の執筆も多い（巻頭に「営利にあらず、党閥にあらず、期するところは趣味の普及と理想の実現なり」と掲げられ、明治三六年一月まで月刊で二五冊の刊行を確認。金尾文淵堂刊）。

▽明三四・一・一三　南地演舞場にて大阪文芸同好者の大会開催（川上音二郎、貞奴の帰朝歓迎をかねる）。

▽同　・一　角田浩々歌客、「辛丑文壇を迎ふ」を『小天地』に掲載。

▽同　・五　菊池幽芳『よつちやん』金尾文淵堂より刊。

▽同　・六　角田浩々歌客『出門一笑』金尾文淵堂より刊。

▽同　・七　中村春雨『無花果』金尾文淵堂より刊（この年、文淵堂の刊行は急増する）。

▽明三五・五・四〜　角田浩々歌客、剣南道士の筆名で『東京読売新聞』に時文「打月棒」の連載を始める。

以上がこの期間の大阪を中心とした関西文学の動向であるが、これらのことから読み取れることを要約すると、次のような動きではないだろうか。『よしあし草』、『ふた葉』から始まる青年文士の胎動。この間に創設の「大阪朝日月曜附録」とそれに伴う浩々歌客の「時文観」での提唱。次いで薄田泣菫『暮笛集』から始まり、浩々歌客『詩国小観』等の出版活動の始動と、泣菫の金尾文淵堂への寄宿。そして内藤湖南の『大阪朝日新聞』への再入社と後藤宙外の関西遊覧に於ける関西文士との幅広い交流などをへての、川上音二郎、貞奴を迎えての大阪文芸同好者の大会への盛り上がり。なお最後は何といっても中央文壇をも巻き込んだ総合文芸誌『小天地』の創刊と月刊での継続的な発行だろう。なおその裏には金尾文淵堂主人、種次郎の功績も見逃すことが出来ない。（明治三四年には『春くさ（第一集）』を含め一二冊の単行本を発刊、一挙に増加している。）これらの事柄が相俟って、縁もゆかりない大阪にやってきた浩々歌客の当初の大胆な提唱に呼応するかのように、明治三四年一月にいたって、ついに「己亥の文壇は、関西文学第三期の振作なり」といわしめるような美事な盛り上がりを見せたと思える。

四

しかし、この「第三期の振作」もその後の検証を行ってみると、長く続かなかったことをしるしておかねばならない。やがて勃発する日露戦争による時代の諸状況の急変は紙面にも及び、「大阪朝日月曜附録」の廃止、学芸記者の冷遇、その一方明治三八年春の文淵堂主人の店をたたんでの上京、さらには浩々歌客自身も同年八月には大阪毎日新聞社に転身するなど、関西文学の様相も一変する。――とはいえ、浩々歌客自身のジャーナリスト・時評家としての活躍はこれで終わったわけではない。大阪毎日新聞社に転社してからも、明治四一年一二月から同四二年六月、同四四年二月から四月の二度にわたり社会部長の要職につき、傍ら時評・紀行文、そして新たに劇評も担当し、多方面な趣味を見せ、さらに同四三年三月二二日から七月一〇日には八〇回にわたり、「鈍右衛門の仮名の下に「権右衛門と善右衛門」と題し、（中略）紙上に連載して好評を博したる大阪人の研究（後ち「漫遊人国記」中に収録）は当時鬼権を以て巷間に喧伝されてゐた猪飼野の金貸業木村権右衛門と、大阪代々の富豪鴻池善右衛門の現存の二名にその奇抜なる題目を借り来つて氏の独自の人生観、社会観、史観を古今東西の史実に織り交ぜ、絢へ合せた一大文字で」、「十数年に於ける大阪在住の偉大な獲物」と伊達俊光が「角田浩々歌客の追憶」(1)で激賞する大仕事を行い、大阪の文人としての活躍を顕著なものにする。

その後、大正元年七月、浩々歌客は東京日日新聞社の初代学芸部長として再び東都へ戻り、「読書社会」等の時評文をなおも続けるが、特に脚光を浴びることもなく、同五年三月一六日享年四八歳で没する。

こうして角田浩々歌客の後半生をたどると「化石」などの言葉を使い、大阪へ来た当初は一度は白けたとはいえ、やはり生彩を放ったのは、何といっても一三年八ヶ月に及ぶ大阪での文界での活躍であったと思える。そのことを懐古するかのように、晩年「大阪見物」(2)で、「殆ど大阪に何等の知識を有せざりし予が」、「大阪に依りて生を教へられたり」、「プラグマチズム等の近代哲学に益せらるる所無く、さる哲学の方が大阪思想に近なりたるなり」とするまでになる。のみならず、死後も浩々歌客の残した大阪での業績を賛える人は多く、高須芳次郎もその一人で、「私の新聞雑誌記者時代（一）」（『新潮』昭2・8）で、「浩々兄！私はかう親しく呼びかけたい気がする」。「私は浩々歌客が多年文芸評論家として、関西文学に貢献し、傍ら東京文壇を刺戟した功労を忘れたくない」とするす。

最後に、その角田浩々歌客の大阪での功績を偲んで、昭和一五年三月二四日に豊中市の「萩の寺」で「故角田勤一郎の二五年忌」が営まれたことを付記する。参加者は菊池幽芳、告天子岡野養之助、竹亭福良虎雄、思西金尾種次郎、そして東京から未亡人と二五歳の令嬢、薄田泣菫は病気で夫人が代わりに参会されたとのことである。

注

（1）『大大阪と文化』（昭17・6　金尾文淵堂）所収。
（2）『畿内見物　大阪の巻』（明45・7　金尾文淵堂）所収

参考文献

後藤宙外『明治文壇回顧録』（昭11・5　岡倉書房）
伊達俊光『大大阪と文化』（昭17・6　金尾文淵堂）

『角田浩々歌客　主要執筆稿集成』構想ノート

I

明治中期から大正期にかけて、民友社の『国民新聞』（岳麓布衣の筆名も使う）、雑誌『国民之友』（浩々而歌閣主の筆名もあり）を振り出しに、『大阪朝日新聞』（不二行者、出門一笑の筆名も使う）、『大阪毎日新聞』（迂鈍居士、鈍右衛門の筆名も使う）、『東京読売新聞』（剣南、伊吹郊人、豹子頭の筆名も使う）、『東京日日新聞』（笑門生の筆名もあり）とたえず大新聞の文芸欄を舞台に活躍を続けた一大文芸時評家、ジャーナリスト角田浩々歌客の業績の全貌を紹介した資料は、私が以前に『大阪府立中之島図書館紀要』で三回（昭50・3、51・3、52・3）にわたり掲載した「書誌」以外には未だ見当たらない。部分的にスポットをあてた論稿としては、明治三〇年代を中心に大阪での活躍の様子を論述した拙稿「明治中期に於ける大阪の文界と出版の動き」（「大阪府立図書館紀要」昭49・3）、「角田浩々歌客の未掲載稿「大阪の新聞紙と文学」と関西文学の状況」（関西大学『国文学』平21・3）の二論稿とホーソンの受容、チェーホフの受容史の面から我が国における先駆的役割を果たしたことを考証した論稿[1]が見える程度で、その他の多岐にわたる浩々歌客の活躍については、匿名での新聞紙掲載稿が多いこともあってか、あるいは浩々歌客自身が単行本にまとめて刊行することに無頓着であったせいもあってか、のちの文学史家や研究者もその存在の大きさを知りつつも、調査と資料の収集の労が大きすぎる理由も手伝って、研究対象からは敬遠されたままである。(2) そのため文芸時評を武器に、明治中期から大正期に至る長期にわたって、主に大阪から中央文壇に向かって鋭い発信をなす傍ら、『東京読売新聞』でも匿名を使い、論戦を繰り広げて生きた彼の業績も、今日なお正当には評価されないままに終わっている。

しかし、このたびここに構想した方向で、多岐にわたる浩々歌客の残した執筆稿の主なものを整理し、まとめることが可能となれば、その昔、中之島図書館の書庫に籠って為し遂げることができた(3)「書誌」の成果も、ようやく実を結ぶこととなり、「角田浩々歌客をして角田浩々歌客を語らしめよ」という永年の思いの実現に向けて一歩前進することになる。そこでまず『主要執筆稿集成』に切り込むに当たり、自作の「書誌」を基礎にして、全仕事を五つの主題に分け、的を絞って考察を加えてみることにする。

Ⅱ

(1) 小説

浩々歌客が小説を書いたのは、後にも先にも三〇歳前後の若い時に不二行者《ふぎょうじゃ》の筆名を使い、「老天」の題で『国民新聞』に三回連載（明29・9・20、9・27、10・17）し中断、続稿をのち新たに「石ふみ」に改題し、『国民之友』に明治三一年四月一〇日、六月一〇日、八月一〇日にかけて連載したこの一篇に限られるが、この作品は検証してみれば、宮崎湖処子の小説「白雲」と共にホーソンの影響を強く受け、それに続く作品「人寰」なども視野に入れることにより比較検討して読まれるべきものである。そしていずれの小説もホーソンの「緋文字」なしには成立は考えがたく、混然一体の影響下にあり、特にその評価は湖処子の「人寰」に比すべき傑作と考えられる（注（1）拙稿「「老天」の新視界」参照）。

ところが、その後の彼は一切小説を書くことがなく、文芸時評家・ジャーナリストとしての活躍が顕著であったために、初期に発表の小説の存在は忘れられ、幸田露伴の「風流仏」にも比すべき力のこもった傑作であるにもかかわらず論評されることもなく、残念なことに埋もれたままになっている。それゆえに若き浩々歌客の残した格調の高い唯一の記念的作品として収録からははずすことができない。

なお、この「老天」は、のちに大阪の金尾文淵堂刊『詩国小観』（明33・6・16）の巻頭に掲げられている。

(2) 時文観

角田浩々歌客のライフワークは、何といっても文芸時評にある。ここでは明治三〇年代に「時文観」、「一家言」その他の題で執筆されたものの中から、特に関西文学に関係する意味深いものを中心に選んでみた。と同時に、平尾不孤と共に金尾文淵堂より創刊を見た総合文芸誌『小天地』の中からも主要な論稿を収録する方針で考えてみた。言うまでもなく、これらの時評文は、浩々歌客が宮崎湖処子のあとを引き継ぐかたちで『国民之友』での活躍後、明治三二年に突然『大阪朝日新聞』に招かれて来阪、「月曜文壇」の創設と共に文芸記者として着任してから、日露戦争勃発までの最も精力的に活躍し、充実を見た時期から選んだ論稿が中心である。内容の真価は、掲載稿が語るはずであるから、以下に列記してみる。

〔時文観〕希望の文界　警醒時代　関西文学（『大阪朝日新聞』明32・1・9）

〔時文観〕再び文学会に就て（『大阪朝日新聞』明32・3・13）
〔時文観〕浪華青年文士（『大阪朝日新聞』明32・4・10）
〔時文観〕歳晩の文壇（『大阪朝日新聞』明32・12・25）無署名
三十二年評論の文壇（『大阪朝日新聞』明32・12・31）無署名
〔一家言〕文学の平凡化と気概の欠乏　新年の小説界（『大阪朝日新聞』明33・1・8）
〔一家言〕文士無妻論を破す『鷗外漁史とは誰ぞや』とは何ぞ（『大阪朝日新聞』明33・1・15）
辛丑文壇を迎ふ（『小天地』明34・1）
過程の一年（上、中、下）（『大阪朝日新聞』明34・12・23、12・30、12・31）
壬寅文壇を迎ふ（『小天地』明35・1）
演劇協会の成立（『大阪朝日新聞』明35・2・3）
〔打月棒〕文人会合と第五博覧会（『東京読売新聞』明35・10・26）筆名・剣南道士
希望の文壇（『小天地』明36・1）
文芸家に檄す（文芸家大会を大阪に開くの議）（『大阪朝日新聞』明36・2・23）
〔打月棒〕文壇の提醒（『東京読売新聞』明36・10・4）筆名・剣南
関西読詩社会に告ぐ（『大阪毎日新聞』明38・8・13）

(3) 論戦

その思想は穏健、性格は温厚といわれた角田浩々歌客も、中央文壇で巻き起こる文学論争には、幾度となく激しい論調で挑み自らも進んで論争を起こしたこともある。ここではその生涯にわたる論戦の中から、主たる論稿のみに絞って収録する。中には散発的に終わったものもある（各論争の具体的な経緯については省略する）が、その一方で、浩々歌客の本領と特色が忌憚なく発揮されているものもあり、今日でも、日本文学論争史の上で欠くことのできない論稿も見える。

論争と論稿は以下に列記する如くである。

月夜の美観論争（明32・11〜33・5）

「月光青色論に就て（文学と科学の触接）」（『大阪朝日新聞』明32・12・11）

自然主義論争（明34・5〜大1・9）

「風頭語―『露骨なる描写』とは何ぞや」（『東京読売新聞』明37・2・21）筆名・剣南

「自然主義を評して超絶的自己発展に及ぶ」（『明星』明40・12）

「評論之評論（泡鳴、天渓の駁論に就いて）」（『大阪毎日新聞』明40・12・8）

美的生活論争（明34・8〜同34・11）

「美的生活とは何ぞや（上、下）」（『大阪朝日新聞』明34・8・12、8・19）

「文壇何ぞ浅語多きや」（『小天地』明34・11）

「君死に給ふこと勿れ」論争（明37・9〜同38・2）

「情理の弁（大町桂月子に与ふ）」（『東京読売新聞』明37・12・11）筆名・剣南

象徴詩論争（明38・6〜同39・5）

「比興詩を論じて現今の詩風に及ぶ（上、中、下の1〜4）」（『東京読売新聞』明38・10・8〜12・3）筆名・

伊吹郊人
「比興詩余論（1、2）天渓、孤村二君に寄す」（『東京読売新聞』明38・12・10、12・17）筆名・伊吹郊人

⑷紀行文

不二行者の筆名で文芸時評と平行して、若い頃から書き続けられた紀行文は、浩々歌客の生活に密着した仕事の一つであった。元来、富士山の裾野（駿河富士郡大宮町）に生まれ育ったこともあるが、石の蒐集を日頃から趣味としていた彼にとっては、近郊の山野に出歩くのは自然な一面であり、生涯にわたって得意とする分野であっても不思議ではない。「讃岐名勝」(4)、「寒霞渓」(5)などのやや遠方の力のこもった紀行文もあり、「富士の巻狩」(6)など郷里を主題に綴ったものも多く見えるが、ここでは大阪近郊のものにとどめる。

なお「大阪見物」については、『国民之友』廃刊後、明治三一年一二月、『大阪朝日新聞』に招かれて、縁もゆかりもなかった大阪の土地にはじめて足を踏みいれた時の様子が綴られているので、特に収録する。

和浦の一瞥（『出門一笑』明34・6　金尾文淵堂）所収
古都の半日（『出門一笑』明34・6　金尾文淵堂）所収
吉野渡頭（『大阪朝日新聞』明36・9・28）
淡輪日記（『大阪毎日新聞』明37・7・31）
武田尾（『大阪朝日新聞』明42・5・23）筆名・迂鈍
大阪見物（『畿内見物　大阪之巻』明45・7・25　金尾文淵堂）所収

(5) 北欧文学

角田浩々歌客のスカンジナビア文学への関心は早く、『国民新聞』への投稿にまで遡ることができた。彼が日本における最も早い紹介者であることを、忘れるべきではない。下記に列記する稿を読めば判然とすることであるが、フィンランド文学の一大金字塔、『カレワラ』(各地に伝承された口碑・伝説の古謡を集大成して選んだ一編の叙事詩)をはじめ、ブランデス、ヤコブセンなどのデンマークの文学をも逸早く紹介している。

ここでは早い時期の匿名での投稿以外に、「鷗心録」に収録されている論稿を中心に構成した。

◎スカンディナビヤン文学(『国民新聞』明23・12・27、12・29)[忘々生投]

西文消息(丁抹近代文学)(上、中、下)(『大阪朝日新聞』明34・6・3、6・10、6・17)

芬欄文学の片影(『太陽』明39・2・3)

評論の評論(北欧文豪の日本文学観)(『大阪毎日新聞』明39・2・4)

Ⅲ

ところでこうして、角田浩々歌客『主要執筆稿集成』についての構想の作業を進めてみた結果、改めて驚かされたのは、彼の執筆範囲の広さ、筆名の多さなどではない。執筆稿を年代順に追跡調査しながら終始気にかかったのは、『大阪朝日新聞』に着任した当初とは打って変わった日露戦争勃発時の浩々歌客の社に於ける冷静な対応であり、何故という思いが常に付きまとったことだった。

当時、大阪本社に籍のある出張員という肩書きで東京支局にいた厭戦家(中村光夫氏の説による)の二葉亭四迷ですら、日露が開戦するや、逸早くロシアの『ノーオーエ・ウレミヤ』や『ハルビン通報』等の日報類を取り寄せて、懸命にロシアの国情、満韓経営問題、果てには両国の戦費、財力、輸送力などの綿密な比較分析を独自に行い、自国に役立つ記事・論稿を『大阪朝日新聞』の方へ送っていたことについては、拙稿「二葉亭四迷の『手帳』と『大阪朝日新聞』」（関西大『国文学』昭52・9）等で述べた。その二葉亭と対比して、浩々歌客をして敢えて桐生悠々と同様に反戦論者と記す気はないが、開戦と同時に戦争記事一色に塗りつぶされた主戦論の『大阪朝日新聞』社にあって、彼の対処の様子こそ、特に注目に価する。一夜にして反戦論から主戦論に転じた黒岩周六の主宰する『万朝報《よろずちょうほう》』で、即日「退社の辞」を掲げた幸徳秋水、堺利彦、内村鑑三らのような華々しい意志表示は見せなかったが、日露戦争に於ける反戦思想家といえば、幸徳らばかりが注目される現状を見るとき、一方では浩々歌客のような独自の生き方を貫いたジャーナリストがその背後に存在したことも黙殺されるべきではない。繰り返すが、浩々歌客は特派員の布陣と戦報記事一色に明け暮れる『大阪朝日新聞』社にあって、静かに文芸記者としての孤塁を守り、好戦家らの冷遇に耐え、社の体質に合わずに去ったのである。

但し、片や『東京読売新聞』における匿名〝剣南〟での「情理の弁」では、与謝野晶子の「君死に給ふこと勿れ」を「国家的観念の藐視すべき危険なる思想」と批判する大町桂月に対し、「彼の歌が直に以て危険な思想を表すとは見る能はず」、「晶子の歌は偏に商家の主人たるべき弟の死なぬやふにといふ情を強く切に表白し」、「まことの心を歌ひせしまでなり」と論駁、晶子の心情を即刻大胆に弁護して譲らなかった姿が浮かびあがってくる。この的を射た指摘は、近年、晶子の弟宛手紙が発掘公表されたことで、裏付けられている。

最後に、日露開戦にともなって、『大阪朝日新聞』社系の記者らが結集して創刊を見た戦捷雑誌、『絵入日露戦記』に掲載の「戦時の天然」が、仲間の勇ましい愛国的作品満載の中にあって、角田浩々歌客の感性と立場が何処にあったのかが位置づけられる貴重な作品であることを指摘して置く必要がある。

注

（1）「「老天」の新視界―角田浩々歌客と宮崎湖処子に於けるホーソーンの受容―」（『翻訳と歴史』平15・11）、「わが国最初のチェーホフ文献と初期受容―角田浩々歌客の先駆的仕事を中心に―」（『翻訳と歴史』平16・11）

（2）但し、吉田精一氏のみ『近代文芸評論史　明治篇』（昭50・2　至文堂）で「角田浩々歌客」の項をもうけ一応の輪郭を素描している。

（3）府立中央図書館が新しく完成するまでは、『大阪朝日新聞』は明治一二年一月二五日の創刊から、『大阪毎日新聞』は同三七年三月一日から、本紙そのものが、中之島図書館の一号庫一階に所蔵されていた。

（4）『大阪朝日新聞』明33・5・5～5・29

（5）『鷗心録』（明40・7　金尾文淵堂）所収

（6）『大阪朝日新聞』明33・4・2～4・6

III 検証・発掘 二葉亭四迷と日露戦争

『絵入 日露戦記』第一号、第二号、第三号
（明37・5・5、明37・6・1、明37・6・20　中村盛文堂内振武館）

二葉亭四迷と『大阪朝日新聞』

一、『絵入日露戦記』と二葉亭

雑誌『絵入日露戦記』について、『大阪朝日新聞』には次のような広告と記事が見える。第一号の予告は明治三七年五月一日付日曜付録文芸欄で、文面は「大阪朝日新聞諸家執筆　絵入日露戦記　五月五日第一号発行」。続いて第一号広告は、発行日の五月五日で、目次の掲載につづいて、「戦報確実正頓＝伝家の好記念　大阪朝日新聞記者画伯諸氏の報筆揮毫より成れり毎月二回五日廿日　戦報東洋第一の評ある朝日記者諸氏の筆が如何に本誌上に発揮せられたるかを看よ」等の文面。また第二号の発行広告についていえば、同六月一日付一二面に全面広告が見当たり、一号、二号の目次の掲載以外に、「絵入日露戦記は関西文華の淵叢と称へらるゝ大阪朝日新聞社の名家に由りて編纂せらるゝ出色の大戦争雑誌なり。絵入日露戦記は振古未曾有の大戦争を秩序的に記録して長く国力発展の事歴を紀念すべき伝家の宝典たらんことを期す。云々」の、かなり大々的な広告文が掲載されている。

そして一方、雑誌評についていえば、同五月七日の「新刊紹介」欄に、「◎絵入日露戦記　第一号　出版以前より世評嘖々たりし絵入日露戦記は生れたり、而かも陸軍第一戦に於て大々的勝利を得たる比類なき端午の節日に於て生れたり、幾多の戦争雑誌の殿軍として威儀堂々打つて出たる程なれば無益の零報瑣聞を省きて有用なる綱条を綜て漏らさず整然として読下に頷領せらる、所蓋編者苦心の存する所にて即て本誌の特色なるべしマカロフ戦没の油絵、鴨緑江偵察船の水彩画（写真版）金州丸戦死将校の写真の如きは現下の渇を医するに足るべく広瀬中佐の遺墨正気歌（写真石版）の如きは優に読者座右の至宝たるに余りあるべし出版の期迫りて製版印刷に縝密の注意を欠くの已を得ざるに至りしかば此点に関しては多少の失望なきにあらず後来大いに其改善を促すべきものなるべし（定価十五銭、大阪中村振武舘発行）」の評が、つづいて八日の日曜付録「文壇週報」欄に、彗星の筆名による同誌評として、「〇戦争雑誌中絵画写真と戦史とを併せしかも戦時に於ける知見趣味を寄興するは此地近刊の「絵入日露戦記」（振武舘）である、記事の確実、観察の精透、趣味の饒多はその特色といふべく、天囚、湖南二子の眼識、好尚の記実、霞亭子の小説、南翠子の随筆、白羊子の評論等、既に本紙にて諸家を知るものはまた此誌の内容を信ずるなるべく今更絮説するまでもない兎に角此地に此雑誌を得たのは時節柄喜ばしい」が、それぞれ見当たる。なお、さらに新聞広告をたよりに以後の発行状況をたどってみると、第三号、四号広告(1)は見当たらないが、同九月二日に第五号広告(2)が見当たり、以後登場しないことから、まず五号まで発行されたのは間違いなさそうである。

しかし、今回私が調査したのは、このうちの第三号までの三冊であり、完璧とはいいがたいが、とりあえず手元の資料の書誌的事項、内容等を紹介しておくと次のごとくである。

第一号

明治三七年五月五日、大阪市西区四ツ橋西南詰、中村盛文堂内振武舘発行。四六倍版。仮紐綴。七二頁。定価一五銭。口絵折込。挿画頁付なし。編輯人、村上修一。発行兼印刷人、岡本省三。

目次

講　話
宣戦詔勅通解　西村時彦
露帝の宣戦評釈　石橋白羊
日露開戦の由来　同　人
奉天の五日間　内藤湖南
戦　報
戦局の発展（開戦以来の連捷記）木崎好尚
伝　記
海陸忠烈伝　枕戟道人
第四師団の将軍　高城生
美　談
皇后陛下の御懿徳　内親王と戦争　皇孫の御勇壮　東郷中将の韻事　艦内の観花　小芦少佐と金雀　上原騎
兵中尉（尺八と三絃の妙手）
哥薩克の話　白羊子
小　説
大輸送　渡辺霞亭

繪入日露戰記第一號目次

挿入圖畫

貴顯御肖像——旗艦ペトローパフロフスクの轟沈と敵將マカロフ中將の溺沒。鴨綠江偵察隊衝突の圖(山内愚仙)○軍國の夜「某驛の光景」(稻野年恒)敵國の主權者○陸軍中將男爵小川又次君○陸軍少將西島助義君○陸軍步兵中佐能美成一君○軍神廣瀬中佐遺筆(正氣歌の手巾に題せられし者)○敵艦沈沒の圖○露都冬宮附近 參謀本部。アレキサンデル圓柱。近衞本營。海軍省 ○烏拉西保斯德軍港 ○義洲より鴨綠江を隔てゝ滿洲虎山方面を望む○敵旗艦ペトロパウロフスク號と司令長官マカロフ中將○アレキサンダーミハイロウヰッチ大公及烏港艦隊中の裝甲巡洋艦ロシヤ號○皇軍の北韓進軍の京城に於ける皇軍の威容○金州丸戰死第三十七聯隊將校及船長八木政吉氏の肖像○附錄故廣瀬中佐正氣歌ハンカチーフ原圖(絕筆)

『絵入 日露戦記』第一号目次(明37・5・5 中村盛文堂内振武館)

露國從軍記

二葉亭四迷譯

其《その》一

驚起《すは》開戰《かいせん》と聞《き》くより婦人《をんな》小兒《こども》の旅順《りよじゆん》を逃出《にげだ》すものは一時《じ》は紛々《ふんく》と踵《くびす》を接《せつ》して、滊車《きしや》の切符《きつぷ》も命懸《いのちが》けでなければ買《か》はれず、皆《みな》一刻《こく》も早《はや》く此合圍《このごうゐ》地《ち》の旅順《りよじゆん》を離《はな》れたいと藻掻《もが》くから、鐵道《てつどう》の掛員《かゝりゐん》は殆《ほとん》ど目《め》の眩《まは》るほどの忙《いそが》しさ、急《きふ》に車輛《しやれう》を接足《つぎた》して見《み》たが、それでも間《ま》に合《あ》はず、旅客《りよかく》は皆《みな》一晝夜《ちうや》も待《ま》たねば乘車《ぜうしや》が出來《でき》なかつたが、それも次第《しだい》に靜《しづ》まりて今《いま》は形勢《けいせい》全《まつた》く一變《ぺん》した。わづかの車輛《しやれう》を繋《つな》いだ短《みぢか》い列車《れつしや》であつたにも拘《かゝは》らず、乘客《ぜうかく》は充《じう》滿《まん》といふほどにもなくて、二等車《とうしや》の四人詰《たんづめ》の車室《クペー》を二人《ふたり》三人《にん》で占領《せんれう》する程《ほど》なれば、況《ま》して一等車《とうしや》の如《ごと》きはガランとしたもので唯《たゞ》三等《とう》の青塗車《あをぬりぐるま》は流石《さすが》に稍《やゝ》喧雜《がやく》と込合《こみあ》つてゐる。朝來《あさけ》の風《かぜ》は稍《やゝ》身《み》に沁《し》みて覺《おぼ》ゑたが、空《そら》は名殘《なごり》なく晴渡《はれわた》つて日光《ひかげ》の鮮《あざや》かに射《さ》す中《なか》に車《くるま》は搖出《ゆるぎだ》して、町盡頭《まちはづれ》の倉庫《さうこ》、工場《こうぜう》、木挽場《こびきば》

二葉亭四迷訳「露国従軍記」
（『絵入 日露戦記』第一号　明37・5・5　中村盛文堂内振武館）

などが蒼皇《あはたゞ》しく眼《め》の前《まへ》を移《うつ》り行《ゆ》く、此時隣室《このときりんしつ》に聲《こゑ》あつて、やれ〳〵嬉《うれ》しや町《まち》を離《はな》れたりといふ、右手《ゆんで》左手《めて》に赤黏土《せきねんど》質《しつ》の淋《さび》しい禿山《はげやま》が見《み》えて、瀛車《きしや》の煙《けむり》は球《たま》を抛《なげ》出《だ》す如《ごと》くむく〳〵と煙突《えんとつ》を出《で》て中空《なかぞら》へ舞揚《まひあが》る、最後《さいご》の曲角《まがりかど》へ來《き》た時旅順《ときりよじゆん》の町《まち》の一角《かく》と灣《わん》の一部《ぶ》が瞥《ちら》と見《み》えて其儘山陰《そのまゝやまかげ》に隠《かく》れてゆく。

瀛車《きしや》は矢《や》を射《い》るやうに走《はし》つて路傍《みちばた》の物影《ものかげ》が眼迷《めまぐろ》しく移變《うつりかは》るを眺《なが》めて行《ゆ》く中《うち》、心頭《しんとう》の思《おも》はいつしか一筋《すぢ》を辿《たど》つて、さて行末《ゆくゑ》は如《ど》何《う》なる事《こと》やら、戰見物《いくさけんぶつ》を思立《おもひた》つて此處《こゝ》まで踏出《ふみだ》しては來《き》たが、これ畢竟余《ひつけうよ》に取《と》つて凶《けう》か吉《きち》か、などと思續《おもひつゞ》けて居《ゐ》ると、

『やー新聞屋《しんぶんや》、君《きみ》も逃出《にげだ》して來《き》たね』

と突然《だしぬけ》に耳元《みゝもと》に喚《わめ》く者《もの》があつた夢《ゆめ》の覺《さ》めたやうな心地《こゝち》がした、

『馬鹿《ばか》云《い》ひねへ、これから鴨緑江《おうりよくこう》へ戰爭見物《せんそうけんぶつ》に行《ゆ》くんだ』

と少《すこ》しく憤然《むつ》とした氣味《きみ》で答《こた》へる、

『はい、これは、えらい!』

と嘲弄《おひやらか》したやうに云《い》つて次《つぎ》の車室《しやしつ》へ行《ゆ》く、此男世間其處《このをとこせけんそこ》ら中《ぢう》が

知巳《ちき》たらけで、其又知巳《そのまたちき》とは皆《みな》おい君《きみ》といふ間柄《あひだがら》だ元來貧乏《ぐわんらいびんばう》の癖《くせ》に飲助《のみすけ》で、滿洲《まんしう》へ流《なが》れ込《こ》んでから未《ま》だ二年《ねん》と經《た》たぬけれど、人《ひと》の顏《かほ》さへ視《み》れば一寸貸《ちよつとか》せと言《い》ひたがる、は愚《おろ》かなこと、ぶらりと遣《や》つて來《き》て其儘動《そのまゝうご》かず、油斷《ゆだん》してゐる中《うち》に何時《いつ》しか居候《ゐさふらふ》に成《な》つて了《しま》ふといふもので、大《おほい》に知己《ちき》の者《もの》を惱《なや》まして、近來《きんらい》は著《いちじる》しく信用《しんよう》を墜《おと》してゐたのであるが、彌開戰《いよ〳〵かいせん》と成《な》つたので、北清《ほくしん》事件《じけん》の時《とき》の旨味《うまみ》を忘《わす》れぬ此飲助殿今《このゝみすけどのいま》は得意滿面《とくいまんめん》でゐらッしやる金州《きんしう》の停車場《ていしやぜう》へ來《く》ると、對面《むかふ》の高處《たかみ》に大勢人《おほぜいのひと》が居《ゐ》て何《なに》か頻《しきり》に做《やつ》てゐる、肉眼《にくがん》には唯黑《たゞくろ》い斑點《はちく》が蠢《うご》めくのみであるが、强《つよ》い兩眼《れうがん》鏡《けう》で視《み》れば、それは皆支那人《みなしなじん》の苦力《クーリー》で、土工《どこう》に從事《じうじ》してゐるので、さては要害《ようがい》の金州城《きんしうぜう》を更《さら》に固《かた》めて難攻不落《なんこうふらく》の金州城《きんしうぜう》にせんずる計畫《けいかく》と見《み》ゐるな、と眺《なが》めてゐるところへ兵《へい》が遣《や》つて來《き》て、『オイコラ雙眼鏡《そうぐわんけう》を收《しま》へ、收《しま》はんに於《おい》ては汝《なんぢ》を眼鏡《めがね》ぐるみ逮捕《ひつくゝる》』列車《れつしや》が出《で》る、旅順《りよじゆん》を距《さ》ること愈遠《いよ〳〵とほ》ければ四邊《へん》の光景愈泰平無事《こうけいいよ〳〵たいへいぶじ》で、支那人《しなじん》は皆安心《みなあんしん》して稼業《かげふ》を做《やつ》ている、停車場《ていしやぜう》へ着《つ》けば土民《どみん》の小商人《こあきうど》が例《れい》の通《とほ》り麵包《パン》、肉《にく》、菓物《くわぶつ》の類《るゐ》を商賣《あきなひ》に來《く》るけれども滊車《きしや》の運轉《うんてん》は正《まさ》しく戰時的《せんじてき》で、停車時間《ていしやじかん》の長《なが》いことゝ云《い》つたら到底《とて》もお話《はなし》にならぬ位《くらゐ》で遼陽《れうやう》へは定刻《ていこく》より恰《てう》ど六時間《じかん》の遲着《ちゝやく》だ遼陽《れうやう》が目的地《もくてきち》であるから、僕《ぼく》は此處《こゝ》で下車《げしや》した、停車場《ていしやぜう》のブフエー(飮食店《いんしよくてん》)を覗《のぞ》いて見《み》ると、多人數《たにんずう》の將校《せうこう》が居《ゐ》て中《なか》には相識《なじみ》の顔《かほ》も見《み》ゑる、或《あるひ》は茶《ちや》を喫《の》み、或《あるひ》は肴《さかな》を摘《つま》み、或《あるひ》は又單《またゝん》に談話《だんわ》に興《けう》を催《もよほ》しているもあつて、倶樂部《くらぶ》も集會所《しふくわいしよ》も無《な》い土地《とち》だから暇《ひま》さへあれば皆此處《みなこゝ》へ來《き》て遊《あそ》ぶのが例《れい》だ、卓《しよく》の一角《かく》に坐《ざ》を占《し》めて相識《ちかづき》のさる大尉《たいゐ》に樣子《やうす》を聞《き》くと、此處《こゝ》では何《なに》も知《し》らぬと見《み》ゑて、大守《たいしゆ》の通行《つうこう》せられた噂《うわさ》に關東報《くわんとうはう》で始《はじ》めて知《し》れた旅順《りよじゆん》の近況《きんけう》、その關東報《くわんとうはう》も非常《ひぜう》に遲着《ちゝやく》で、一向耳新《こうみゝあたら》しい話《はなし》も無《な》いから、二《ふた》ッ三《み》ッ時局談《じきよくだん》を遣《や》つてそれから宿《やど》を探《さ》しに出《で》た、夜《よ》は既《も》う三時過《じそぎ》、而《しか》も遼陽《れうやう》の事《こと》だから、これが中々《なか〳〵》思《おも》ふやうに行《ゆ》かぬ、城門《ぜうもん》は鎖《しま》つていて、城内《ぜうない》へは入《はい》れず、城外《ぜうがい》の宿《やど》屋《や》は將校《せうこう》が一杯《ぱい》で如何《どう》もならず多時彷徨《しばらくうろつ》いた揚句《あげく》が骨折損《ほねをりぞん》の草《くた》臥贏《ひれまうけ》で、到頭《とう〳〵》ブフェーへ引返《ひきかへ》して椅子《いす》の上《うへ》へ轉臥《ごろね》、翌朝《あくるあさ》八時《じ》に起《お》きて、さる相識《ちかづき》を訪《たづ》ねて其處《そこ》を根城《ねじろ》に頼《たの》み、さて城内《ぜうない》へと見物《けんぶつ》に出掛《でか》けたが、其際《そのさい》先《ま》づ目《め》に留《とま》つたは土民《どみん》が頗《すこぶ》る安堵《あんど》して業《げふ》を營《いとな》んでゐる事《こと》で、就中《なかんづく》例《れい》の小《ちい》さな車《くるま》を挽《ひ》いて輕《かる》い塵《ちり》を揚《あ》げつつ走《はし》つて行《ゆ》く人力車夫《じんりきしやふ》を看《み》れば、多《おほ》くは胸《むね》の左方《さはう》に露西亞《ろしあ》の國旗《こくき》を象《かたど》つた小布片《こぎれ》を縫付《ぬひつ》けてゐる、之《これ》を興《けう》ある事《こと》に思《おも》つて歸《かへ》つて鐵道《てつどう》の役員《やくゐん》に其意味《そのいみ》を質《たゞ》すと、答《こた》へて曰《いは》く、彼《あれ》で彼輩《あいら》は露西亞贔屓《ろしあひいき》で日本人《にほんじん》には心《こゝろ》を寄《よ》せてゐない證據《せうこ》を示《み》せた積《つも》りで、感心《かんしん》な事《こと》には此地《こゝ》の支那人《しなじん》は日本大勝利《にほんだいせうり》などといふ根《ね》も無《な》い噂《うわさ》を聞《き》いても、我々《われ〳〵》に叛《そむ》きもせんで、御覽《ごらん》の通《とほ》り稼業《かげふ》を遣《や》つて居《ゐ》ます、

朝飯《あさはん》の卓《しよく》に對《むか》つた時《とき》も此事《このこと》を言出《いひだ》したら、僕《ぼく》の爲《ため》に東道《とうだう》の主人《しゆじん》と成《な》つて呉《く》れた技師《ぎし》は種々《いろ〳〵》と興味《けうみ》の有《あ》る話《はなし》をした、其話《そのはなし》に旅順《りよじゆん》で日本《にほん》の水雷艇《すいらいてい》の夜襲《やしふ》が有《あ》つて翌日《よくじつ》も海戰《かいせん》の有《あ》つた噂《うわさ》が傳《つた》はると支那《しな》の所謂《いはゆる》官商連《くわんせうれん》の露國人《ろこくじん》に對《たい》する態度《たいど》は忽《たちま》ち一變《ぺん》した例年《れいねん》新年《しんねん》（即《すなは》ち我《わが》二月三日）には支那《しな》の官吏《かんり》が國風《こくふう》に遵《したが》つて露國官吏《ろこくかんり》の宅《たく》に拜年《パイチン》に來《く》ると我官吏《わがかんり》も亦其挨拶《またそのあいさつ》に行《ゆ》くのが習慣《しふかん》に成《な》つて居《ゐ》るところが今年《ことし》は其拜年《そのパイチン》に來《こ》ぬ、これは必《かなら》ず戰爭《せんそう》の餘響《よけう》に相《そう》

違《ゐ》ないが、概《がい》して我々《われ〳〵》に對《たい》する調子《てうし》に幾分《いくぶん》か敬意《けいい》を缺《か》く處《ところ》が見《み》ゑて、露國《ろこく》の紙幣《しへい》を嫌《きら》ふ傾《かたむ》きを生《せう》ずるなど種々《しゆ〴〵》の事《こと》が有《あ》つた殆《ほと》ど其理由《そのりいう》を看出《みいだ》すに苦《くるし》むが、支那人等《しなじんら》は日本人《にほんじん》が破竹《はちく》の勢《いきほひ》で滿《まん》洲《しう》に侵入《しんにふ》して露西亞人《ろしあじん》を掃蕩《そうたう》するに相違《そうゐ》ないと信《しん》じてゐたらしい、これは或《あるひ》は這樣《こん》な取留《とりと》めぬ浮說《ふせつ》を言觸《いひふ》らした者《もの》が有《あ》つた爲《ため》でもあらう、然《しか》るに事《こと》の實際《じつさい》を看《み》ると、日本人《にほんじん》も急《きふ》に侵入《しんにふ》して來《こ》ず魯西亞人《ろしあじん》も一向逃出《こうにげだ》しさうにも見《み》ゑぬ處《ところ》から、又候《またぞろ》西亞《あ》の國力《こくりよく》の強大《けうだい》なることを信《しん》じ出《だ》して爰《こゝ》に再《ふたゝ》び從前《じうぜん》の關係《かんけい》に復《ふく》したのだといふ

僕《ぼく》は半年《はんねん》ほど前《まへ》に此遼陽《このれうやう》へ來《き》たことが有《あ》るが、此度《こんど》來《き》て見《み》ると少《すこ》しも變《かは》つてゐない、唯變《たゞかは》つてゐるのは軍人《ぐんじん》の夥《おびたゞ》しく殖《ふ》ゑたことばかりで、隨《したがつ》て城内《せうない》も城外《せうがい》も却々《なか〳〵》繁華《はんくわ》であるけれども此地《こゝ》の露西亞人《ろしあじん》の動靜《どうせい》を看《み》ると、一向戰爭《かうせんそう》らしくなく銘々《めい〳〵》努《つと》める所《ところ》を勤《つと》めて、偶戰爭《たま〳〵せんそう》の噂《うわさ》をすれば、如何《どう》か左樣《さう》ださうでと云《い》つたやうな調子《てうし》、誠《まこと》にハヤ驚《おどろ》いた事《こと》だが、然《しか》し結構《けつこう》な事《こと》だ、尤《もつと》も妻子《さいし》の有《あ》る者《もの》になると然《さ》うは行《ゆ》かぬ、是等《これら》は少《すこ》しでも遠方《ゑんぱう》へ家族《かぞく》を

遣《や》りたがる、それも實《じつ》は旅順逃出連《りよじゆんにげだしれん》の感化《かんくわ》で、彼連中《あのれんちう》が安《むやみ》と北《きた》へ〳〵と叫立《わめきた》つたのが惡《わる》い

朝飯後《あさはんご》不圖《ふと》した事《こと》から黒龍江沿道週報記者《こくれうこうゑんどうしうはうきしや》のヤンチェウェツキイ氏《し》が陸軍總督《りくぐんそうとく》リウネヸチ將軍附屬《せうぐんふぞく》參謀部《さんぼうぶ》附御用掛《づきごようがゝり》として此遼陽《このれうやう》に居《ゐ》るのが知《し》れて、氏《し》を尋《たづ》ねて停車場《ていしやぜう》のプラェーで面會《めんくわい》した氏《し》は北淸事件《ほくしんじけん》に從軍《じうぐん》し功《こう》を以《もつ》てゲオルギー勳章《くんせう》を賜《たま》はつた程《ほど》の有《いう》名《めい》な文士《ぶんし》で、此度《こんど》も戰爭見物《せんそうけんぶつ》に行《ゆ》きたいが行《ゆ》かれぬと云《い》つて殘《ざん》念《ねん》がつてあられた、氏《し》の如《ごと》き曾《かつ》て戰塲《せんぜう》を經《へ》て饑寒《きかん》を忍《しの》び遍《あまね》く從《じう》軍《ぐん》の苦《く》を嘗《な》め盡《つく》した人《ひと》にして尙此言《なほこのげん》あるからは、戰爭《せんそう》といふやつは何處《どこ》か面白《おもしろ》いものに相違《さうゐ》ないて

〔二月十日「陽曆二月二十三日」遼陽に於て〕

輪卒物語　須藤南翠
戦時の天然　浩々歌客
露国従軍記　二葉亭四迷
　雑　録
長唄日かげの露　文廼屋秀茂
　追加戦　報
金洲丸撃沈せらる
戦時日誌　須藤南翠
　文　苑
詩　歌　俳　諧
　外　評
英国諸提督の評論　敵我軍略を評す
英文記事数十件
　挿入図画（細目省略）

第二号

明治三七年六月一日発行。住所、発行所名、版型、装幀、定価、編輯人は、共に第一号と同じ。六一頁。口絵折込。挿画頁付なし。発行人のみ湯浅順にかわる。

目次

日露戦争と列国　石橋白羊
奉天の五日間（二）　内藤湖南
水雷の話　白 羊 生
小説病兵　渡辺霞亭
陸軍の第一戦　小林龍州
陸軍の俘虜　鳥居素川
軍馬物語　須藤南翠
戦時日誌　南 翠 生
第一軍の活動　木崎好尚
薩摩琵琶歌閉塞隊　西村天囚
英文記事　白 羊 子
挿入図画・写真版（細目省略）

第三号

明治三七年六月二〇日発行。住所、発行所名、版型、装幀、定価、編輯人は、共に第一号と同じ。五三頁。
口絵折込。挿画頁付なし。発行人は第二号と同じ。

目次

露国の内乱分子　石橋白羊
冬の露都　ＴＩ生
田園戦話（一）　角田浩々
軍事小説許嫁　渡辺霞亭
廿七八年役の元山　高　城　生
胡索克史譚　望月鶯渓
戦時日誌　須藤南翠
遠矢海軍大尉実戦談
戦報数十件
英文記事　白　羊　子
挿入図画・写真銅版（細目省略）

以上の内容、執筆陣からもうかがえるとおり、この『絵入日露戦記』は、明治三五年六月、三年間の南京駐在を終えて帰社[3]した西村天囚を中心に、着々と対露戦に備えて情報網を完備していた『大阪朝日新聞』にあって、記者、画家が新聞紙上の報道のみにはあきたらずに結集して刊行したものと考えられる。

そして、二葉亭四迷についていえば、この第一号にまさしく二葉亭四迷の筆名（本文では「二葉亭四迷訳」としている）で「露国従軍記」を掲げていることから、この雑誌は入社早々の二葉亭にとって恰好の舞台であったとも考えられる。

しかし、この『絵入日露戦記』は、これまで国立国会図書館、明治新聞雑誌文庫、大阪府立中之島図書館、大阪朝日新聞図書室をはじめ、全国の図書館等に所蔵が見当たらず、「露国従軍記」は岩波書店版『二葉亭四迷全集』にも所載されていない。

そこでここに全文を再録した。

二、『大阪朝日新聞』と二葉亭

『大阪朝日新聞』の紙面を、岩波書店版『二葉亭四迷全集』の「年譜」にそって、少なくとも二葉亭が原稿を送ったと推定しえる明治三七年三月四日の入社[4]以後、同三八年末までに限って調査してみると、「年譜」では判明できなかったいくつかの事柄が明るみにでてくる。

一つは『全集』で「八月二十五日、二十九日」となっている「岫巌の役」所載の日付が、実際に紙面では「八月二十五日、二十八日」であること。同様に「哈爾賓通信」所載の日付も、「十月二十二日、十一月一日」としるされているが、紙面では「十月二十二日、三十一日」。また明治三七年八月二二日の「摩天嶺の逆襲」の訳載以後、同三八年八月三日の「樺太の森林　下」までの、この間の二葉亭執筆の仕事がすべて無署名であること。

さらに明治三八年一月一六日よりはじまる「満洲実業案内」は、第一回、第二回は三面掲載であるが、第三回以後は七面であったり、五面に掲載されていることなどである。

しかし、これらの事柄以上に記憶に留めておきたいのは、次の二つの事柄である。その一つは、岩波書店版『二葉亭四迷全集』では「上下」に分けられ、「明治三十八年七月二十九日、八月二日『東京、大阪朝日新聞』所載」としるされている「樺太の炭礦(5)」が、『大阪朝日新聞』紙上では同八月二日付紙面の一回限りしか見当たらず、内容も『全集』所載のものに比してかなりの量的省略を受けていること。たとえばその文面は、いきなり「礦山技師マルゴリウスの調査に拠れば……」からはじまり、『全集』所載のものと比較すれば、前八行が完全に削られていたり、また本文の見出しも省略されたりしている。

それからもう一つは、これまで匿名のため執筆者が判明せず、むろん「年譜」からも洩れている、明治三七年四月二四日付日曜付録に訳載の「「敵国従軍記」T・X・」なる一文が、『絵入日露戦記』第一号に転載された「露国従軍記」の初出であることが明らかになったことなどである。

以下、この機会に両稿の違いをしるしておくと、「敵国従軍記」では「其一」の前に次の前置が見当たる。

> 左に掲ぐるものは関東報の一記者と覚しき者が敵の陸軍に従軍してストランニグ（一旅行家）の匿名の下に其従軍記を草し関東報に寄せたもので近頃入手した同報にはまだ其二三を採録したに過ぎぬから後来果して継続するや否や覚束ないけれど姑く得るに随って其大略を訳載することゝする。(6)

その他本文では、多少の文字の違いと、句点の違う部分が見当たるが、これは特にしるすほどのことでもない。いずれにしろこうなると、問題は『大阪朝日新聞』に関する限り、池辺吉太郎（三山）が「二葉亭主人と朝日新聞(7)」でしるしている、「日露戦争初期以来長谷川君は随分沢山に書いて送つてゐるのに何か行違ひが有つて其れが一つも大阪朝日に現はれない」という一文を、そのまま鵜呑みにするのは疑問になってくることである。『大阪朝日新聞』の調査の必要は、まだ残されている。

注

（1）ただし第四号の予告については、明治三七年七月三日に「第四号は挿画大改良の為め本月十五日発行」と、小さく広告が見当たる。

（2）文面は、「定価十五銭　九月二日　東郷大将正装額面大附録を添附せり　本号には天囚居士の琵琶歌白羊子の露帝ニコラス浩々歌客の田園戦話南翠子の戦事日誌旅順海陸戦況等必読のもの頗多し」云々。

（3）朝日新聞社社史編修室編『村山龍平伝』（昭28・11　朝日新聞社）による。

（4）『大阪朝日新聞』紙面では、入社記事が発見できなかった。

（5）岩波書店版『二葉亭四迷全集』所載のものは、明治三八年七月二九日、三〇日付『東京朝日新聞』所載による。この点については、『近代文学研究叢書』10（昭和女子大学）の「二葉亭四迷」の「著作年表」に記載の日付が正しく、のち『明治文学全集』17（筑摩書房）の「年譜」でも訂正されている。

（6）本文中の「関東報」について、満洲大連図書館、東支鉄道中央図書館、哈爾浜鉄路図書館等の資料を調べてみたが不詳。また岩波書店版『全集』第六巻所載の「手帳十三」に、「「関東報の体裁」八月廿八日」としるされているので、この前後の『大阪朝日新聞』を確認したが見当たらなかった。

（7）坪内逍遥・内田魯庵編輯『二葉亭四迷』（明42・8　易風社）所載。

二葉亭四迷の『手帳』と『大阪朝日新聞』

一

二葉亭四迷と『大阪朝日新聞』との関係について考えてみたい。

二葉亭が大阪朝日新聞社と直接の繋がりをもち、記事論説を送るのは、明治三七年三月四日の入社から翌三八年八月頃までと考えられるが、この間の動静を伝える資料は調べてみると限られている。池辺三山の回顧[1]や、二葉亭自身の残した「書簡」などから、一応の様子はうかがえるが、具体的な事柄になると不明瞭な部分が多い。だいいち、二葉亭が『大阪朝日新聞』にどれほどの量の記事論説を送ったのか、そしてどれだけのものが没書になったのか、ということすら簡単に調べがつかない。

ところが、雑誌『絵入日露戦記』の調査によって、明治三七年四月二四日付『大阪朝日新聞』日曜付録に訳載の「「敵国従軍記」T・X・」なる一文が、同五月五日発行の『絵入日露戦記』第一号に訳載の「露国従軍記」の初出であることが明らかになったことから、二葉亭と『大阪朝日新聞』との繋がりは、これまでに考えられている以上に深いことがわかってきた。

この『絵入日露戦記』というのは、二葉亭の入社まもない大阪朝日新聞社にあって、日露開戦にともない記者・画家が結集して大阪の中村盛文堂内振武舘より創刊された四六倍版の戦報雑誌であり、執筆の顔ぶれは西村天囚、内藤湖南、須藤南翠、渡辺霞亭、角田浩々歌客、鳥居素川、木崎好尚などであるが、その創刊号に二葉亭が記名で「露国従軍記」を掲げていることは、すでにしるしたところのことである。[2]

すなわち、このことからいえることは、入社早々の二葉亭と『大阪朝日新聞』との関係にあっては、のち指摘される没書や、明治三八年二、三月頃にいたって表面化する「満州実業案内」の中絶、あるいは所謂「勇退の催足」といったような雲行の悪い事情はまだなにも存在せず、ただ勤務が大阪朝日新聞社に籍のある東京出張員という変則的なものだったというだけである。そして、たしかに山下芳太郎宛書簡[3]で、「此程大阪朝日新聞社と話が纏り、同社へ入社いたし申候。職掌は新聞の編輯事務には関係なく、専ら露国の事情やら満韓経営問題などを研究調査するに在りて、実地に経営する手腕を欠く小生には、寧ろ此方が適任かも知れず候間当分はこれに満足して、満洲旅行中切に感じたる普通智識の培養に力め（ママ）ながら、兼て理想の東亜経営問題に全幅の精力を傾注してみる考に候。」と決意のほどを述べているように、内藤湖南の紹介[4]により月俸百円[5]にて入社という、それに応じた舞台が与えられていたと見うけられる。

とするなら、池辺三山が「二葉亭主人と朝日新聞」の中で、「日露戦争初期以来長谷川君は随分沢山に書いて送つてゐるのに何か行違ひが有つて其れが一つも大坂朝日に現はれない」と回顧しているからといって、それがただちに入社したばかりの二葉亭にあてはまる話ではない。なぜなら、その同じ池辺三山がすぐ続いて回顧しているように、「長谷川君が樺太の事を調べて書いたものを、どうかして私が大坂へ取次いで、其序に一寸少しだから読んで見た事がある。処で驚いた、（それまで長谷川君と大坂と直接であって私は一つも長谷川君の書いたものを見なかった、)」のであるから。実のところ、当時『東京朝日新聞』で身近にいた彼といえども、明治三八年八月の「樺太の炭礦」または「樺太の森林」にいたる以前の「直接」であった二葉亭の送稿の様子を、どの程度まで詳細に知っていたかは疑問だからだ。

もしかしたら、調査の仕方によっては、この『大阪朝日新聞』に関する限り、明治三七年四月二四日の日曜付録に訳載の「敵国従軍記」以外にも、まだ未発掘の記事論説が見当たるかも知れない。だいいち、二葉亭の残した露国政情・事情に関する『手帳』(6)だけを例にとってみても、明治三七年中に採用された記事がわずか三通にすぎず、他は一切没書になったとはいい切れないほどの量と意気込み、詳細にわたる記録と関心が見られる。それに一方、『大阪朝日新聞』に掲載の二葉亭の記事は、すべて無署名でもあるのだ。

二

そこでまず考えられることは、この時期の『大阪朝日新聞』から、二葉亭四迷の従来の文章にある独特の言葉使いや癖と同様の特徴のみられる記事論説、すなわち二葉亭の文章らしきものを探しだしてみてはどうか、ということである。しかしこれは実際に記事にあたってみると、この時期の二葉亭のおもな仕事が、「露西亜の新聞雑誌を閲読して其頃の読者がインテレストを持つ様な記事論説が有ればそれを訳して大阪朝日に載せるといふ役」(7)であるため、小説風に訳載された「敵国従軍記」は別にして、報道に適する意識的な作意が見られるので見分けがつきにくい。

で、次いで考えられるのは、当時の二葉亭が定期的に購入していたと断定しえる(8)露国新聞類、たとえば「ノヴィ・クライ」「ノーヴォエ・ヴレミヤ」「アスヴォボジデニエ」「ハルビン通報」「関東報」などからの訳載記事のみを網羅的に紙面から拾いだしてみる方法である。これはたしかに確率が高いと考えられるため、この稿でものちほど調査したものについては一覧をつくってみることにする。ただし一つだけ残念なことは、現時点では、当時の大阪朝日新聞社にあって露国新聞類からの翻訳の仕事が可能であったのは、二葉亭一人であったといいきれるだけの調査がいきとどいていないことである。

それで、ここでは他の方法を選んでみる。すなわち、この『大阪朝日新聞』に二葉亭が記事論説を送ったと考えられる明治三七、八年の時期には、彼が綿密に記録した多数の『手帳』を残していて、それが現在では岩波書店版『二葉亭四迷全集』（以下『全集』と略称）で簡単に一覧できるのだから、これをもとにして実証的な手掛りをつかむことから手がけてみようと思う。

事実、いまその一方法として、『全集』第六巻の「解説」に、「遊外紀行」の「ノート末尾には十頁にわたって明治三十七、八年の記事があるが、これは「手帳十三」に収めた」としるされている同巻所載の「明治三十七、八年（手帳十三）」（以下『手帳十三』と略称）に注意してみるなら、二葉亭が『大阪朝日新聞』に訳載した記事のうち『全集』に所載のみられるものは、明治三七年八月二一日の「摩天嶺逆襲（敵方戦報）」以降同三八年八月二日の「樺太の炭礦」にいたるまでの期間、すべて確実にこの『手帳十三』に記録されているのがわかる。のみならず、日付、原稿枚数までも記載のものとほぼ一致することから、確証が必要になってくる。

そこでまず『手帳十三』の記載と、『大阪朝日新聞』の記事とを突きあわせてみることにする。

	明治三十七、八年（『手帳十三』）	『大阪朝日新聞』掲載記事	（月日）
明治37年	八月廿二日 八月十八日 摩天嶺の逆襲 四枚	「摩天嶺の逆襲（敵方戦報）」	8・22
	既載 廿二日 岫巌之役 十枚	「岫巌の役」（六月八日付《づけ》敵方従軍記）	8・25
		〃	8・28
	十月十八日 哈爾賓通信 十二枚 第一信既掲	「哈爾賓通信」第一信（日附不詳）露国将校の腐敗	10・22
		〃 第二信（七月十二日哈爾賓発）	10・31
	十一月		
	十八日 欧露鉄道輸送力ノ大減殺 二枚 既掲	「欧露鉄道輸送力の大減殺」	11・21
明治38年	一月廿日 満洲実業案内（八）	「満洲実業案内」（一）緒言	1・16
	一月廿二日 ――――（九）	〃（二）農業	1・17
	一月廿三日 ――――（十）	〃（三）	1・21
	同日 ――――（十一）	〃（四）農業	1・22
	廿七日 罌粟と阿片（十二）	〃（五）農業	1・23
	廿八日 罌粟と阿片（十三）	〃（六）農業	1・25
	廿九日 各作物収穫高（十四）	〃（七）農業	1・26
		〃（八）農業	1・28
		〃（九）農業	2・7
		〃（十）農業	2・8
	三月十日 満洲実業案内（十五）	〃（十一）農業	2・9
	（一反歩収穫高ノ算出方につきて）	〃（十二）農業	2・14
	三月十三日 満実（十六）（備荒貯蓄、地租）	〃（十三）農業	2・15

二月十四日　必々親展　十四枚余	「必々親展」（クロパトキンの評判）	2・22
六月		
五　日　結局如何　五枚　二回分	「結局如何」（一）	6・18
六　日――第三 第四　二回分　約八枚半	〃　（二）	6・19
七　日――第五回五枚	〃　（三）	6・20
廿二日　第六回分	〃　（四）	6・21
廿三日　第七回分	〃　（五）	6・22
廿五日　第八回分	〃　（六）	6・29
	〃　（七）	6・30
	〃　（八）	7・4
	〃　（九）	7・7
	〃　（十）	7・8
七月中		
樺太ノ森林	「樺太の森林」（上）	8・1
	〃　（下）	8・3
樺太ノ炭礦	「樺太の炭礦」	8・2

三

この『手帳十三』は、単純に二葉亭四迷のメモであるというよりは、むしろ、あきらかに彼が『大阪朝日新聞』に送った原稿のタイトル、枚数、日付を書きとめたものと考えられる。

『手帳十三』にしるされた日付と、『大阪朝日新聞』に掲載の日付とのあいだに、全体にわたって四、五日から一、二週間程度のずれがあるのは、『手帳十三』に記載の日付が原稿を書き終えた日付か、送付した日付であるからで、郵送に要する日数と、大阪での編集の都合上に必要な日数のずれは当然あっていい。また「満洲実業案内」のように、この比較だけではわかりにくいが、内容を突きつけてみると「罌粟と阿片（十二）」が『大阪朝日新聞』の記事では二月九日の「（十一）」にあたり、途中で回数が一回ずれていたり、『手帳十三』に記載のある三月十日、十三日の「（十五）、（十六）」が紙面で見当たらないものもあるが、これは「書簡」[9]や「年譜」でもはっきりしているように、「実業案内は二ケ月程継続する筈」のところ、この時期に大阪朝日新聞社と意志の疏通を欠き、所謂「勇退の催促」などのいきさつがあったことから、連載の途中で一回没書にあい、のちまた中絶になったと見られる。

ともあれ以上の考察から、『全集』に所載の見える『大阪朝日新聞』掲載の記事が、すべてこの『手帳十三』に記録されていて、しかも原稿枚数、日付にいたるまでほぼ完全に一致していることが確認されたとするなら、同様にこんどはこの資料を基にして、『全集』に未所載のものであっても、ここに記載の見られるものについては、『大阪朝日新聞』掲載の有無について調査がなされるべきではないかと考える。

そんなわけで、以下はこの二葉亭の残した『手帳十三』の記録を基にして、逆に『全集』に所載のみえないものについてのみ、「大阪朝日新聞」の紙面と突きあわせたものである。そして、記録と一致した記事が確認しえたものについては、次に一覧をつくってみた。

『手帳十三』には三七タイトルにものぼる記載がありながら、うち紙面の追跡調査で記事を発見できたのは、わずかに四タイトルにすぎなかったのは、やはり没書が多かったと見るべきであろうか。

なお念のために、ここに掲げた記事について、露国新聞からの出典をしるしておくなら、次のとおりである。

「敵方の得利寺激戦詳報」（ノーウォエ、ウレーミヤ従軍記）は、「ノーヴォエ・ヴレミヤ」からの訳載。

「敵の馬賊患」[10]は、「哈爾賓日報」よりの略記。

「露帝のオデッサ行幸」は、「オスヴォボデニエ」記載の略。

ただし、「敵の誤解」は露国新聞からの訳載記事ではなく、「天風」の筆名による第一面巻頭論説で、日露戦を財力[11]の戦いより見て「ノーヴォエ・ヴレミヤ」等の妄信に攻撃を加えたもの。

参考までに一六〇〜一六一頁に全文を再録する。

	明治三十七、八年（『手帳十三』）		『大阪朝日新聞』掲載記事	（月・日）
明治37年	九月四日　得利寺激戦詳報	十三枚	「敵方の得利寺激戦詳報」（ノーウォエ、ウレーミヤ従軍記）	9・10
			〃	9・11
			〃	9・12
	十一月			
	十八日　敵ノ馬賊患	十枚	「敵の馬賊患」	11・30
			〃	12・3
	十二月十四日　露帝ノオデッサ行幸	三枚弱	「露帝のオデッサ行幸」	12・17
明治38年	二月五日　敵の誤解		「敵の誤解」（天風）	2・9

敵の誤解

開戰前敵《かいせんぜんてき》の上下《しやうか》が甚《はなはだ》しく我《われ》を蔑視《べつし》し居《ゐ》たるは爭《あらそ》ふべからざる事實《じじつ》なり、以謂《おも》へらく彼《か》れ矮奴清人韓人《わいどしんじんかんじん》に比《ひ》すれば稍《やゝ》勇敢《ゆうかん》ならんも而《しか》も兵力《へいりよく》足《た》らず、僅々《きんく》十二三師團《しだん》の兵《へい》を以《もつ》て我《わが》三十有餘《いうよ》の軍團《ぐんだん》を如何《いか》にせんとすると、然《しか》るに事《こと》の實際《じつさい》は全《まつた》く豫想外《よさうぐわい》に出《い》で、三十有餘《いうよ》の軍團《ぐんだん》ありといふとも一條《でう》の西伯《シベ》利亞鐵道《リアてつだう》を以《もつ》てしては又《また》奈何《かん》ともする能《あた》はず、毎々我《まいくわれ》に多數《たすう》を制《せい》せられ、否《しか》らずんば機先《きせん》を制《せい》せられ、見苦《みぐる》しくも連戰連敗《れんせんれんぱい》し來《きた》れり、是《こゝ》に於《おい》て流石《さすが》に頑冥《ぐわんめい》なる敵《てき》も漸《やうや》く我《われ》の侮《あなど》り難《がた》きを悟《さと》りて竊《ひそか》に妄意開戰《まういかいせん》せしを悔《く》ゆるの色《いろ》あり、而《しか》も騎虎《きこ》の勢《いきほひ》、未《いま》だ遽《にはか》に兵《へい》を戢《や》むべからざるものありて、尙聲色《なほせいしよく》を壯《さかん》にして頻《しきり》に終局《しうきよく》の勝利《しようり》を期《き》すと稱《しよう》す、局《きよく》外《ぐわい》より之《これ》を觀《み》る、是《と》れ唯擬勢《たゞぎせい》を張《は》るに過《す》ぎざるが如《ごと》しと雖《いへど》も、露國《ろこく》の眞意《しんい》豈止《あにただ》だ擬勢《ぎせい》を張《は》るのみならんや、意《おも》ふに別《べつ》に未練《みれん》の除《のぞ》かんと欲《ほつ》して未《いま》だ全《まつた》く除《のぞ》く能《あた》はざるものあればならん、未練《みれん》とは何《なん》ぞ、財力《ざいりよく》の戰《たゝかひ》に於《おい》て勝敗《しようはい》の決《けつ》未《いま》だ判明《はんめい》せざるものある卽《すなは》ち是《と》れなり。

今日《こんにち》の形勢《けいせい》より言《い》はんに、武力《ぶりよく》の爭《あらそひ》に於《おい》て勝目《かちめ》なきは敵《てき》も稍《やゝ》悟《さと》りたるべし、然《しか》れども十八億弗《おくドル》の歲計《さいけい》を以《もつ》て二億《おく》四千萬弗《まんドル》の歲《さい》計《けい》を擊《う》つ、豈《あに》勝《か》たざるの理《り》あらんとは、彼《かれ》が最初《さいしよ》より懷《いだ》ける妄信《まうしん》にして、此妄信《このまうしん》は今《こん》日《にち》と雖《いへど》も未《いま》だ容易《ようい》に拔《ぬ》くべからざるものあり、西伯利亞鐵道《シベリアてつだう》の輸送力《そうりよく》には際限《さいげん》あり、クロパトキンも世《よ》に持囃《もてはや》す程《ほど》の器《き》にあらず且《かつ》漸々《ぜんく》財政上《ざいせいじやう》の遣繰《やりくり》にも困難《こんなん》を感《かん》ぜざるにあらずと雖《いへど》も、兎《と》に角《かく》十八億《おく》は二億《おく》に比《ひ》して融通《ゆうづう》の利《き》く所《ところ》[illegible]り、連戰連敗《れんせんれんぱい》の不名譽《ふめいよ》だに甘受《かんじゆ》してあらば、其内《そのうち》に敵《てき》の財力先《ざいりよくまづ》枯竭《こかつ》せん、是時《このとき》こそは我《われ》の當《まさ》に乘《じよう》ずべき時《とき》なれ、今暫時《いましばし》辛抱《しんぼう》せよとは、今《いま》も尙厚顏《なほこうがん》にも露《ろ》の朝廷《てうてい》に翩々《へん〱》と翺翔《かうしやう》しゐる夫《か》の大公《たいこう》一派《は》の心《しん》事《じ》なるは、其意《そのい》を承《う》けて筆《ふで》を執《と》る敵《てき》の新聞《しんぶん》紙《し》の言論《げんろん》に徴《ちよう》して知《し》るべし、さればノーウオエ、ウレーミヤの如《ごと》き、我軍票《わがぐんぺう》の引換《ひきかへ》に制《せい》限《げん》を置《お》かれたりとの報《はう》に接《せつ》するや、手《て》を額《ひたひ》にして慶《けい》して曰《いは》く、是敵《これてき》の財力將《ざいりよくまさ》に竭《つ》きんとする前兆《ぜんてう》なり、戰爭《せんさう》の勝敗未《しようはいいま》だ決《けつ》せざるに、財力《ざいりよく》に於《おい》ては我《わ》れ既《すで》に敵《てき》に勝《か》てりと、敵《てき》の半官報《はんくわんぱう》が此言《このげん》を爲《な》せる眞意《しんい》は、唯我《たゞわれ》にケチを附《つ》けて以《もつ》て自《みづか》ら快《くわい》とするのみにあらず、此事實《このじじつ》を棒大《ぼうだい》に言觸《いひふ》らして今少《いますこ》しく辛《しん》抱《ばう》せんことを國内《こくない》の異論者《いろんしや》に向《むか》つて勸告《くわんこく》せるものなり、今日《こんにち》の塲合《ばあひ》日本軍《につぽんぐん》を黄海《くわうかい》に逐《お》ひ込《こ》みて底《そこ》の藻屑《もくづ》と爲《な》さんなど言《い》はんには耳《みゝ》を傾《かたぶ》くる者《もの》一人《にん》だになからんも、我《われ》の財《ざい》力竭《りよくつ》きんとすと言《い》はゞ、例《れい》の十八億《おく》を以《もつ》て二億《おく》を擊《う》つの妄想《まうざう》に觸《ふ》れて、或《あるひ》は然《しか》らんと思《おも》ふもの、十中《ちう》八九に居《を》るべし、然《しか》らばノーウォエ、ウレーミヤが此言《このげん》も時《とき》に取《と》つての好《よ》き氣休《きやす》めと謂《い》ふべきにあらずや。敵《てき》は今《いま》かゝる情態《じやうたい》に在《あ》り、故《ゆゑ》に今後我《こんごわれ》の當《まさ》に力《つと》むべきは、武力以外財力《ぶりよくいぐわいざいりよく》に於《おい》ても我《われ》に多々《たゝ》益々《ます〱》辨《べん》ずるの實力《じつりよく》あるを示《しめ》し、以《もつ》て敵《てき》が我財力《わがざいりよく》に關《くわん》して懷《いだ》ける妄想《まうざう》を打破《だは》するに在《あ》り、此妄想《このまうざう》を打破《だは》し得《え》たる日《ひ》こそ、即《すなは》ち敵《てき》が總《すべ》ての點《てん》に於《おい》て到底勝目《たうていかちめ》なきを觀念《くわんねん》して、始《はじ》めて我慢《がまん》の角《つの》を折《を》る時《とき》ならん、其期《そのご》に及《およ》び平和《へいわ》を主張《しゆちやう》する者《もの》あらば之《これ》に耳《みゝ》を假《か》す必《かなら》ずしも惡《あし》からざらんも、今日《こんにち》は斷《だん》じて平和《へいわ》を口《くち》にすべき秋《とき》にあらず、若《も》し前後《ぜんご》の思慮《しりよ》もなく妄《みだり》にかゝる議《ぎ》を唱道《しやうだう》せば、敵《てき》は愈《いよ〱》之《これ》を以《もつ》て我財力枯竭《わがざいりよくこかつ》の一兆《てう》と爲《な》して、益《ます〱》辛抱《しんばう》の臍《ほぞ》を固《かた》めん、而《しか》して我國民《わがこくみん》は迷《めい》惑《わく》せん、世《よ》に政治家《せいぢか》とやら謂《い》はるゝ人々《ひと〲》よ願《ねが》はくは汝《なんぢ》の言論《げんろん》を愼《つゝし》め。（天風）

「敵の誤解」（『大阪朝日新聞』明38・2・9）
〈大阪府立中之島図書館蔵〉

四

以上は二葉亭四迷の『手帳十三』についての調査であるが、ここでさらにこの手帳に記録のみえない明治三七年三月四日の入社より、同八月一八日までの期間についても、何らかの方法で調査をすすめてみたい。とするなら、いまのところはとりあえず『全集』第五巻に所載の「官報局時代の仕事」編輯の要領にならって、「その訳文のいずれをもって二葉亭の翻訳とするかについては、(中略)この時期の彼の動静を伝える資料に恵まれぬ現在、明確な判定を下し得ないことを極めて遺憾とせざるを得ない」と注記したうえで、二葉亭が翻訳に使った露国新聞と同様の出典のみられる『大阪朝日新聞』の訳載記事に注意したい。

次にそれを列記しておく。

4・7〜8　巡洋艦バヤンより観たる二月八日の海戦　「関東報」

4・28　英に媚び米に喰つて蒐る　ノーウォエ、ウレーミヤの言

6・20　日本軍に対する露人の批評　「哈爾賓日報」寄書

7・4　敵情要報　六月一日ニコラーエフスク発電

本月三日「哈爾賓日報」に拠る

7・9　敵の得利寺戦報　六月一七日、一九日「哈爾賓日報」

7・14　敵情要報　六月一五日「哈爾賓日報」

7・17　敵の戦報　蓋州沿岸砲撃　▲岫巌

占領戦　▲賽馬集占領戦　六月一四日「哈爾賓日報」
8・2　六月二十三日の海戦（敵方公報）　七月五日「哈爾賓日報」
8・5　敵方の戦報　七月一〇日彼得堡発、
七月一四日「哈爾賓日報」所載
8・5　遼陽の記　ノーウォニ、ウレーミヤ通信員の所報に拠り
8・6　敵方の戦報　七月一一日彼得堡発、
一四日「哈爾賓日報」所載
8・7　敵方戦報　▲遼陽電報　一四日「哈爾賓日報」所載
8・9　敵情要報　六月廿二日乃至廿六日の「哈爾賓日報」に拠る
8・10　敵情要報　「哈爾賓日報」に拠る
8・11　敵情要報　「哈爾賓日報」に拠る[12]

さらにまた『手帳十三』に記載のある、明治三七年八月一八日より翌三八年八月までの期間についても、二葉亭の記録以外に前記同様の露国新聞からの訳載記事がわずかながら見当たるから、この分についても先の要領にならって、参考までに追加しておく。

38・1・14　露人の言葉　一一月一四日ノーウォエ、ウレーミヤ
38・4・3　昨今の露人心情　二月九日発行ノーウォエ、ウレーミヤ

以上は『絵入日露戦記』の調査によって、二葉亭四迷と『大阪朝日新聞』との繋がりの深さがあきらかになったことからすすめた、一応の調査報告である。今後は、さらにこの時期の動静を伝える、新たな資料の発掘される

ことがまちのぞまれる。

注

(1) 池辺吉太郎「二葉亭主人と朝日新聞」(坪内逍遥・内田魯庵編輯『二葉亭四迷』〈明42・8 易風社〉所載)
(2) 拙稿「二葉亭四迷と「大阪朝日新聞」」(『国文学』昭51・12 第53号)参照
(3) 『二葉亭四迷全集』第七巻所載、書簡「一四八」
(4) 『全集』第七巻所載、坪内雄蔵宛書簡「一四六」
(5) 『全集』第七巻所載、坪内雄蔵宛書簡「一四七」
(6) 下記のものがある。
「明治三十六、七、九年(手帳五)」
「対外時事抜萃(手帳六)」
「明治三十七、八年(手帳七)」
「明治三十七年(手帳八)」
「露国政情詳細(手帳九)」
「明治三十八年(手帳十)」
「明治三十七、八年(手帳十一)」
「明治三十七年(手帳十二)」
「明治三十七、八年(手帳十三)」
「明治三十七、八年(手帳十四)」
「明治三十八、九年(手帳十五)」
「露国事情(軍事)(手帳十九)」
(7) 注(1)池辺吉太郎「二葉亭主人と朝日新聞」より引用

（8）この時期に二葉亭の購読していた露国新聞は、『手帳』の記載から下記のものであるといえる。

「対外時事抜萃（『手帳六』）」からは

「ハルビンスキー・ヴェストニク」

「露国事情（軍事）（『手帳十九』）」からは

「ノヴィ・クライ」

「ノーヴォエ・ヴレミヤ」

「ハルビン通報」

また『手帳十三』には、「十二月六日大阪本社へ宛て新聞註文ノ請求状を発す」としるされ、次の記載がある。

ノウォエ　ヴレミヤ〔新時代〕

アスヴォボデニエ〔解放〕

リスコ　アスヴォボデニヤ〔極東〕

ダリニイ　ヴォストク〔解放新聞〕

ハルビンスキ　ヴェストニク〔ハルビン通報〕

ルスキイ　インヴァリド〔ロシア廃兵〕

ニヴァ〔畠〕

その他、『手帳十三』には「関東報」の記載も見える。

（9）『全集』第七巻所載、井田孝平宛書簡「一六一」と、坪内雄蔵宛書簡「一六四」

（10）このほかの「馬賊」についての記載を『手帳』から探すと

「明治三十七年（『手帳八』）」に

「馬賊の跋扈」

「明治三十七、八年（『手帳十一』）」に

「〇ウヂミ駅附近にて於て馬賊と衝突す」

「馬賊海城の糧倉庫を焼く」

などが見当たる。

(11)　二葉亭が日露両国の財政、戦費等に日頃から深い関心のあったことは「露国政情詳細（手帳九）」、「佚題（闕文）」などの詳細な記載からもわかる。また上野精養軒での「送別会席上の答辞」でもふれている。

(12)　岩波版『全集』で「ハルビン通報」、『大阪朝日新聞』で「哈爾賓日報」としるされている訳語の違いについて、小沼文彦氏より次の私信を得た。

「ヴェストニク、正しくはヴェスニクは、新聞雑誌の表題で、普通は、通報とか報知とか訳されていますが、会報等の意味で、日報、月報、年報として使われています。」「ちょっと調べたところでは、当時のハルビンには露字新聞は一紙だけのようですので、これは訳語の問題であろうと思います。」

〈追記〉二葉亭四迷と『大阪朝日新聞』

昭和四五年頃、私は日本に於けるニーチェ文献の調査と、時評家・角田浩々歌客の足跡をたどるために、毎週土曜日の午後は、大阪府立中之島図書館の書庫で、明治三〇年代からの『大阪朝日新聞』を繰ることにしていた。周知のように、図書館での新聞の保存は、月単位で製本され、棚に横に寝かせ年月順に並べられてあるから、例えば明治のものでもかなりの重さとボリュームのあるものを取り出して仕事を進めねばならず、これは長時間続けると書庫の中の空気が悪いということもあって、かなりの体力を要した。しかし角田浩々歌客に関しては、単行本の『詩国小観』や『鷗心録』の論稿末にしるされている新聞所載の年月が全然信用できないものであったし、それにこの時代の記者全般にいえることであるが、雅号以外の筆名を気紛れに使う習慣があるので、全貌をおさえるためには是が非でも紙面を自分の眼でたどる必要があった。

そんなとき、明治三七年六月一日の紙面まで繰って来て、雑誌『絵入日露戦記』の全面広告に出会い、私は目を見張った。関西の、特に大阪から発行された雑誌の代表的なものとしては、『よしあし草』や『小天地』があり、これまでにもたえず話題にされて来たが、同じ明治三〇年代に大阪朝日の文士・記者が中心になってこれほどの雑誌が発行されていたことについての記録は見たことがない。

広告の文面を紹介する。「絵入日露戦記は関西文華の淵叢と称へらる、大阪朝日新聞社の名家に由りて編纂せらる、出色の戦争雑誌なり」云々との宣伝文句があり、次に「第一号目次」として、「宣戦詔勅通解　西村天囚／露帝の宣戦評釈　石橋白羊／奉天の五日間　内藤湖南／戦局の発展　木崎好尚／大輸送　渡辺霞亭／輸卒物語　須藤南翠／戦時の天然　浩々歌客／露国従軍記　二葉亭四迷」などの執筆内容が見える。

ところでこの雑誌の目次に、岩波版全集に所載がなく、年譜にも記載のない二葉亭四迷の執筆が見えるのはどういうことなのか。もしかしたら完全に忘れ去られているのではなかろうか。

いらい私は不思議でならず、国立国会図書館の『和雑誌目録』を調べたり、大阪朝日新聞社の図書室に出向いたりし、可能な限りこの『絵入日露戦記』の所在を追跡するが、遂に発見することが出来なかったので、あとは「古書目録」に目を光らせる日々が続いた。そして、六年経過した昭和五一年のある日、『京都府古書組合目録』に芸林社が出品しているのを発見し、現物を入手することに成功、まぎれもなく二葉亭の「露国従軍記」の掲載を確認することができた。

こうなると、池辺三山（吉太郎）が「二葉亭主人と朝日新聞」でしるしている、「日露戦争初期以来長谷川君は随分沢山に書いて送つてゐるのに何か行違ひが有つて其れが一つも大阪朝日に現はれない」という一文を鵜呑みにはできなくなり、この期間の大阪朝日と二葉亭との関係を再調査する必要が痛感されてきた。

そこで手掛けた結果を発表したのが、Ⅲの「二葉亭四迷と「大阪朝日新聞」」（関西大学『国文学』昭51・12）と「二葉亭四迷の『手帳』と「大阪朝日新聞」」（同、昭52・9）の二論稿である（のち『ニーチェから日本近代文学へ』〈昭56・4　幻想社〉所収）。

すなわち、『絵入日露戦記』の入手により、『大阪朝日新聞』と二葉亭との関係に、以前から考えられている以上に深い繋りのあることがわかったことから『大阪朝日新聞』を再調査した結果、「露国従軍記」が、明治三七年四月二四日付「日曜付録」に匿名で訳載の「敵国従軍記」（筆名はT・X・）からの転載であることが明らかになり、この事実に即して、さらに二葉亭と『大阪朝日新聞』との関係がいっそう複雑だと考えざるを得なくなった。そこで、岩波版全集の「明治三十七、八年（手帳十三）」に記載のある二葉亭の手帳のメモから、『大阪朝日新聞』に掲載がどの程度みえるか、また手帳に記録があり『大阪朝日新聞』にも所載されていながら、岩波版全集から洩れているのは何となにかなど、調査・考証をまとめた結果、以下の四篇が二葉亭の筆稿になるとほぼ確証し得たのである。

敵方の得利寺激戦詳報　明三七・九・一〇～一二

敵の馬賊患　明三七・一一・三〇、一二・三

露帝のオデッサ行幸　明三七・一二・一七

敵の誤解（天風）　明三八・二・九

詳細はすでに二論稿で報告ずみなので、ここでは省略する。ただいえることは、これ以外にも二葉亭の訳載ではないかと思えるものがいくらか見えるが、これは当時の『大阪朝日新聞』にあって、「ノーヴォエ・ヴレーミヤ」や「ハルビン通報」など露国新聞からの訳載の仕事が可能であったのは、朝日新聞社の社史類や、『西村天囚伝』（社内用）上下巻（昭42・8　朝日新聞社社史編修室）などを調べてみても、二葉亭ただ一人といいきれるだけの調査がいきとどかない（事実、石橋白羊なども当時しきりに露国政情を紹介している、これはしかし英字からの訳載と考えられるが正確には何ともいえない）こともあって、判断を下せるだけの材料に欠ける。二葉亭には「官報局時代の仕事」の例もあるので、これに見習って今後の課題としたい。

なおこれに関連して、最後に一言付け加えておきたいのだが、内藤湖南と二葉亭四迷との関係について、もう少し調査がなされる必要があるだろう。というのも、二葉亭が大阪朝日に入社するのは、湖南の紹介によることは周知のとおりだが、それ以前の二人の交友関係については、湖南が「日露戦争の前後」(『新聞記者打明け話』)で、満州の営口《えいこう》でハルビンへ行く途中の二葉亭に偶然に出会ったことを回顧している以外は、あまり知られていないし、記録もない。しかし湖南が二葉亭を大阪朝日に呼び寄せた(但し勤務は東京出張員という変則的なもの)のには、それなりの親交と繋りがあったからであり、そのあたりのことが詳細にわかれば、入社前後の生の二葉亭像が知れるのではなかろうか。

Ⅳ　昭和の異色の文学者を追う

『新世界』創刊号
（昭21・10・1　新世界新聞社）本文181頁参照

藤澤桓夫蔵書始末

藤澤桓夫氏は、平成元年六月八四歳の生涯を終えられた。葬儀は一四日の午後一時より自宅で喪主藤澤典子、葬儀委員長庄野英二により大勢の参列者に見送られ粛々と行われた。当日の日誌に、ぼくは次のように記している。「中之島図書館の館長の山代義雄氏と参列する。場所は堺の住吉さんの裏手、歩いて十分ほどの自宅。司馬遼太郎、杉山平一氏らが友人代表で追悼の辞、続いて小野十三郎氏の詩の朗読有り。広い庭が参列者で埋まる。中に田辺聖子氏らの姿も見える。驚いたのは、石濱恒夫氏が歩行困難な様子で両脇をかかえられるようにし遅れてやって来られたこと。挨拶し言葉を交わすが、応じ切れない様子。読売新聞の山崎健司氏、帰りの南海の車内では肥田晧三氏ご兄弟とも顔を合わせたので、いずれも山代氏に紹介する」。

ところでこう書きしるせば何の変哲もない事柄になってしまうのだが、実はこの葬式に参列した山代氏もぼくも、生前の藤澤桓夫氏とは一面識もなかったことをしるしておかねばならない（尤も、ぼくの方は長沖一氏が『上方笑芸見聞録』発行直後に藤澤氏自身から、渡辺均の未完稿本が富士正晴氏のところにある旨の手紙を一度だけいただくという関係にはあったが、封書に御返事無用としるされていたので、それっきりになっていた。書簡のことはのち紹介する）。それなのにそんな二人がやや唐突に、しかも堂々と参列したのには理由があった。この機会に大阪を代表する作家に、中之島図書館を代表して弔意をあらわしておくのと、もう一つ織田作之助の旧蔵書を文庫として保存しているので、可能なら藤澤氏の蔵書も文庫として受け入れたい、という山代氏の発案による共通の思いがあり、参列からはじめることにより熱意が通じるのではないかと考えたからである。そして、その日は今後われわれの思いがどう展開するのか、予測もつかないままに帰った。

ところがこの件は、秋の読書週間を前に、図書館で展示を準備する段階になって、急に藤澤氏宅と繋がりが持てるようになり一転する。今年はぼくの企画で進めることになり、藤澤桓夫氏を中心とすることを選んだからである。そうなると展示を盛り上げるには、館の所蔵する資料や、個人のコレクションだけではもの足りなく、氏の自筆稿、書斎の再現、将棋盤等遺品類の展示の必要性が痛感され、最早、藤澤氏宅の方へアタックするしか方法がなかったからである。とにかく典子夫人に出展依頼の手紙を出してみることにした。するとおりかえし快諾の返信がとどき、以後展示に関してはわれわれの計画通りにことが運ぶようになった。

そこで図書館の方でも企画協力室の大西登貴子さんを中心に張り切って借り受け等に奔走し、一〇月二三〜二七日の五日間展示室で「藤澤桓夫と周辺の人々―追悼藤澤桓夫資料展―」を開催する段取がととのい、一九日の午後には館長と連れだって朝日、毎日、読売、サンケイの各新聞社に、下記の文面のチラシを持参し、宣伝と挨拶に廻る。「ご案内　文壇を形成する東京から離れ、大阪で作家活動を行ない大阪と大阪人、そして将棋、プロ野球、競馬と庶民の趣味をこよなく愛し、独自の光彩を放った作家藤澤桓夫氏が、今年六月一二日、八四歳の生涯を閉じました。そこで当館では、このたび、藤澤桓夫氏を追悼し、氏と係わりの深かった人達の中から織田作之助、長沖一、秋田実、石濱恒夫各氏の資料も併せて展示する資料展示会を開催することにいたしました。展示品は当館所蔵の同人雑誌『辻馬車』、代表作「新雪」などの資料のほかに、関西大学所蔵の自筆原稿や自筆書画類を数点、さらに藤澤家のご好意により、生前愛用された文机や将棋盤なども特別出品していただきました。多数のご来館をお待ちしています」。

その努力が功を奏したのか、二〇日『サンケイ』に、二一日『朝日夕刊』に紹介記事が掲載され、さらに二三日にはNHK、続いて関西テレビ等が取材に来て夕方放映される。もっとも、取材に来た若い女性記者に尋ねてみると、藤澤さんの名前は今朝知ったばかり、と告白され面くらった一駒もあったが。とにかくオープンしてみると、初日一〇〇人、五日間の入場者七〇〇人以上で、それも五〇代の和服姿の男性や、着物姿で連れだって来る奥さん連中が多いのには驚かされた。「新雪」、「妖精は花の匂いがする」などで一世を風靡した人気は、まだこの世代の青春の思い出を掻き立てたようである。二四日にはお嬢さんの章子さん、二五日には夫人の典子さんと実妹さんの二人が揃って会場に顔を出され、館長室にも立ち寄られ、図書館のミニ展示としては予想を超えた成功のうちに終わった。

その直後、館長の山代氏から文面の同意を求められ、すかさず典子夫人に丁重な蔵書の寄贈を願い出る書状を送る。以後、日誌の記録から、主旨のみ簡略に追ってみる。

一一月六日　藤澤典子夫人より館長の山代氏のところへ返事の電話が入る。生前主人がこよなく愛した郷土の中之島図書館からの話であるから、お受けしてもよい。ただし、あとは大谷晃一さんに全部お任せすることになるから、よろしくとのこと。すぐにこの日、大谷氏と面識のあるぼくが、今後の日程について都合を問い合わせる手紙を出す。同七日、夕方に大谷氏より電話が入り、一四日の午後六時、大阪駅のステーションホテルで山代氏と三人で会う約束になる。同一四日、約束通りステーションホテルで会い、館長の山代氏を紹介、三人で会食。すぐに蔵書の話題になり、典子夫人は非常に喜んでおられるとお聞きした後、次の三点をかなえてほしいとのこと。一、本を大切にして欲しい。二、すべて寄贈ということにしたい。三、蔵書受入後に冊子目録を発行してほしい。むろん承諾するということで話の決着がつく。この日別に典子夫人より図書館宛に、展示会写真受領の礼状とどく。同二四日、話がついたので電話を入れ、藤澤宅へ蔵書の下見に行く。冊数は三、四千か。書斎の書架の本にほこりが多いのが目立つ。特に縁側の軒下に特別につくった本棚があり、雨のしぶきで全集本などの箱に紙魚がついているのに心を痛める。この日典子夫人から別扱いにして差し出された「人生座談」の生原稿千枚近くと、書簡を持ち帰る。書簡は一部であるが、藤澤氏が特に大切にされていた様子が窺えるもので、昔の菓子箱の缶のようなものに入れられてあり、横光利一のものが特に多く、菊池寛なども見当たる。注目していた藤澤氏自身の著書は、一五〇冊近くあったが、同一本が多く、完全に揃ってはいなかった。雑誌『辻馬車』は元の版がかなりの冊数あったので安心した。昭和初期、新感覚派時代の活躍が偲ばれる。一二月四日、葬式の日のことを思い出しながら、藤澤宅の小出楢重の設計になると聞く出窓ガラス張りの書斎の間へ出向き、近世資料等は多治比郁夫氏、近代のものは高松、その他受け入れは整理課の仕事ということで鈴木永二氏の三人が、早朝より箱詰めを行う。遅れてきた山代館長も手伝う。昼休みを取るだけで、一日中箱詰作業。ダンボール一二〇箱では足りず、全集などはビニール紐でくくる。川端康成の色紙、南岳、黄坡の軸等が見えるのは当然として、落語のカセットテープが沢山あるのは意外。雑誌では『辻馬車』以外に、『龍舫』、『文学雑誌』などが割合揃っていた。館の運転手の立山氏がワゴン車で三回往復するが、いずれも山積み。車待ちの間、典子夫人と雑談するが、女性ばかりの家族になったので心細いとおっしゃる。今後敷地の利用に迷っているとのこと。三時にサツマ芋のふかしたのを、おやつにといって出して下さる。同五日、読売新聞社の山崎氏より、藤澤家より蔵書寄贈の件、正月に記事にするとの電話が入る。同一三日、図書館で受け入れ準備のため、書画類の評価を有村氏に依頼、富田渓仙画山水屛風（八曲一隻）、一〇〇万、川端康成の色紙、一五万、湖南の軸、一五万、南岳、黄坡筆自筆、三万等、図書以外のものだけでも総額かなりの値段がつく。同一八日、近代文学関係のもの浪速書林の梶原氏に評価依頼。三島由紀夫の書簡一通三〇万。横光利一、菊池寛書簡あわせて一五万程度。サイン本、高橋和巳『悲の器』、司馬遼太郎各著一万以上。司馬氏は初期はすべてサインして送っている。

以上でこの期間の動きをほぼしるしたことになるが、余談を挿入するなら、この間、石濱恒夫氏に展示会の出品目録を送付していたので、夫人から「九月まで入院していた。足が悪いのは文楽座の「婦夫善哉」の台本を書くのに一年間座り詰めたため、と以前いっていたがあれは間違いで、首に問題があって足に来ている。マンションを建てて住所表示が変更したので連絡する」といった内容の電話が入ったことなどが記録に残っている。

かくて中之島図書館に勤務する者としてのわれわれの目的は一応達成されたので、後は図書館に運び入れた蔵書をいかに整理し、約束通り冊子目録の作成に取りかかるか、が課題となった。これは当時の整理課の職員一名が専任で担当することにより、約一年半後の平成三年五月『大阪府立中之島図書館蔵　藤澤文庫目録』として完成することになる。ただその間、最後に残された仕事としては、藤澤コレクションを充実させるため、この機会に「差出し書簡」も蒐集したく、これは大谷晃一氏が友人・知人に呼びかけて下さり、杉山平一、東秀三氏など一〇人から集めることができた。

そこで最初に予告した、高松宛藤澤書簡の紹介に戻るのだが、当時この仕事に深くかかわっていた者としては、自分宛のものを加えるのが面映く遠慮したままになってしまったが、文面が富士正晴氏の所蔵にかかわる渡辺均の遺書のことで、未公開のままでは問題を残しそうなので、敢えてこの稿で全文を掲載する。

封書の消印は、昭和五三年六月一五日。差出人住所は大阪市住吉区上住吉町一四一（朱印）、宛先は中之島図

書館気付。中味は「西華山房」と印刷のある二〇〇字詰用箋にペン書五枚。封書裏には「御返事無用」としるされている。

高松敏男様　　藤澤桓夫

六月二日

拝啓。突然のお手紙、お許し願います。

実は、長沖一君の晩年の労作「上方笑芸見聞録」がこのたび東京の九芸出版から上梓の運びとなり、出来上った本が私の手許にも届きましたので、早速頁を繰っているうち、p,110のところに大阪落語の恩人として渡辺均氏の名前が出て参り、あなたが渡辺さんのことをお調べになっていることを知りました。

渡辺さんは私にとっても懐かしい人で、「サンデー毎日」の編集者であった渡辺さんは、若い作家にも注目されていたらしく、学校を出て間のなかった私などにも屢々指名があり、連載小説も再三書かせて頂き、そんな関係では何度かお目に掛かったこともありました。鼻下に髭を蓄えた小柄で温雅な紳士でした。ところで、今日お便りを差し上げる気になりましたのは、直接渡辺さんその人についてではなく、あなたが渡辺さんのお書きになったものを蒐めていられることを長沖君の文章から知り、もし現在もこのお仕事をおつづけになっているなら、あるいは幾らかでもご参考になるのではないかと思われることを、ふっと思い出したからです。

それは、もう二年くらい前のことですが、富士正晴が私に電話をくれ、二人であれこれ話し合っているうちに、どういうきっかけからだったか、話が渡辺さんのことになったのです。そして、富士君が、渡辺さんの未刊行の原稿が相当ある、どこか出してくれるところないかなあ、確かにそう言ったのです。

私の想像では、その原稿というのは、渡辺さんが後援された往年の若き落語家、桂小春団治、後年の故花柳芳兵衛氏と富士君は親しかったので、多分それは芳兵衛氏が保存していたもので、あるいはそれを富士君が預かっているのではないかという気がします。

右の件、あるいは既にあなたは御存知かも知れませんが、もし御存知なかった場合は、私から聞いたとでも仰有って、一度富士君に訊ねてごらんになっては如何かと、甚だおせっかいながら、そう思ってこの手紙を差し上げる次第です。

それがどういう種類、内容の原稿か分かりませんが、確かに富士君がどこか出してくれるところないかなあと申したくらいですから、相当な量のものではないかと思うのです。

草々

最後に蛇足を加える。書簡に綴られている富士氏家蔵の渡辺原稿については、「渡辺文華展」開催後、甥の振三氏の寄贈により、現在龍野市立図書館に所蔵されている「遺書第一部一〇四枚。第二部九三枚」と同一内容であることが判明している。富士氏自身がのち『ある情痴作家の〝遺書〟―渡辺均の生涯―』（昭和63年3月　幻想社）の著者、故接木幹氏の問い合わせに、「遺書三部というのはカーボン紙にはさんで三部作ったということです。つまり同時制作です」と返信を出し認めているからである。幻の「遺書第三部」が存在したわけではない。

ちなみにしるしておくと、接木氏（本名、大ケ瀬幹人）の執筆原稿を、本人の依頼により幻想社へ持ち込んだのはぼくであり、推せん文をつけての刊行が実現したことにより、藤澤書簡に対しては、一応の責任を果たしたと考える。というのも、接木氏の著書は、藤澤氏のしるす未刊の原稿、すなわち「遺書」の綿密な精査により書きあげられたものだからである。

司馬遼太郎の出発

――新世界新聞社の発行物はあった――

司馬遼太郎氏のジャーナリストとしての最初の出発点である新世界新聞社について、司馬氏自身は社名を記録に残していないが、大竹照彦氏の回顧から、「五ケ月ほど」勤務したことは確実なので、資料に基づいてこの新聞社についての確証の可能な事柄を追ってみたい。

当時発行の『日刊』の本紙そのものについては、今日まで遂ぞお目にかかれなかったが、同社からこの時期に創刊の雑誌『新世界』については、すでに家蔵しているので、この雑誌を通して、終戦直後に登場した新世界新聞社の実体について一部垣間見ることができる。

かいつまんでいえば、司馬氏が『名言随筆　サラリーマン』（昭30・9　六月社）中の「あるサラリーマン記者―著者の略歴」で、

昭和二十年の暮、私はスリ切れた復員外套のポケットに手を入れて、大阪の鶴橋から今里の方向にむかって進んでいた。目的はたしか、わずかな復員手当の中から、靴を購《もと》めたいと闇市を物色して歩いていたのだ。（中略）今里の闇市をひとまわり物色してから、猪飼野の方角に転進しようとしたはずみに、私は一本の焼け電柱に気づいた。いや、電柱ではなく、その電柱に貼ってあるビラにである。（中略）幾日か風雨に洗われ、墨も紙もおおかた剝落していた。しかし、注目すべき二字は歴然とカタチを残していた。「募集」とい

う文字なのである。（中略）そのとき、私の肩ごしに顔をのぞかして、とつじよ、声を発した男がある。「記者募集――」

驚いてふりむくと、冬も近いというのに、海軍士官の夏服を着こんでいる。一眼みて、私と同じ復員学生とみてとれた。（中略）「新聞記者とは面白そうじゃないか。どうせルンペンだろう？　行つてみよう――」

以上のように回顧し、この時にビラの前で出会った大竹照彦氏と共に応募に訪れた、あの新聞社についてである。しかし、その実体については、司馬、大竹両氏を含めて、わずかに「戦後に簇したアブクのような曖昧資本の新聞」社で、「ゴム製造業者街のなかに」あり、「木造二階建」で、「輪転機もちゃんとある」などといった程度の、いずれも記憶の範囲での断片的な話で、正確な所在地すら突きとめられないままである。

そこで以下、架蔵のこの新聞社発行の雑誌『新世界』創刊号の書誌的事項、細目を紹介することからはじめる。

『新世界』創刊号

昭和二一年一〇月一日　大阪市生野区猪飼野東五丁目八　新世界新聞社発行。編輯発行兼印刷人　永田重弘。配給元　日本出版配給株式会社。版型　A五判。頁数　四八。定価　四円。

目次

〔同前〕楽しい一夜　松尾いはほ（二六）
〔同前〕学生のない学校　太宰施門（四〇）
〔同前〕煙草　天沼俊一（三四）
湖上の怪　（絵と文）鍋井克之（一六）
今は昔　食満南北（二九）
欧州の婦人と政治運動　ドロシーDクック（二〇）
人間熊沢論　土井一頼（三五）／街の展望　兼光恵二郎（二五）／漫画　高橋十三路（二五）／運命の饗宴　映画物語（三六）／我が道を往く　映画物語（三七）／芸界風信（三六）／詰将棋　詰碁（二五）／読者文芸（四三）／鉄道時間表（四八）／編輯の頁（四八）
音楽と色とリズム　上村六郎（三八）
恋愛読本　上村六郎（三八）
秋の服飾と袖　保田一馬（一八）
〔詩歌〕街上吟　吉井　勇（三）
〔同前〕異変　川田　順（三三）
〔同前〕新秋　臼井喜之介（四二）
〔同前〕雷雨　清水小杉子（四二）
未来花（長篇）　（田村孝之介画）藤沢桓夫（八）
見世物　（宇野元章絵）織田作之助（四四）

望あらたに　（小笠原良一絵）下井喜一郎（二三）
短夜　泉井宗吉（四二）
秋のめぐみ（表紙）永田重弘
カット　天野大虹・勝田哲・鍋井克之・宇野元章・小笠原良一・若松好人

この執筆陣を見る限り、確かに「曖昧資本」から発行された雑誌かも知れないが、敗戦直後の大阪の焼野原を知る者から見れば、企画した編輯者の意気込みは十分に感じられ、『新文学』や、翌年に創刊の『文学雑誌』などと比べても、決して見劣りするものではない。広告も「松竹座」「梅田映画」「新橋松竹」などから、「三和銀行」「近畿日本鉄道」「ナショナルオールウェーブ」等まで掲載されて多彩である。それを裏づけるためにも、ここに永田重弘の「編輯後記」の主たる部分を引用しておきたい。

校正も終えて、ほつとしたひとゝき。爽やかな風が深く澄んだ並木のあひだをほろほろ流れてゐる。こゝろよい初秋の香ひである。閉ざされてゐたあらゆる枠もとれ、文化の動向も世界的なひろさにまで縛《ママ》がらうとしてゐる。明日への新しい思索と強い足取りの音がひしと身近に感じられるやうである。

私はいつまでも若くありたい。

×

一椀の糧にのみ心を奪はれてゐる間に世界は廻り歴史は動いてゐる。一再は宿命の矢にひしがれた私達ではあつても、決して停止してゐてはならない。それは即退歩に等しい。再び蹉かぬやう踏みしめ、明るい姿態で新しい空気を吸つて伸びのびと歩きたいものである。自分を見失つてはならぬ。人と話してもひよろ〳〵するやうでは駄目、それがよしブロークンであつても英語の一つも喋りおしやれ談義の一つも出来る知的な豊かさが欲しい。

こゝに「新世界」を世に贈る現《(ママ)》を持ち、これを編む私達の枕としてゆさ《(ママ)》たいと思う。

（中略）

二十日足らずの間に編輯してしまつたので計画の半分もなし得なかつたことをお詫びしなければならぬと思ふ。

併し私のこの無理を快くきいて下さつた諸先生方にはこの欄をかりて心からお礼申述べると同時に此後の御指導と御鞭撻をお願い致したい。

そして「奥付」には、「毎月一回十日発行」「第一巻第一号」と印刷されている。しかし、「第一巻第二号」が発行されたかどうかは、確証の限りではない。

ところで、このことから、これまで研究者らが推測ばかり重ねてきた新世界新聞社の所在地の特定が可能となる（まぎれもなく発行所住所が記載されている！）。雑誌「奥付」に表記されている住所、「大阪市生野区猪飼野東五丁目八」なる番地は、すでに現存しないが、過去の大阪の生野区の地図を探索することにより、その所在地が現在のどの場所に位置するかを突きとめることが可能だからである。そこで昭和一四年改正、五千分の一『大阪地図』（和楽路屋刊）で探し出すことができたこの場所の該当する部分を抽出し、一部現在の『住宅地図』と合成して作成したのが、一八七頁の地図である。

「生野区猪飼野東五丁目八」が、現在の「生野区中川西二丁目一の二六付近」に当たるのは、この番地図で確定的である。

以上のことから、これまでの回顧等での曖昧な部分の訂正が、いくつか可能になる。まず、延吉実氏が尾形良雄氏より聞き書きしている、「旧国鉄の鶴橋と玉造のあいだ、国鉄線の東側で、電車からその新聞社の木造の二階建てが見おおせた」（『司馬遼太郎とその時代』）という回顧談は、確かに体験にもとづくと考えられるが、地理的に考証をしてみると、実際には当時の省線（現JR環状線）の鶴橋と桃谷駅の間から見おろせる視界の範囲であり、近鉄線のガードより玉造駅寄りに位置した場所に存在したとは考えられない。尾形氏は単純に駅名の記憶違いをしているのではないか。但し、これはあくまで終戦直後の視界の広がる光景の話であり、のちビルが乱立してからの話でないことを付記する。

また、司馬遼太郎氏の回顧談に、今里や猪飼野の地名が登場するので、この地域の複雑な地名の変遷に詳しくない人は、すぐ猪飼野橋周辺や、現在も猪飼野の名称が残る地域と結びつけがちであるが、新世界新聞社の所在地は、平野川（平野運河）をはさんで御幸通商店街により近くに位置し、鶴橋・今里駅からは少し距離はあるが、「転進して」南方向に歩けば、割合にたやすくたどり着ける場所である。

さらに、もう少し念を入れてこの時期のことに言及しておくと、昭和二一年一〇月一日に雑誌『新世界』の創刊の事実がありながら、司馬、大竹両氏ともにこのような社の方針、企画などがあることも、噂があったことすらしるしていないことから推測すると、わずか「二十日足らずの間に編輯」されたとはいえ、「年譜」に見えるように、昭和二一年六月には京都の新日本新聞社に移っていて、両氏が勤務した「五ケ月ほど」というのは、昭和二〇年の「冬も近い」頃からであったのは確定的と考えざるをえない。

これはあくまで推測の域を出ないが、そうでないと、もしこのような綜合文芸誌の発行の予定を文学好きの司馬氏（――なぜなら、司馬氏は石濱恒夫氏を通じて藤澤桓夫氏の紹介を求めたり、石上玄一郎氏が関西に移住された当初には、すかさず小説の原稿を持ち込んだりしてもいる）が耳にしていたなら、当時といえども大竹氏のヤミ米問題

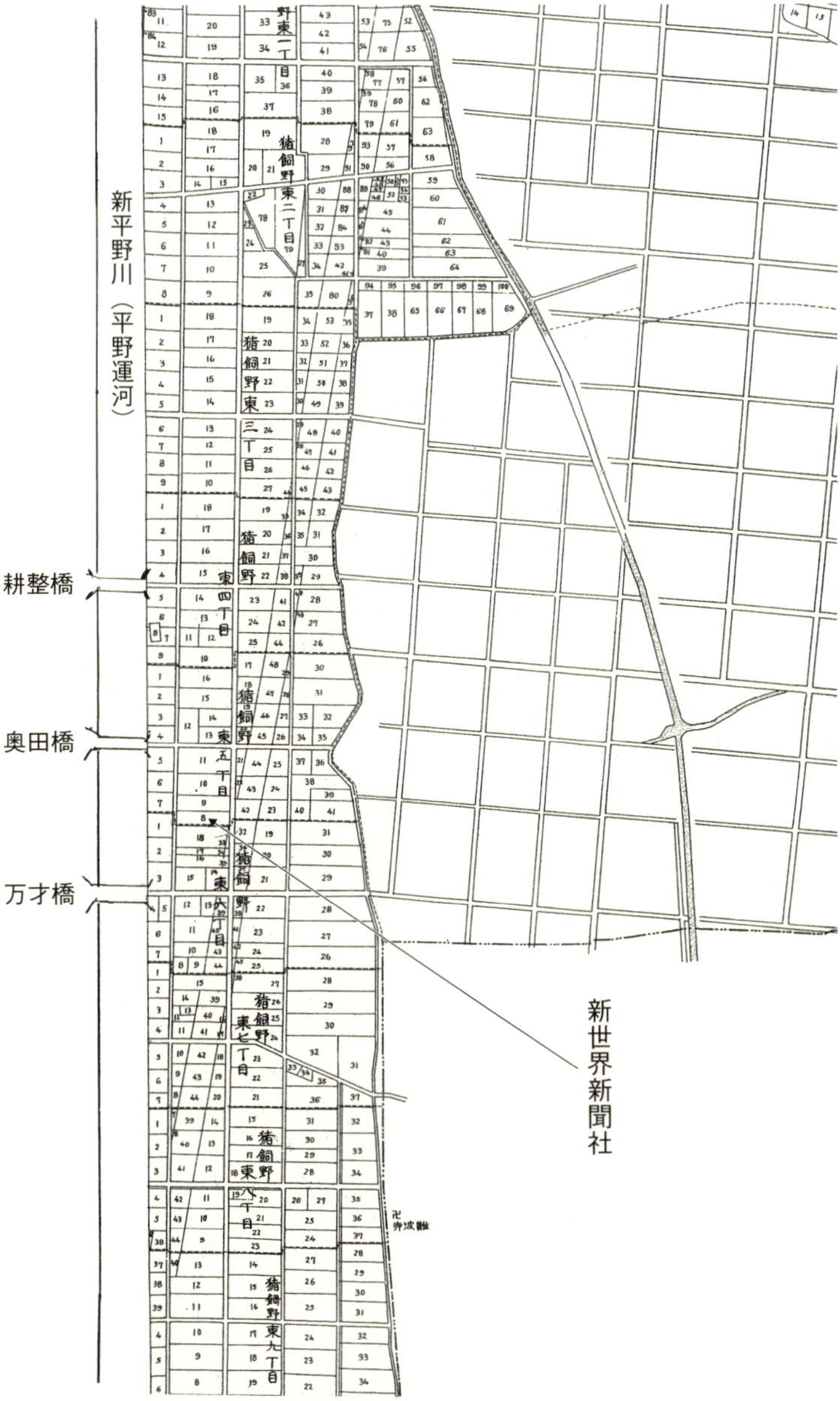

新世界新聞社住所　大阪市生野区猪飼野東５丁目８　現在、生野区中川西３丁目１―26付近（『大阪地図』（昭14改正　5000分の１　和楽路屋）を基本に現在の『住宅地図』（人文社）と合成）

ぐらいで簡単に社を辞したかどうか疑問である。

☆

その後、司馬遼太郎氏は、京都の新日本新聞社からさらにサンケイ新聞社へと移り、大阪の西長堀のマンモスアパートの一〇階に住んで、着々と大作を執筆、――そして建物の眼下に広がる長堀川の木場の光景は、共に一〇階に住んでいた石濱恒夫氏が、長篇小説「遠い星―早川徳次伝―」の中で仙台堀川の光景に舞台をかえて丹念に描くことになるが、――復員直後に募集のビラを見て最初に応募した新世界新聞社が氏のジャーナリストとしての方向をきめたことは間違いない。

（補注） 本稿執筆後、豊中市の米田義一氏より、個人誌（六〇部限定）『東市場気まぐれ通信』第一二号の送付を受け、雑誌『新世界』が昭和二三年一二月（第三巻第一二号）まで発行されていたことを知った。つまり二年以上も定期刊行されたことを付記する。

晩年の石上玄一郎と大阪

石上玄一郎氏の『作品集』は、昭和四五〜四六年に冬樹社から刊行された三巻本と、没前年の平成二〇年に未知谷より刊行の『小説作品集』三巻本の二種類がある。前者には長編小説「緑地帯」が未収録であったが、後者には新たにこの作品の収録が見られる。そして巻末には、いずれにも「年譜」が付されている。

ところで「年譜」のみに限っていえば、冬樹社版の赤坂早苗氏作成のものは、一部に洩れも見えるが、おおむね詳細であるのに対し、それを踏まえて新たに作成された未知谷版のものは、多くの補足がなされたとはいえ、昭和五〇年（六五歳）以後の晩年の活動に補うべき事項が多すぎる。尤も編者が「日刊紙などへ寄稿した短文の身辺雑記などは割愛した」と「凡例」でわざわざことわっているので、それらについては別枠に考えても、例えば、

「太宰治における家の問題」（平成七年三月『浪速書林古書目録』第21号）
「解説」（平成八年三月『身辺抄　小寺正三遺稿集』みるめ書房）

などは「年譜」から洩らすべきではない。というのも、浪速書林の太宰治に関する巻頭論稿については、説明の必要がないとしても、『身辺抄』の「解説」については、わかりづらいと思えるので、内容にふれておくと、石上氏と小寺正三氏との繫がりは、昭和一五年の『日本工業新聞』への入社の時からと古く（この新聞社には当時

織田作之助も在籍していた）、敗戦後の昭和三〇年に石上氏が関西に居住を移された直後には、同人誌『大阪作家』の復刊も共にされた間柄で、以来晩年まで交友が続いている。そしてこの遺稿集の編集には加藤とみ子氏からの相談を受け、氏も個人的に深くかかわっておられ、つつましく「解説」とのみしるされているが、一〇頁にわたる熱のこもった交友の記憶と文学的回顧が綴られているからだ。

のみならず、特に気になるのは事項の方で、石上氏が晩年に最も精力を注がれていた舞踏の公演については、なぜかほとんど記録がなされていない。一例をあげるなら、氏は五条（のち永井）珠登志氏と共に、現代の舞踏を源流に戻すことの探究に多くの時間をさかれ、催馬楽《さいばら》等を念頭に神に捧げる芸能に取り組むことを目差されて、その実践として「遥かなる求法の旅―善財童子の遍歴―」を書き下ろされ、年月と場所をかえ左記の三回にわたる公演を行われていたが、「年譜」にはそのうち（二）のみの収録しか見当たらないのは理解に苦しむ。

（一）昭和六一年一一月七日　於大阪国立文楽劇場／後援・関西日印文化協会

（二）昭和六三年一〇月二五日　於東京・丸の内国立劇場小劇場

（三）平成二年九月二一日　於高野山根本大塔前伽藍特設舞台／主催・星月夜・高野山実行委員会

さらにこの前後の時期には、舞踏ルネサンスを掲げた会報なども出され、舞踏を源流に戻す実践活動もされていて、ぼくが大阪・神戸の文化ホールやルナ・ホールで公演を見た記憶だけでも一〇回以上にのぼる。しかも一時は天神橋五丁目に借りておられた稽古場でも顔を会わせ、世話人も引き受けて応援をしたものだ。

それだけでなく、この時期の石上氏の活動は広範囲にわたり、精力的で、ちょうど雑誌『すばる』に「激浪の青春――太宰治と私」の連載を終え、単行本として刊行された前後の時期でもあったから、講演の方も依頼が多く、ぼくも氏の名で開催される講演会にはしばしば顔を出し、肉声を拝聴しえた。

その中でも一番多く参加した講演会は、西鶴忌の主催をされていた桝井寿郎氏の誓願寺本堂で開催されたもので、今でも話された内容のいくつかは記憶に残っている。そのうちでも「私小説私感」の題での公演は特に感銘の深いものであったので、要旨を記しておくと、

私小説は一般に私的生活の暴露といわれているが、太宰治の心中事件をふまえてみるに、やはり虚構が多い。嘉村磯多のような私小説の極北といわれるような作家の小説にも虚構が多くあり、逆に本格小説といわれるドストエフスキーの小説の方に私小説以上の告白がある。要するにジャンルに関係なく、一級品の作品は一級品である。

と具体的な例を交えて、一時間二〇分にわたって語られたと思う。昭和六二年一〇月二日のことである。西鶴研究者野間光辰の追悼もかねた会であったので参加者も多く、この日のことは特に印象深く記憶している。

このほか昭和五六年一月二八日には、ドストエフスキー文学会主催により、他に先駆けて大阪市中央公会堂第一会議室において、「予言者ドストエフスキー」の題で九〇分にわたり講演されたことがある。これはのち日ソ協会でも同題で講演され、修正加筆されたものが翌年一一月一日発行の同人誌『フェノメン』No.1に「「大審問官」の章における自由の問題について」のサブタイトルを付され掲載される先駆けになるもので、石上氏が日頃から深く思索されているドストエフスキーの二重性などについても熱弁されていて、二人でお酒を飲むと、氏が「ドスは偉大」とまま口にされていた一端を長時間にわたって拝聴できたのは光栄である。

さて「年譜」の不備についてはこの程度とし、せっかく石上氏の大阪時代の回顧を書きはじめたのだから、氏に直接おたのみして、ご講演をいただいた時のことや、晩年に考えておられた著作の構想などについて触れておこう。

一つは当時ぼくが大阪府立中之島図書館の閲覧課長のポジションにいたことから、近畿公共図書館研究集会を主担することになり、日頃から親交のあった氏に特にお願いして、「図書館と作家――柴の虫の繰り言」の題でご講演を依頼した時のことである。場所は大阪市内の肥後橋角にある盲人文化センター九階ホール、日時は昭和六三年二月二六日で、当日の会場は近畿一円の図書館関係者が集い満席であった。

そして氏のご講演内容は、要約すると盛岡中学生の頃の「図書館への恩義」から始まり、―立川文庫のファンだった―小説なんか読む奴は―青年の義憤、左翼運動に走った頃―国禁を原書で読んだ―『エジプトの死者の書』の上梓まで―三康図書館を愛用―大阪成蹊短期大学の図書館創設―図書館の特徴、図書館に対する認識不足―図書館はおしゃべりの場ではない―活字離れの世代―アンデルセンの童話『絵のない絵本』の描写力・構想力―文章とイメージ―と、九〇分にもおよぶ熱のこもったもので、作家としての生涯と図書館とのかかわりから、現代の文化批判にいたる意味深いものであった。

その講演の全文は関西大学文芸部の少数のOBで発行している機関誌『甲蟲派』第五号にテープ起こしをして掲載しているので、ここでの再度の掲載は省略する。一言でいうと、図書館との繋りが特に深く、柴の虫としての氏の生涯を凝縮して語られた、とても感動的な講演であったことを付記する。ともあれ、石上氏の居住地は神戸の灘、甲南であったが、晩年の活躍の舞台は大阪での方が多かったと記憶している。

ところで今になって思うに、石上氏は世俗的な名声・権威・売名などとは、一切かかわりも、関心もない次元での生き方を貫いてこられた孤高の人であったが、弘前高校の同学の太宰治が人気作家になりすぎたこともあって、世間ではたえず太宰とのつながりばかりがとりざたされ、晩年はその方面に関係する原稿の依頼の方が多く舞い込み、傍で見ていてもうんざりさせられたものだ。実際は本末転倒で、ぼくは太宰などその生涯の出発点からして、石上氏の衛星にすぎなかったと考えている。

願わくは、石上玄一郎氏の『小説作品集』だけではなく、『他力本願――大無量寿経』（一九五七）、『太平洋の橋――新渡戸稲造伝』（一九六八）、『悪魔の道程』（一九七二）、『彷徨えるユダヤ人』（一九七四）、『輪廻と転生』（一九七七）、『エジプトの死者の書』（一九八〇）、『太宰治と私――激動の青春』（一九八六）、『ヌンの海から来た人々』（一九八八）、『菅江真澄の旅』（一九八九）など小説以外の著書、および『古代エジプトの魔術』（一九八二）などの訳書や、新聞・雑誌等に執筆されて埋もれたままになっている数多くのエッセイ・上海時代の回顧なども集大成され、その思想や全貌が明るみに出ることによって、再評価されることを切望する。

そうすれば、石上氏が早くから考えておられた、東洋思想と西洋思想が決して別ものではなく、根源的には過去および現代においても非常に密接につながったものであったという氏の生涯の思いも、一つのまとまったものとして見えてくるはずである。

具体的にいえば、それはアレキサンダー大王のペルシャ遠征にまでさかのぼることであり、インドの北にギリシャの植民地を打ちたてたその時に従軍学者として同行したのがピュロンで、帰ってきて唱えたのがエポケー、つまり「判断停止」であり、それがギリシャ哲学にとりいれられ、さらに二〇〇〇年たってフッサールの「現象学的還元」となり、これがエポケーに非常に似ているとの指適や、中国を通じて日本に入ってきた禅との類似、すなわち一方では禅問答の「公案」にもつながるという、雑誌『現象』創刊の前後から提唱されはじめられた氏の持論を指す。

さらにこの先入感にとらわれず事物の真相を直感でとらえる立場は、現代ではフッサールをへて、サルトルの実存主義（特に作品『嘔吐』の主人公ロカンタンがマロニエの樹の根ッコを見る場面に注目）の哲学、『存在と無』にも受けつがれ、その源流はやはりピュロンのエポケーと考えられるとの説にも至る。

ここまで書いてくると、かつて石上氏からいただいた葉書に、現代の東洋思想と西洋思想の源流をアレキサンダー大王の時代にまでさかのぼって「一つの偉大な思想がヒマラヤを分水嶺として一つは欧州に流れ、一つは中国や日本に伝わ」っていることを解明するような、本格的な著作を書き残すまでは、〝死んでも死に切れない〟と綴られていたことがあったのを思い出す。

晩年の氏は、お酒を飲むと、「生きているうちには全集など出すものではありませんよ」とよくいっておられたが、いまのぼくはせめて一日でも早く『石上玄一郎全集』の刊行されることを鶴首している。そうすれば難解といわれる小説「春の祭典」や、「空笑」の観念的背景や、その他の作品の原点となる思想も鮮明に浮かびあがってくるであろうし、さらにエッセイも含めて孤高に聳える氏の生涯と思想の全貌がようやく見えてくるのではないであろうか。

V 織田作之助とその周辺

——戦中から戦後へ

野田丈六（織田作之助）の小説「節約合戦」掲載（『大阪パック』２月特輯号、第36巻第３号　岸丈夫・平井房人共同編集　平井房人表紙絵　昭16・２・１　輝文館発売　大阪パック社発行）本文239頁参照〈大阪府立中之島図書館蔵〉

織田作之助の西鶴現代語訳についての覚書

――新資料「西鶴物語集」の紹介――

織田作之助の西鶴現代語訳について、再検討してみたい。

昭和三一年七月一五日、未発表遺稿として現代社より刊行された『現代語訳世間胸算用』の「後記」に、青山光二氏が織田作之助の没後、唯一の未発表遺稿として発見された「この原稿は、戦争中、大阪の出版社明和書院の求めに応じて著者の書き卸したものであるが、出版の運びに至らぬうちに、同書院が戦災に遭い、この原稿も同書院の建物とともに焼失したと考えられていた。が実はわずかに焼亡をまぬがれた金庫の中に、無事に保存されていた」としるしているが、これは今日では意味をなさないと云えるだろう。

確かにこの遺稿は現存するし、織田自身も中之島図書館に所蔵する広瀬百太郎宛書簡草稿で、「小生の「世間胸算用」現代訳の出版は、その後如何なったでせうか」（年月不詳）としるしていることから、単行本として上梓したい意向を持っていたのは事実と云えるが、実際はのち講談社版『織田作之助全集』の「作品解題」で、青山氏自身が「『西日本』（昭和十六年十二月号～昭和十七年三月号）に連載」としるしていることから、すでに雑誌『西日本』に四回にわたり連載されたものであることがはっきりしている。

織田は戦時中、西鶴の現代語訳を、ひそかに続けていたのではないのである。昭和一八年一〇月の『大阪文学』に、「武家義理物語」の現代語訳を発表しているし、単行本『西鶴新論』（昭17・7　修文館）をはじめ、いくつかのエッセイを新聞・雑誌に掲載してもいる。

では織田は、正確にはいつから西鶴を手掛けはじめたのであろうか。大谷晃一氏の『生き愛し書いた—織田作之助伝—』（昭48・10　講談社）によると、次のように記されている。

週刊朝日の大久保恒次は作之助から『夫婦善哉』を献呈されると、もう一冊もらって志賀直哉のもとへ持って行った。この男はもっと西鶴を読む方がいいよ、と直哉は感想をもらす。大久保はこれを作之助に伝えた。作之助ははっとした様子だった。思い当る節があったようである。

また織田自身もこのいきさつについては語っている。

西鶴を本当に読んだのは『夫婦善哉』を単行本にしてからである。私のスタイルが西鶴に似ている旨、その単行本を読んだある人に注意されて、（中略）意外かつ嬉しかった。その頃まだ『一代男』すら通読していなかった私は、あわてて西鶴を読みだし、スタンダールについでわが師と仰ぐべき作家であることを納得した。

（「わが文学修業」『現代文学』、昭18・4）

その動機が大谷氏の記すように、志賀直哉であったかどうかは、確認すべくもないが、いずれにしろ昭和一五年八月一五日に、小説集『夫婦善哉』が発行された直後の話であったことは間違いない。

しかし、これらの文章では、その時期がいつであったか、年月を特定するまでには至っていない。前掲、大谷氏の伝記の中では、さらに昭和一五年一〇月三日に、「東京の品川力へ、西鶴の本を蒐めています」と手紙を出していることが記録されているが、それ以上のことは推測の域をでない。はっきり云えば、織田作之助の西鶴への傾倒は、大阪の創元社より小説集『夫婦善哉』を出版した直後、志賀直哉と考えられる人から西鶴を読んだ方がよいと云われたことから始まり、昭和一六年一二月一日発行の『西日本』（第一〇巻一二号）に「世間胸算用

［西鶴現代語訳］」の第一回の連載が登場することから、成果が実りはじめたとしるせるだけである。

ただしかし、この間には、書きおろしの長篇自伝小説『青春の逆説』（『二十歳』の続篇、万里閣）が、昭和一六年七月一〇日の発行直後に発売禁止処分を受け、「当時私は悲憤の涙にかきくれた」（三島書房版「あとがき」）と織田をしていわしめている。また昭和一六年といえば、大阪の同人誌が当局の命を受けて統合し、輝文館より『大阪文学』を創刊する激動の時期でもある。これらのドラマと織田の西鶴への異状な傾倒、あるいは現代語訳はどうかかわかるのかも、依然として不明である。

ところが、今回偶然にも、織田の西鶴現代語訳とのかかわりが、これらの時期よりもう少し早く、昭和一五年の後半には「日本永代蔵」、「西鶴置土産」、「世間胸算用」の一部現代語訳を手掛けていることを特定しうる資料が出現した。但し、中之島図書館に所蔵する「織田文庫」の中からではない。全く別の人から、一括して寄贈された雑誌群のうちからである。

少し余談になるが、この機会に中之島に所蔵する織田の蔵書についてしるせば、一体に織田の蔵書、特に雑誌類については、欠号や、切り取られているものが多い。それも気になるのは、当然、一度は織田の手元にあったと思えるような雑誌が欠けていたり、揃っている雑誌にしても、織田の作品掲載部分の頁のみが切り取られているケースが異状に目立つことだ。要するに、蔵書がかなり荒されているのだ。これはどういうことだろうか。一つはっきり云えることは、戦後コピーのない時代に、良心のない出版人によって多くは切り取られたように思う。それからもう一つの雑誌類に欠号が多い理由は、――いくつかの推測が可能であるが、私見はさしひかえる。

いずれにしろ、ここに全稿を再録する「西鶴物語集」（石津博典絵）は、昭和一六年一月一五日発行の雑誌『大阪パック』増刊に掲載されたものである。この稿の出現により、この時期の織田と西鶴とのかかわりが意外に早

鼠の文づかひ

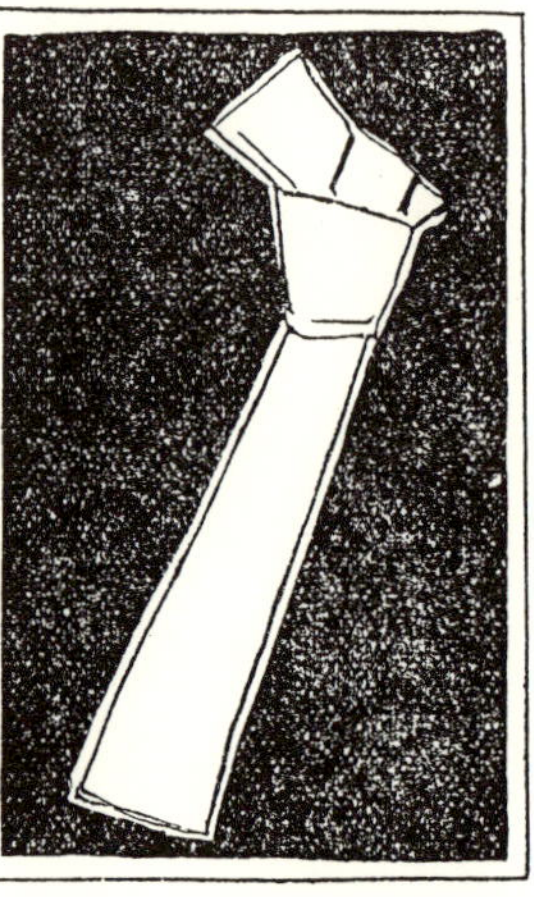

煤拂《すゝはら》ひは毎年十二月の十三日ときめて、その日は旦那寺から事始めの禮物《れいぶつ》に月の數の十二本も慾《よく》ばつて笹竹を貰つた。それで煤拂《すゝはら》ひをやつて、あと幹《みき》は取葺屋根の押へ竹に使ひ、枝は箒《ほうき》の柄《ゑ》にするなど、塵《ちり》も埃《ごみ》も無駄にしない、隨分《ずいぶん》こまかい人があつた。

去年は十三日は忙《いそが》しくて、大晦日《おほみそか》に煤拂ひをしてから、年に一度の風呂《ふろ》を沸《わ》かしたが、たきつけには五月の粽《ちまき》から、盆《ぼん》の蓮《はす》の葉までだんだんにためて置いたもので濟ませた。こんなものでもためて置けば結構《けつこう》湯は沸《わ》かせられるのだと、細《こま》かい事にまで氣をつけて、無駄な入費はなに一つ許《ゆる》さぬと眼をきよろつかせ、それがまた自慢《じまん》の男だつた。

同じ長屋の裏に隱居《いんきよ》を建《た》てゝ、母親が住《す》んでゐたが、此の男をお生《う》み遊ばした母親だから、其の吝《けち》なこと、限りはなかつた。

此の婆《ばゞ》さん、塗下駄《ぬりげた》の片足になつてしまつたのを、風呂の下へたきつけたが、その時つくづく昔《むかし》を思ひ出して

西鶴物語集

—町人物—

大阪が産んだ偉《ゐ》大《だい》な作家、西鶴《さいかく》の作品中より時節《じせつ》柄《がら》世の人心の參考になりさうな、且つ傑作を、わざと選んで現代語に飜譯《ほんやく》した。單《たん》に諷刺、ユーモア小説として見ても、現代のその種の作品を遙《はる》かに拔《ぬ》いてゐることは、讀者も納得《なつとく》することであらう。

筆者は西鶴《さいかく》の名文を現代文に寫《うつ》すにあたり、一字一句《く》もゆるがせにしなかつた。いふところの逐語譯《やく》だが、國文學者のそれとはいささか趣《おもむき》の違ふところもあらう。

織田作之助

「ほんまに此の下駄《げた》は私が十八で此の家へ嫁入《よめいり》した時、雜長持に入れて持《も》つて來たものだ。それから雨の日も雪《ゆき》の日にも履《は》いて、齒《は》がちびるだけで五十三年保《たも》つて來た。自分一代《だい》は此一足で事濟《す》ませようと思つてゐたのに、惜しいことだ。片足は野良犬《のらいぬ》めにくはへて行かれ、はんばになつてしもうたのだ。それで是非《ぜひ》もなく、今日《けふ》たきつけて煙《けなり》にするのだ」

と、何度も愚痴《ぐち》をこぼした揚句《く》、やつと釜の中へ投げ捨てゝ、さてまだほかに何やら未練《みれん》の種もあるらしく、泪をはらはらと溢《こぼ》して、

「月日のたつのは早いものぢや。明日で丁度一年になるが、思へば惜《お》しいことをしたものだ」

と、妙《めう》なことを言つて、しばらく歎《なげ》きも止《や》みにくかつた。

丁度近所の醫者《いしや》が風呂《ふろ》へはいつてゐて、これを見て、

「目出たい正月《せうぐわつ》が來るといふのに、めそめそしなさんな。して、元日《ぐわんじつ》にどなたが死《し》なれたのだ？」

と、訊《き》いた。

「なんぼ女が愚痴《ぐち》だからとて、人が死《し》んだ位で、これ程悲しみますかいな。

去年の元日に、堺《さかい》の妹が禮まゐりに來て、年玉《としだま》の銀《かね》を一包《つゝみ》くれたので、なんぼうにも嬉《うれ》しくて惠方棚《ゑほうだな》の上へ置いときましたのに、その晩《ばん》それを盗《ぬす》まれました。それが惜しうてならんのぢや。

よもや家の勝手《かつて》の知らぬ者が盗《ぬす》つたのでもあるまい。其ののち、色々の願を神樣《かみさま》に懸《か》けましたのやが、効目《き》もない。

また、山伏《やまぶし》に祈《いのり》をしてもらうたところが、その銀《かね》が七日の中に出るやうなら、壇《だん》の上の御幣《ごへい》が動いて、燈明《とうみやう》がだんだん消《き》えるだらう、それが大願の成就《ぜうじゆ》した驗《しるし》だと言

ふことだつた。

案《あん》の條、祈の最中に御幣《ごへい》が動いて、燈明《とうめう》が心細うなつて消《き》えました。

神佛も伊達《だて》には居なさらん、有難《ありがた》いことだと思ひ、お初尾《はつを》を百二十も上げて、七日も待ちましたが、銀《かね》は出て來ません。

人に言ふと、『そら盜賊《ぬすつと》に追錢《おひせん》ぢや。此頃仕懸山伏《しかけやまぶし》と言つて、いろいろ護摩《ごま》の壇《だん》にからくりをして、白紙《はくし》人形に土佐踊《とさをどり》をさせたりするが、あんなのは此間松田といふ手品師《し》がやつたことなのぢや。それを今時の人は餘《あま》り利巧すぎてかへつて燈臺下暗《とうだいもとくら》しになるのぢや。其の御幣《ごへい》の動くのは、立てゝある佛壇《ぶつだん》の臺に壺《つぼ》があつて、その中へいゝいゝ、どぢやうを入れてあるのぢや。珠數《じゆず》をさらさらともんで、東方に西方に、と文句《もんく》をとなへながら、獨鈷《とつこ》や錫杖で佛壇《ぶつだん》を無やみにたゝいたら、いゝいゝ、どぢやうも驚いて上を下へぢや。それが幣串《へいぐし》に當《あた》れば、一寸の間は動くから、知らぬものには薄氣味《うすぎみ》わるいのぢや。また燈明《とうめう》の方は臺に砂時計《とけい》みたいな仕掛《しか》けをして油を拔きとる按配《あんばい》なのぢや』

と、話を聞くからはいよいよ損《そん》の上の損をしました。いつたい私は此年《ことし》になるまで錢《ぜに》一文《もん》落さずに暮して來たのに、今年の大晦日《おほみそか》ばかりはその銀《かね》が出て來ぬ故、大分勘定《かんでう》が違うて、もうその事を心に掛《か》けながら正月をするかと思へば、何もかも面白《おもしろ》くない」

と、世間態《せけんてい》も構はず、大聲をあげて泣《な》くのだつた。

家の者も興《けう》ざめをして、

「自分らが盜《と》つたと疑《うたが》はれるのは迷惑《めいわく》だ」

と、銘々《めいめい》神に祈る始末《しまつ》だつた。

大方煤《すゝ》はきも片づいて、屋根裏まで檢《あらた》めたところ、棟《むね》木の間から杉厚紙の包《つゝみ》が一つ出て來たので、よくよく見

ると、隠居《いんきよ》の探《さが》してゐる年玉の銀《かね》に違ひはない。

「この通り、盗《ぬす》まん證據《せうこ》に出て來た。鼠《ねずみ》が盗みよつたのぢや。悪い鼠《ねずみ》め」

と、言つても、婆《はゝ》さんはなかなか合點《がつてん》しなかつた。

「これ程遠歩《とほある》きする鼠は見たこともない。どうせ頭《あたま》の黒い鼠の仕業《しわざ》ぢやろ。これからも油斷《ゆだん》はならぬ」

と、疊を叩《たゝ》いて、わめいたから、醫者《いしや》が風呂《ふろ》から上つて、

「こんな事は昔にも例《ためし》がある。人皇《じんわう》三十七代孝德天皇の御時、大化元年十二月の大晦日《おほみそか》のことだつた。大和《やまと》の國岡本の都から難波《なには》長柄《ながら》の豊崎へお移《うつ》りになると、大和の鼠も一緒《しよ》に宿替《やどがへ》してついて行つたが、鼠どもゝそれ〴〵鼠《ねずみ》だてらの世帶《しよたい》道具を運んで行つた。

居所を知られぬやう穴をふせぐ古綿《ふるわた》、鳶《とび》から身を隠す紙衾《ふすま》、猫に見つからぬ守袋、鼬《いたち》よけのとがり杭《くひ》、鼠とりよけの支へ、油火をあほいで消《け》す板切、鰹節《かつをぶし》を引く挺《てこ》、鼠の嫁入りの熨斗《のし》、鱓《ごまめ》の頭、熊野參りの辨當《べんたう》にいたるまで、二日も路《みち》のりのある所をくはへて、運《はこ》んで行つたといふから、まして隠居《いんきよ》と母屋《おもや》ではわづかの所だ、引いて行けないこともあるまい」

と、年代記まで引きあひに出して言つたが、なか〳〵同意しない。

「うまいことおつしやるが、目《め》の前《まへ》で見たこともないことは本當《ほんたう》に出來ませんわい」

と、言ふので、どうにも致し方なく、結局《けつきよく》やつと考へ出して、長崎水右衛門が仕込《しこ》んだ曲藝《きよくげい》の鼠を使ふ蒔兵衛といふ男を雇《やと》うて來て、實地《じつち》を見せることにした。

「さて、これから鼠《ねずみ》の曲藝、曲藝《きよくげい》、はじまりは若い衆に頼まれ戀《こひ》の文《ふみ》使ひ!」

と、口上《こうぜう》を述《の》べると、鼠は封《ふう》のした手紙をくはへて、あたりを見廻《みまは》して、人の袖口《そでぐち》より手紙を入れた。

また錢《ぜに》一文投《な》げて、

「これで餅《もちこ》買うて來い」

と、言ふと、錢《ぜに》を渡して、餅をくはへて戻《もど》る。

「さあ、もう我《が》を折《お》りなさい」

と、言ふと、婆《はゝ》さんは、

「なるほど、これを見ると、鼠《ねずみ》も包金《つゝみがね》を引かぬものでもない。やつと疑《うたがひ》が晴《は》れました。しかしながら、こんな盗心のある鼠を宿《やど》らしたのが災難《さいなん》ぢや。まん丸一年此の銀を遊ばせて置いた利《り》息《そく》を、必ず母屋《おもや》から拂うてもらひませうぞ」

と、言ひがゝりをつけて、一割《わり》半の勘定《かんぢやう》で、十二月の大晦日《みそか》の夜利息《りそく》をうけとり、

「これで本當《ほんたう》の正月が出來る」

と、この婆《はゝ》さん獨寐《ひとりね》をされた。

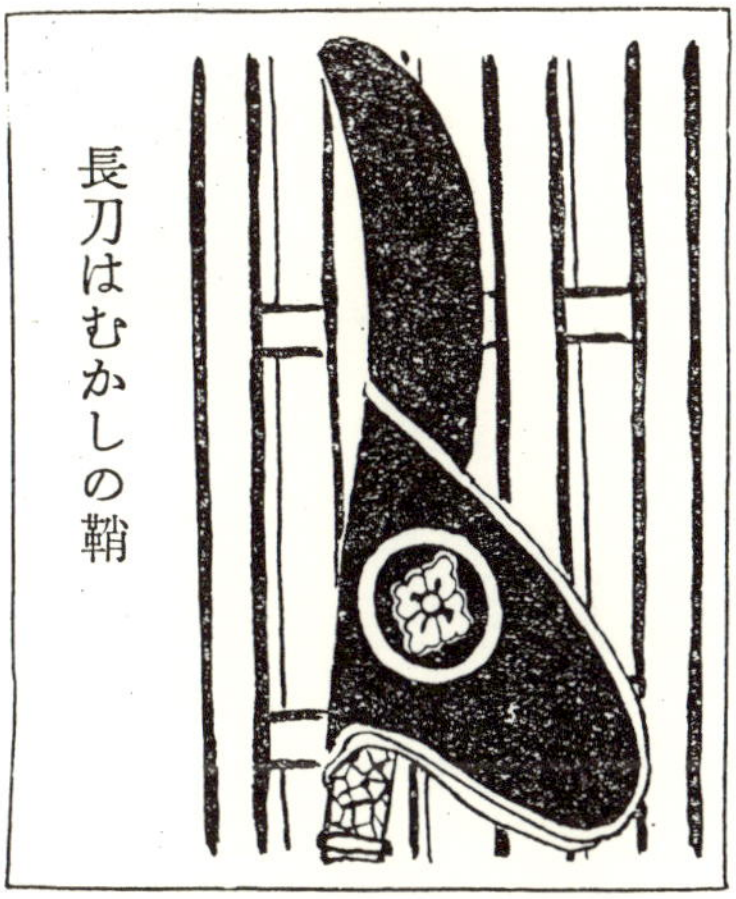

（「世間胸算用」より）

大晦日。淨瑠璃《じやうるり》小唄の聲も出ず、けふ一日の暮《くらし》はせはしい。

殊に貧乏《びんぼう》人の多い所では、喧嘩《けんくわ》、洗濯、壁代の修繕《しうぜん》など、何もかも一度に取りまぜて、さて春の用意《ようい》とては全く餅一つ小鰯《こいわし》一疋もないのだ。世にときめいてゐる連《れん》中と見比《みくら》べて、淺ましく哀《あは》れだ。

この長屋《ながや》六、七軒、どうして年をとることかと思つてゐたが、皆質種《しちぐさ》の心當があるので、少しも世を歎《なげ》く樣子もない。

日頃世帶《しよたい》の持ち方が、家賃《やちん》はその月末にすまし、其の外いろ〳〵の世帶道具《だうぐ》、あるひは米、味噌《みそ》、薪《まき》、酢、醬油、鹽《しほ》、油なども貸《か》しにしてくれる人もないまゝに、萬事現金《げんきん》拂ひで毎日を送つてゐるから、節季《せつき》、節季に掛取帳を提《さ》げて、案内《あんない》なしにうちへ入つて來る者一人もなく、誰に恐れて詫言《わびごと》する向きもなく、

「樂しみは貧賤《ひんせん》にあり」

と、古人《こじん》の言葉も萬更反古《ほご》でもない。

書出しの請求《せいきう》を支拂ふのは、世間《せけん》の眼をかくれて住んでゐる晝盗人《ひるぬすつと》と同じだ。

これを考へて見るに、人々は皆一年中の大見積《みつもり》だけして、毎日の胸算用《むなざんよう》をしないから、つばめが合うて來ないのだ。

其の日暮《ひぐら》しの身では知れた世帶だから、小遣帳《こづかひてう》一つ付けるまでもないことだ。

さう言つた譯《わけ》で、大晦日の暮方《くれがた》まで不斷と變らぬ調子だから、正月《しやうぐわつ》の事などどうして埒《らち》を明《あ》ける事かと思つてゐたが、それ〴〵に質《しち》を置く覺悟《かくご》があつて、やりくりしてゐるのは哀《あは》れだつた。

一軒からは古傘《ふるかさ》一本に、綿繰一つ、茶釜《ちやがま》一つ、かれこれ三色《みいろ》で銀一匁借《か》りて事をすました。

また其の隣《となり》では、嚊《かゝ》が不斷帶を一本、觀世紙捻《かんぜこより》の帶代りですませて、質種《しちぐさ》にし、ほかに男の木綿頭布《ずきん》一つ、蓋なしの小重箱《じうはこ》一組、七半の筬《おさ》一丁、五合升、一合升で二つ、湊燒の石皿五枚、釣《つり》御前に佛の道具《だうぐ》添へ、取集めて二十三いろで一匁六分借《か》りて年を取つた。

その東隣《となり》には幸若舞の舞藝人が住んでゐたが、元日より大黒舞《まひ》に商賣替《が》へをするので、五文の面《めん》、張貫《はりぬき》の槌一つで正月中は口過《くちす》ぎ出來るゆゑ、此の烏帽子《ゑぼうし》、直垂《ひたゝれ》、大口はいらぬものだと、二匁七分の質《しち》に置いて、悠々《ゆつく》と年を越《こ》した。

其の隣《となり》にうるさい紙子浪人《ろうにん》がゐた。

武具《ぶぐ》や馬具を永年賣喰ひして來たが、內職《ないしよく》の馬の尾仕掛けの鯛釣《たひつ》り玩具《ぐわんぐ》もすたつて賣れず、今といふ今どうにもさしつまつて、一夜を越《こ》すべき才覺《さいかく》もなく、女房に僞せ梨地《なしぢ》の長刀の鞘《さや》を一つ、質屋《しちや》へ持たせてやつたところ

「こんな物は何の役《やく》にも立たぬ」

と、手にろく〳〵持たず、投《な》げ戾《もど》したから、浪人《らうにん》の女房はいきなり氣色《きしよく》を變へ、

「人の大事の道具《だうぐ》をどういふわけで投《な》げて傷《きず》つけたか。質種にいやなら、いやですむことです。それをわざ〳〵何の役にも立たぬとは、どういふわけか、聽《き》きたい。これは妾《わたし》の親が石田治部《ぢぶ》少輔の亂に竝びなき手柄を立てられた長刀だけれど、男の子がないゆゑ、妾に讓《ゆづ》られたものである。暮《くら》しの良かつた時の嫁入《よめい》りに、對《つひ》の挾箱の先へ持たせたものだのに、役に立たぬものとは先祖《せんぞ》の恥。女にこそ生れたが、命《いのち》は惜《おし》まぬ。相手は亭主《ていしゆ》!」

と、取付いて泣《な》き出した。

主迷惑《あるじめいわく》してさま〴〵詫《わ》びても肯かなかつた。

その中に近所《きんじよ》の者が集つて來て、

「女のつれあひの浪人《らうにん》はゆすりだから、聞《き》きつけてやつ

て來ぬうちに、話をつけてしまへ」

と、何れも亭主《ていしゅ》に耳打ちして、錢《ぜに》三百と黒米三升でやつと話をまとめた。

さても時節《じせつ》だ。此の女は昔は千二百石《こく》取つた人の息女で、萬事華奢《きやしゃ》に暮してゐた身だつたが、今の貧《ひん》のまゝに無理な因縁《いんねん》つけて人をゆするとは、われながら口惜《くや》しいことだらう。

是を見るにつけても、貧乏《びんぼう》では人は死なれぬものだ。

既《すで》に話が濟《す》んで、三百と三升をうけとり、

「こんな黒米取つて歸《かへ》つても明日の役に立たぬ」

と、いつたから、

「幸ひこゝに碓《からうす》がある。」

と、貸して、踏《ふ》ませて歸《かへ》らした。

世間《せけん》でいふさはり三百目といふ奴《やつ》だ。

又、浪人《らうにん》の隣に年の頃三十七八ばかりの女がゐた。

親類も頼《たよ》りの子もなく、ひとり身《み》だつたが、何でも五、六年前に夫に死に別《わか》れたらしく、髮《かみ》を切り地味な無紋の着物を着《き》てゐるものゝ、身《み》だしなみは目立たぬやうに昔を捨《す》てず、おまけに姿も小綺麗《こぎれい》だつた。

日頃は奈良苧《ならそ》を慰み半分にひねるのを内職《ないしょく》に日を暮してゐたが、はや十二月の初めに萬事《ばんじ》手廻しよく用意《ようい》して割木も二、三月までを貯《たくは》へ、肴掛けには二番の鰤《ぶり》一本、小鯛五枚、鱈《たら》二本、雜煮《ざふに》箸《はし》、塗箸、紀州產の椀、鍋蓋《なべぶた》までさらりと新しく取替《とりか》へて、家主《やぬし》殿へは目黒一本、その娘には絹緒《きぬを》の小雪踏、お内儀《かみ》には畦《うね》足袋一足、七軒の長屋へはそれ〴〵餅に牛蒡《ごぼう》一把《は》づゝそへておくり、禮儀正しく年を取つた。

何をして暮してゐるのか、内緒《ないしょ》のことはわからぬ。

其の奥に二人の女が家質《やたん》の出し合ひで住んでゐた。

一人は年も若く、耳も目《め》鼻《はな》も世間の人に變りもしないのに、何故か一生獨身《どくしん》で暮して來て、悲しく、鏡《かゞみ》見るたびに、われながら膝《ひざ》を打つて、

「この器量《きりやう》でひとり身とは人の合點《がつてん》せぬのも當然だ」

と、身《み》のほどを觀じてゐた。

又一人は、東海道關の地藏《ぢざう》近くの旅籠屋《はたごや》で飯盛女をしてゐた時、木賃泊《きちんどま》りの拔け參りを素氣《すげ》なくあつかつて、米などを盗《ぬす》んだ科《とが》が今の世で報《むく》ひて來たのか、貰米《もらひごめ》も少い托鉢《たくはつ》になつて、顏を殊勝《しゅせう》らしくつくらひ、心にもなき空念佛《そらねんぶつ》、思へば心の鬼《おに》、狼に衣を着せたやうなものだ。

精進《せうじん》を忘れて食ふ鰯《いわし》の頭も信心からだと、墨染《すみぞめ》の麻衣を着てゐるおかげで、此の十四五年も佛のお情《なさけ》で、毎朝修行《しゅげう》に出てゐた。

一町に二所づゝ貰《もら》つて、二十所を集《あつ》めてやつと一合だつた。五十町掛け廻らねば米五合にはならぬ。余程《よほど》道心堅固でないと勤《つと》めにくいではないか。

去年の夏霍亂《かくらん》を煩《わづら》うたので致し方なく、衣を一匁八分の質《しち》に置いたが、その後うけ出すやりくりも出來ず、渡世の種もつきた。

殊に極月《しはす》坊主《ぼうず》のたとへ、十二月は忙《いそが》しさに取まぎれて、親の命日《めいにち》も忘れるほどだから施米《せまい》もくれず、是非もなく錢《ぜに》八文で年を越《こ》した。

誠に貧民街《ひんみんがい》の近くの質屋では世の中の哀《あは》れさを見せつけられるから、氣が弱《よわ》くては商賣《せうはい》も出來ぬ。

脇《わき》から見てゐるだけでも、悲《かな》しいことの數々の年の暮だつた。

（「世間胸算用」より）

二代目に破る扇の風

人の家に有たいものは、梅松櫻楓、——いやそれよりも金銀米錢だ。

庭山《ていざん》のながめよりも、内藏を見れば四季折々の買置物もある、これが極樂《ごくらく》だと、思案《しあん》を極めて、花の都に住みながら、祇園《ぎおん》、宮川町へ行かず、島原へも通《かよ》はなかつた。

金の掛る坊主《ぼうず》は寄《よ》せつかず、浪人物に近づかず、すこしの風邪《かぜ》や腹痛《ふくつう》には賣藥で濟ませ、晝《ひる》は家業大事につとめ、夜は外出しないで、若い時習《なら》つておいた小謠《こうたひ》を、それも兩隣をはばかつて地聲《ぢごゑ》で謠《うた》つて、ひそかに慰《なぐさ》んでゐた。しかし、灯《ひ》をともして本見るでなし、覺《おぼ》えた通り謠うて、無駄《むだ》の費用ひとつも使はなかつた。

此の男、一生のうち草履《ざうり》の鼻緒《はなを》を踏《ふ》み切つたためしなく、釘《くぎ》の頭に袖引《そでひ》つ掛けて、破りもしなかつた。萬事氣をつけて、その身一代で二千貫目しこたまためて、いま八十八才、世の人々爪《つめ》の垢《あか》を煎《せん》じてのませてもらつた。

しかし、壽命《じゅみゃう》には限りがある。此の親仁《おやぢ》その年の時雨降る頃、あつといふ間に頓死《とんし》してしまつた。

後に男の子一人残《のこ》つて、財産を丸《まる》どりして、二十一才で生《うま》れながらの長者となつた。

この悴《せがれ》も親に勝つて始末屋で、多くの親類《しんるゐ》に片身分だと箸《はし》一本やらなかつた。初七日の仕揚《しあげ》を濟ませ、八日目にはもう蔀《しとみ》を上げ門口をあけて、商賣をするなど、家業大事に思ひ、腹《はら》のへるのがいやで、火事見舞《みまひ》にも走つたりしなかつた。

年中吝嗇《けち》なせんさくにその年も暮れ、明《あ》ければ、

「去年《きよねん》の今日が親仁《おやじ》の命日だ」

と旦那寺へ詣《まゐ》つた。

歸りにもなほ昔を想《おも》ひ出して、涙で袖《そで》を濡《ぬ》らしたが、ふと袖《そで》を見て、

「此の平紬《ひらつなぎ》の碁盤縞《ごはんじま》は丈夫で命知らずだと、親仁が着てゐたが、思へば惜《を》しい命、もう十二年生《い》きて下すつたら、百文だ。若死して大ぶん損《そん》をされた」

と、こんな事にまで慾《よく》が先立つて、歸る途、紫野のほとり御薬園《おやくえん》の竹垣の下で、召連れてゐた年季女中が、齋米《ときまい》入れの空袋《あきぶくろ》を持つた片手に、封《ふう》じ文を一通拾《ひろ》ひあげた。

取り上《あ》げて見ると、

「花川さままゐる、二三より」

と、あり、裏書きは飯粒《めしつぶ》で封じ目して念入《ねんい》りに印判を押した上に、五大力ぼさつと、染《そ》め染め書いてある。

「是は聞いたこともない御公家衆《くげしう》の名だ」

と、それより家へ歸つて、訊《たづ》ねて見ると、

「なに、是は島原の端《はした》女郎へやる手紙ですよ」

と、わけもなかつたが、

「それでも杉原紙一枚の得《とく》、損のゆかぬ話だ」

と、ゆつくり開《あ》けて見ると、一歩金《ぶきん》一つころりと出て來た。

「是は――」

と、驚き、先づ付石《つけいし》でこすつて僞物《にせもの》かどうかあらため、其の後秤《はかり》の上目で一匁二分きちんとあることがわかつたので、よろこび、胸《むね》の躍《おど》るのを靜めて、

「思ひも寄らぬ仕合せとは此の事だ。世間へ吹聽《ふいてう》してはならぬぞ」

と、下々の口を封《ふう》じて置いて、さて、例の手紙を讀んでみるに、色戀沙汰《いろこひさた》を離《はな》れて、冐頭から用件の箇條書だつた。

時節柄無理な御無心だが、身に換《か》へてもいとしいお前のこと故、春切米《はるきりまい》を前借して送金する。

此の二匁はいつぞやの勘定《かんぢやう》、その殘りは全部お前の分、年々積つて來た借錢を濟《す》ませてくれ。

一体人には身代相應の思惑《おもわく》がある。大坂屋の野風どのへ西國の大盡《だいじん》が菊の節句の紋日《もんぴ》の仕舞費用に一歩金三百おくられたのも、俺《おれ》の一歩金も心入りは同じ事だ。あれば何惜《をし》まうか。

と、哀《あは》れな文章で、讀んで行く内にだんだんに不憫《ふびん》さが重《かさ》なり、

「どうしても此の金子《かね》は拾つたままではおかれない。此一念も恐《おそろ》しい。と、いつて、其の男にかへさうにも居所がわからぬ。行先の分つてゐる島原《しまはら》へ行つて、花川をたづね渡《わた》さう」

と、すこしは鬢《びん》の亂《みだ》れもなでつけて、家へ出てから、

「此の一歩只《たゞ》返すのも思へば惜《をし》しい」

そんな心が出て來て、何度も思案《しあん》をくりかへしたが、結局間もなく、色里《いろざと》の門口に着いた。

直ぐにはよう入らず、暫く躊躇《ためら》つた揚句、揚屋から酒取りに行く男が出て來たので、傍《そば》へ寄り、

「此の御門は無斷《なだん》で通つても構《かま》ひませんか」

と、問うたところ、返事もせず、顎《あご》をしやくつた。

「そんなら構《かま》ひませんのですな」

と、わざわざ編笠《あみがさ》をぬいで手に提《さ》げ、中腰に屈《かゞ》んで、やつと出口近い茶屋《ちやや》の前を通り過ぎて、女郎町にはいり、一文字屋の今唐土《たうど》といふ太夫の出掛《でか》け姿を見つけ、

「花川様と申す御方は——？」

と尋ねたが、太夫は遣手《やりて》の方へ顔を向けて、いかにも、

「私は存じませぬ」

遣手は靑暖簾《あをのれん》の掛つてゐる安女郎屋の方を指《ゆび》さして、

「どこぞその邊《あた》りで訊《き》きなはれ」

と、阿呆《あほ》にされた。

あとにゐた駕籠《かご》かきまで眼に角《かど》を立てて、

「其の女郎連れて來い。どんな面《つら》か見てやらう」

と、これだ

「連れて來る位なら訊《たづ》ねません。」

と、さすがに怒《おこ》つて、引きかへし、あちこちうろうろしてやつと尋ね當《あ》て、樣子を訊けば、揚代《あげだい》二匁の端傾城だが、此の二三日氣分惡くて引籠《ひきこも》つてゐる旨、そこここに話《はなし》してくれた。

聽いてもう例の手紙《てがみ》届ける氣もなく、歸り道ふと思ひ掛けぬ浮氣心《うはきこゝろ》が出て來て、

「もともと、此の金子《かね》は自分の物ではない。無いものと思ひ一生想出《おもひで》に此の金子だけ今日一日の遊興《いうきやう》をして、老ひの話の種にもしよう」

と、決心《けつしん》した。

無論揚屋《あげや》の町は高うて思ひも寄らず、茶屋に立ち寄《よ》り、藤屋彦右衛門といふ樓《みせ》の二階へあがり、晝のうち九匁の女郎を呼んで貰《もら》ひ、呑つけぬ酒に醉《よ》うて浮かれた。

この手習からはじまつて、あと戀文《こひぶみ》の取やりから、だんだんに深入りして、太夫を殘《のこ》らず買ひ盡してしまつた。

時も時、當時都の太鼓持の四天王、願西《がんさい》、神樂《かぐら》、鸚鵡《おうむ》、亂酒《らんしゆ》の連中に仕込まれ、まんまと此の道の大家となつた。

後《のち》にはお酒落《しやれ》男は皆此の男の形振《なりふり》を眞似るやうになり扇屋の戀風《こひかぜ》樣といはれて、入揚げ——、人はわからぬものだ、色里《いろざと》に姿を見受けてから四五年の間に、貳千貫の身代は塵《ちり》も灰《はひ》も、まして扇に火吹く力もなく、屋號を書いた古扇《ふるあふぎ》一本殘つただけだ。結局その扇で、

「一度は榮《さか》え一度衰《おとろ》ふる、——」

と我身の上を謠《うた》ふ文句を謠つて、合力《かふりき》のその日暮しをするやうになつたのを、見るにつけ、聞くにつけ、

「近頃儲《まう》けにくい金を、ようも使つたことだ」

と、身を持ち固《かた》めた鎌田屋の某が、さう子供に語《かた》つたことである。

（「日本永代藏」より）

人には棒振虫同然におもはれ

上野の櫻かへり咲《ざき》する頃だつた。淋《さび》しい季節だのに、見に行く人は春の心で袖《そで》の秋風もいとはぬ。何かと言へば人の山で、お江戸も賑《にぎは》うた。

黒門より池ノ端へ歩《あゆ》んで來ると、しんちう屋の市右衞門と言つて、かくれもない金魚《きんぎよ》、銀魚を賣る家があつた。その庭には生舟七八丁もならべて、溜水《ためみづ》が青く、浮藻を紅がくぐり、三つ尾が動《うご》き、良いながめだ。中でも鱗《うろこ》の光つた尺に余る珍魚《ちんぎよ》を、金子五兩、七兩で買ひ求《もと》めて行くのを見て、

「よその國にはまたとない事だ。大方あれは大名の和子《わこ》様の御なぐさみに成るものだらう。良い噺《はなし》の種を見たものだ。とかく人の心も武藏野《むさしの》のことだから、廣いものだ」

と噂《うはさ》してゐるところへ、田舎者《ゐなかもの》一人、ちひざい手玉のすくひ網に小桶《こおけ》を持ち添へて、此の家へやつて來た。何かと見れば、捧振虫《ぼうふりむし》で金魚の餌《え》だつた。一日仕事に取集めたのを、やつと錢二十五文に賣《う》つて、

「又、明日持つて參《さん》じます。」

と、下男どもに頭《あたま》を下げて歸つて行く。

かういふのも見れば、またそれで、

「こんなにも哀《あは》れに暮してゐる人もあるか」

と感心《かんしん》されて、しみじみ其の男を見送ると、何としたことか、もと伊勢町の月夜の利左衞門とよばれた大盡《だいじん》だつた。追《お》ひかけて、

「逐電《ちくでん》してから、何國でどうして暮してゐるかも知らなかつたが、ようもこんなに醜い姿《すがた》に成つたものだ。昔一緒に遊んだ友達仲間《ともだちなかま》で隨分お前をなつかしがつてゐたのだ。知らぬことだから、あれからの年月、こんなに淺《あさ》ましく暮させたことは是非《ぜひ》もないが、今後は我々が引きうけ、安樂《あんらく》に暮させたい」と、言ふと、

「まだ此の身になつても、昔の借金が止まずに貧乏《びんぼう》してゐるが、どうせ女郎買《ぢよらうかひ》の行く末はかうなるならひだから、そんなに恥《はづか》しい事とは思はぬ。どうしてどうして、おのおの方の御合力はうけられようか。利左《りさ》ほどの者だが、

やはり時が時なら、悪友《わくいう》のよしみで貢《みつ》ぎをうけて日を暮らず——と言はれるのも口惜しい。おのおの方のお志ざしは千盃《はい》だ。久し振りに逢ふて、また逢《あ》ふこともあるまいから、一盃の茶碗酒《ちやわんざけ》で暫しの樂みをしよう」

と先立つて出掛け、茶屋に腰掛《こしか》けて、

「これ切しかない」

と、先刻《さつき》の二十五文を投げ出した。

しかもその金は宿《やど》で妻子が夕飯《ゆうはん》の支度に鍋洗《なべあら》つて待つてゐる金だのに、すこしも退《ひ》けをとらぬ心根だから、皆々涙《なみだ》を流しながら、

「どうやら時雨《しぐれ》の來さうな空模樣だ。とてものことにそなたの佗《わび》ずまゐへ行つていろいろ昔語しながら酒《さけ》をのんだら、ひとしほ慰《なぐさみ》にもなるだらう。——今のお内儀《かみ》はさだめし吉州（遊女《いうぢよ》の名）？」

と、昔の良い仲を冷《ひ》やかすと、

「あの女郎故にこの始末《しまつ》だ。しかし傾城もまことのある時あらはれて、四年前より息子《むすこ》が出來て、父樣《とと》、母樣《かか》といふのをこの世のたよりに、今日まで生《い》きながらへて來た」

と夢《ゆめ》のやうに語るのを、聽《き》く人もうつつにききながら、谷中の入相《いりあひ》の鐘がなる頃呉竹に雀のとまつてざはついてゐる餌差町《ゑさしちやう》の東のはづれに着いた。

その裏のかすかな佗住居《わびずまゐ》だつた。

「三人一緒にはいつたら、腰《こし》の掛けるところもない狹苦《せまぐる》しいところだ。が、まあ、よからう。隱《かく》しても致方がない」と、案内《あんない》して行つた。

ふと見れば、七十余りの老婆《ろうは》が芦垣にもう末葉の枯《か》れてしまつてゐる晩秋の朝顏《あさがほ》のつるを探して、その實を一つ一つ取《ど》つてゐる。

人間は露《つゆ》の命、まして來年の花を見ずに散《ち》りさうな年だのにと、老人《らうじん》の顏が思はずながめられ、

「ばあさん、此處を通《とほ》らせてもらひます」

と、ありていに禮儀《れいぎ》を述《の》べて、行くと、埋れ井戸のほとりも危《あぶな》い道だつた。蔭干《かげぼし》の煙草の葉をひきわたした細繩の下をくぐると、窓《まど》から父親《てておや》の姿を見つけて、

「父《とと》さまが錢もつてもどらしやつた」

と、子供の聲も不憫《ふびん》だ。

内儀《おかみ》はさすがに素早く、亭主《ていしゆ》の同道した人々を見て、

「お三人の中に、伊豆屋《いづや》吉郎樣が居られるが、あの方にははいつては貰《もら》ひますまいあとのお二方は構《かま》ひはしませんが」と、言ふ。亭主はじめ皆不審《ふしん》に思ひ、

「何故伊豆屋樣だけがいけぬのか」と、訊《き》くと、

「勤《つと》めの身の是非もないことで、あの人にはたつた一度だけだが、假《かり》そめの寢物語《ねものがたり》をしました。それが今も心にかかつてゐるのです。主人にかくすことも心苦《こゝろぐる》しいから打ちあけますが」

と、玉のやうな泪《なみだ》をこぼすのだつた。

聞けば、なる程と思はれて、痛《いた》はしく、亭主もその眞《ま》實《こと》味に慰められてか、

「女郎の身で當然《たうぜん》のことを、かうまで優《やさ》しく言つてくれる」と、直ぐ心が晴《は》れてしまつた。

「皆んな俺《おれ》の客だから、良いではないか」

と、三人とも内らへいれたが、先づ御茶だといふに薪《まき》がない。

釣佛の棚《たな》の扉がはづれてゐるのを之れ幸に、藥刀《やくたう》で打ち割《わ》つて間に合はせた。

「さて、御秘藏《ごひざう》の息子《むすこ》は——？」

と、言ひながら見ると、十四五色もつぎ切《ぎれ》布を集めた蒲團にくるまつて、素裸《すつぱだか》の肩をすくめいかにも寒さうなのが、一層哀《そうあは》れだつた。

「寒いのに、どうした譯《わけ》か？」

と、問ふと、内儀は笑《わら》つて、

「着物をぬいであのやうに母に無理《なり》を言はしやんす」

と、言ひ切《き》らぬ内に、子供は

「大溝《おほみぞ》へはまつたから、裸かにされて寒《さむ》いのぢや。着物が乾《かは》いたら、早よ來せて」と、泣くのだつた。

亭主も内儀も隨分《ずゐぶん》意地を張《は》つてはゐたものの、今はもう前後も覺えず、涙《なみだ》だつた。客も皆暫くは物も言へなかつた。

「さてはあの子供は着更《きが》への着物もないのだ。親の身で子供が可愛くない譯《わけ》はないのに、よくよく不自由な暮しから、こんな憂目《うきめ》をさせてゐるのだ」

と、もう何を言うにも、悲《かな》しさが先で、三人でひそひそ相談して、持ち合せた小金《こがね》を出し合うて一歩金三十八、小錢七十目ばかり、腰《こし》を上げる時そつと天目茶碗《ちやわん》の中へ默つて入れるのだつた。

亭主に見送られて外へ出て、暮色の濃《こ》く迫《せま》つた道を急いで立歸つて行くと、後より亭主がその金を持つて追《お》ひ駈けて來て、

「これはどういふ金だ。神かけて筋《すぢ》の立たぬ金は貰へぬ」

と、辯解《べんかい》もろくろく訊かずに、投げ捨《す》ててそのまま立歸《かへ》つてしまふのだつた。

致し方なく拾《ひろ》つて歸り、それから二三日過《す》ぎて、品物に代へて、内儀の所へ持たせてやつたところ、もうその一家はどこかの田舍《ゐなか》へ立退いて、空家となつてゐた。いろいろ探《さが》して見たが、行方《ゆくへ》はわからなかつた。三人ともなげいて、「思へば女郎ぐるひも迷《まよひ》の種だ」

と、言ひ合はせて、その道を絶《た》つた。そのため、當時の薄雲《うすぐも》、若山、一學といふ三人の女郎、隨分損をしたといふ。

（置士産より）

織田作之助「西鶴物語集」（石津博典絵）掲載（『大阪パック』新春読物増刊　第36巻第２号　皇軍慰問特輯　秋田実・平井房人共同編集　平井房人表紙絵　昭16・１・15　輝文館発売　大阪パック社発行）〈大阪府立中之島図書館蔵〉

く、「あわてて西鶴を読みだし」たと云うのも誇張ではなかったことが、少しは明瞭になるはずである。

　最後に、本雑誌には、掲載写真に見られるように、表紙には「新春読物増刊　皇軍慰問特輯」と大きく印刷された文字が見え、巻頭一頁は大阪在住詩人の「紀元二千六百一年」という詩で飾られていることを付記する。

西鶴没後三〇〇年忌・回顧と総括

一　はじめに――回顧

西鶴、サイカク、才覚、リサイカク、あげくの果ては元禄の大坂町人西鶴の才覚でこの平成不況をぶっ飛ばせ！　といった勇ましい企画まで発案され、昨年（平成五年）はしめやかに西鶴の三〇〇回忌を追懐するというよりは、鳴りもの入りで囃子たてる西鶴リバイバルの一年だった。

ジャーナリズム、マスコミ、博物館等は各局、各館それぞれにこぞって講演会、特集記事、特集番組、展示会等を企画、西鶴本を所蔵する中之島図書館にもその波は押し寄せ、資料撮影、出品の依頼などが相次ぎ、今年はちょっと様子が違うぞ、と否が応にも思わされるような日々が続いた。そして窓口では、謂わば西鶴に明け暮れたといっていいような一年を送った。

しかし一方では、この豊かな時代の賑やかすぎる現象を目のあたりにするにつれて、元禄前後の浪花の町で妻に早く先立たれ、盲目の娘と孤独に暮らす俳諧師・浮世草子作者西鶴像とは、どこかに大きなズレがあるのではないかといった思いもつきまとった。

そんな時、ぼくは昭和一七年の八月一〇日、西鶴二五〇年忌に、「千載一遇と云ってわるければ五〇年に一度の機会」に立ち会っている織田作之助の言葉を、ふと思い浮かべた。周知のように織田は、戦時中における世の中の西鶴に対する冷淡さに対して怒りをあらわにしたいくつかのエッセイを残している。少し長くなるが引用しておく。

最近数年間、西鶴の作品は殆んど闇に葬られていた。いうまでもなく、西鶴の作品の持っているエロチシズムと、リベラリズムが検閲当局に忌避されたのである。昭和十七年の八月十日は西鶴の二百五十年忌に当っていたが、ジャーナリズムは西鶴忌について一行の文章も取り上げなかった。（中略）文学報国会も、西鶴という世界的な小説家の二百五十年忌を黙殺してしまった。国文学者もわざと西鶴忌を忘れた顔をした。昭和十七年の八月十日が西鶴没してより二百五十年に当るということを、世間に向って言ったのは、一介の浅学の小説家である私ひとりであった。

（「西鶴の眼と手」）

昭和六年の西鶴忌には、誓願寺へ集ったもの三百名に及んだと聞いていたのに、その日（昭和十八年八月十日　著者注）は世話役の人を入れてわずか二十名そこそこの人が集っていただけ（中略）、その殆んどが上方郷土研究会の年中行事の常連で、老人ばかり、文学者など一人も来て居らず、僅かに西鶴研究家の野間光辰氏の顔が見受けられただけである。（中略）何と寂しい西鶴忌かと私は情けなかった。

（「西鶴忌」）

そして織田のこの怒りは終戦後になってからもかかわらなかったらしく、

（戦時中　著者注）西鶴について一言も語ろうとしなかった人達、昭和十七年八月十日の西鶴二百五十年忌に際会しても、西鶴について何ら催しもなかったジャーナリズムが、今更のように西鶴について騒ぎだしたのを見ると、僕は何か苦苦しい気持がしてならない。

（「西鶴の読み方」）

と記す。今度は豹変する世相の動きに、怒りを新たにしているのだ。

ところであれから半世紀、世の中は一転した。「五十年後の西鶴三百年忌をわれわれは生きて迎えることがなかろう」（「西鶴二百五十年忌」）と刻みつけて織田は言葉通り世を去ったが、その五〇年後に到来した様相を昨年は確かに見たのだ。織田が予想だにしなかった情報時代の繁栄の中で、西鶴三〇〇年忌はマスメディアを中心にしたイベントに明け暮れたが、織田の怒りを想起した人も、ふと再検討する気になった人も不在のけしきである。皮肉な見方をすればそんなことはとっくに忘却し、現存する忙しい人種がこの時とばかりに矢鱈寄り集まり、世の不景気をネタに三〇〇年忌の企画に便乗し、西鶴！西鶴！　と盛り上げただけのけはいがないでもない。

してみると、今後三五〇年忌、四〇〇年忌には、またぞろ西鶴がどのように豹変していくか予想の限りではない。それも世の中の移り変わりにつれてやむをえないことかも知れないが、郷土の作家織田作之助の生きざまを多少なりとも畏敬する者として、この〝千載一遇と云ってわるければ、五〇年か、一〇〇年に一度の機会〟の平成の西鶴現象（？）だけは正確（尤も手元に集まった資料のみに過ぎないが）に記録し、後世に伝える役割を果たしておきたい。

以下は、その作業である。

二　没後三〇〇年忌の総括

1　**特集　井原西鶴と大阪**　平4・4・30『大阪春秋』第六七号［西鶴三〇〇回忌記念号］
〈内容〉巻頭随想西鶴三百回忌／山田政弥　グラビア西鶴残影／天理大学附属図書館・柿衛文庫提供　卓談西鶴

よもやまばなし／宗政五十緒他　西鶴時代の大坂／作道洋太郎　西鶴の女性たち／宗政五十緒　北条団水―西鶴の門人―／宗政五十緒　西鶴庵のあと／桝井寿郎　大阪回想／前田金五郎　くれなゐにぬるむ水・考／檜谷昭彦　西鶴の辞世吟／神保五彌　体感としての文学―井原西鶴と大阪―／江本裕　西鶴と大坂／長谷川強　西鶴と「いもりの黒焼」―『好色五人女』巻二を中心として―／森田雅也　西鶴寸見／吉江久彌　西鶴の名言・名句―経済社会を見る眼―／谷脇理史　西鶴と花見／冨士昭雄　井原西鶴の魅力／新井真一　算用／川口玄　西鶴と芭蕉／浅野晃　現代大阪財界人のみた西鶴―アンケートによる西鶴像／編集部　西鶴浮世草子作品解説／梅澤伸子・上田憲子　西鶴略年譜／柳瀬万里　西鶴作品に見える大阪の町二五選／梅澤伸子・上田憲子

2　井原西鶴三百回忌　平4・9・6　主催／西鶴三百年祭顕彰会・西鶴文学会

第一部　井原西鶴三百回忌法要　於誓願寺本堂　第二部　井原西鶴三百回忌記念講演　於天性寺本堂　西鶴のユーモア／ドナルド・キーン　町人物の展開―西鶴の経済小説―／暉峻康隆

3　秋季特別展　没後三百年記念「西鶴」　平4・10・31～12・6　於柿衛文庫

連続講座　西鶴と本屋／長友千代治　西鶴の俳諧／乾裕幸　西鶴とその時代／脇田修

［出品］西鶴自筆懐紙（申歳歳旦）

4　特別読物　西鶴に何を学ぶか　大谷晃一　平5・1・1『月刊オール関西』第九巻第一〇号

5　公演・好色一代女　平5・1・20～24　劇団神戸　於元町風月堂ホール

脚本／伝法三千雄　演出／夏目俊二　主演／小倉啓子

6　上方算術指南―西鶴人間模様　平5・2・12　於大阪府立文化情報センター　主催／大阪府文化振興財団・大阪府立文化情報センター

第一部「日本永代蔵」「世間胸算用」の世界を朗読とおしゃべりでつづる。

第二部　西鶴作品を狂言、講談などに仕立てて上演

出演・朗読／柳沢清　狂言／安東伸元　講談／旭堂南海　その他

7 **文化サロン　映像フォーラム「西鶴の世界」**　平5・3・3、8　於大阪府立文化情報センター
一日目　映画上映「西鶴一代女」溝口健二監督　対談・西鶴の文学と大阪／杉山平一　桝井寿郎
二日目　映画上映「西鶴一代女」溝口健二監督　講演・映画作品からみた西鶴／山根貞男

8 **平成西鶴ばなし　没後三百年**　平5・4・3～11・27『読売新聞夕刊』連載
①（4・3）年譜考証　ナゾに満ちた出自　②（4・10）出自之地　紀州に生まれ大阪へ？　③（4・17）中村村　山間の村に出生伝説　④（4・24）吉左衛門日記　歌舞伎界の競争浮き彫り　⑤（5・1）元禄時代　俳諧師と役者〝文化サークル〟　⑥（5・8）作品の真偽上　通説覆す書誌学者　⑦（5・15）作品の真偽下　森の説　学界に波紋　⑧（5・22）助作者考「本朝二十不孝」成立の過程　⑨（5・29）石橋家「家乗」浮世草子に報道性　⑩（6・5）ジャーナリスト上　現代感覚で織りなす「浮世草子」　⑪（6・12）ジャーナリスト下　非凡だった先見性　⑫（6・19）記録への挑戦上　矢数俳諧2万5000句　⑬（6・26）記録への挑戦下　現代で「矢数」をすることの難しさ　⑭（7・3）文学講座　語り継いで25年　⑮（7・10）天理図書館　情熱かけ収集　⑯（7・17）中之島と柿衛　庶民に人気の浮世草子　⑰（7・24）経済的エネルギー　盛衰見すえた作家たち　⑱（7・31）商売の教科書　なにわ財界人のエキス　⑲（8・7）映像の世界で上「現代」写した溝口監督　⑳（8・14）映像の世界で下　輝き放つ死覚悟のエロス　㉑（8・21）自由な気風　多様な文体の方が自然　㉒（8・28）武家物　幕府への批判こめる　㉓（9・4）近松と比べて…　特性分けた境遇の差　㉔（9・11）芭蕉と比べて…　句を貫く言葉遊び　㉕（9・18）辞世碑　揮毫康成ら固辞　㉖（9・25）浮世の認識者　面白さの奥に自己規制　㉗（10・2）国際感覚　公正さ持ち合わせた異端児　㉘（10・9）海外での評価　大胆さ、自由さ多くを魅了　㉙（10・16）富岡多恵子さん　冷徹な観察眼に永遠性　㉚（10・23）梶井基次郎　大阪の庶民生活実感　㉛（10・30）太宰治　微妙な人間心理肉づけ　㉜（11・6）織田作之助　わが師と仰ぎ傾倒　㉝（11・

13）開高健　人間の裸の姿を直視　㉞（11・20）世界文学の中で　英米作家と比較研究　㉟（11・27）町人の都大坂を見すえた確かな目

［資料提供］西鶴置土産　日本永代蔵

9　**特集・井原西鶴**　平4・4・15『季刊SOFT』No.7

〈内容〉座談会「井原西鶴と、大阪の町人文化」／大谷晃一・脇田修・佐伯順子・河内厚郎　「気をひく」「心をうつ」西鶴／桂枝雀に聞く―西鶴の心　井原西鶴ゆかりの地を訪れて　藤本義一が語る「元禄の文豪たち」／聞き手・河内厚郎　西鶴入門「好色五人女」・女たちのさまざまな恋の物語／佐伯順子　井原西鶴三百回忌講演西鶴のユーモア／ドナルド・キーン　大阪のこころの源流を探る・西鶴文学会の歩み／桝井寿郎　はじめて西鶴を読む人のために

［資料提供］日本永代蔵　好色一代男　西鶴置土産　好色五人女

10　**岩波市民セミナー**　**西鶴・その魅力**　平5・5・21～6・18　於岩波ホール

第一回（5・21）西鶴の魅力のすべて―西鶴と近代文学―／暉峻康隆　第二回（5・28）俳諧師としての西鶴／江本裕　第三回（6・4）初期の西鶴―好色物の世界―／浅野晃　第四回（6・11）転換期の西鶴―武家物・雑話物の世界―／谷脇理史　第五回（6・18）晩年の西鶴―町人物の世界／冨士昭雄

11　**西鶴咲かそ　SAIKAKU RE SAIKAKU**　平5・6・1　大阪市

OSAKA咲AKASOキャンペーンポスター

［資料提供］日本永代蔵

12　**井原西鶴展**　平5・6・2～8　於早稲田大学総合情報センター　早稲田大学図書館

同館所蔵の西鶴の書状など自筆資料の公開出陳四七点〈『ふみくら』No. 47に金子宏二の「井原西鶴展報告」あり〉

13　**真珠の小箱　西鶴没後三百年**　5・7・18　毎日放送放映・毎日テレビ午前七時一五分～三〇分

［出品］日本永代蔵　好色五人女　世間胸算用　好色一代男　西鶴置土産

14　**西鶴・近松演劇展**　平5・7・21～8・22　於国立文

楽劇場　協力＝西鶴三百年祭顕彰会・近世文学会
［資料提供］往古梨園集（賢女手習并新暦）薩摩歌　大坂大絵図

15　西鶴と近松の夕べ　平5・7・21　於国立文楽劇場
協力＝西鶴三百年祭顕彰会・近世文学会
講演・西鶴と近松／土田衞　講演・元禄の文豪たち／暉峻康隆　地唄・夕霧文章／近松門左衛門＝作　菊原光治＝演奏　地唄・春日野／井原西鶴＝作　菊棚月清＝指導　菊棚世花＝演奏　山村若佐紀＝舞

16　第一六回夏期公開講演会　西鶴―没後三百年　平5・7・28〜30　於国文学研究資料館
西鶴と出版ジャーナリズム／中嶋隆　信濃路の西鶴／井上敏幸　西鶴の〈ぬけ〉／篠原進　西鶴と地方知識人／森川昭『懐硯』の西鶴／井口洋　晩年の西鶴／神保五彌

17　特集＝西鶴の創作世界　平5・8・1『国文学解釈と鑑賞』第五八巻第八号
〈内容〉この人に聞く・西鶴研究と私／暉峻康隆　近世小説の展開・仮名草子から西鶴登場まで／長谷川強　俳諧師としての西鶴／雲英末雄　挿絵作者としての西鶴・『五人女』巻二「舟行図」を中心に／石川了『好色一代男』・浮世草子の嚆矢／西島孜哉『好色一代女』・女性の立場から描く／白倉一由『諸艶大鑑』・遊興の世界／岡本勝『男色大鑑』・流行を考える／箕輪吉次『好色五人女』・悲劇的恋愛事件を題材に／谷脇理史『西鶴諸国はなし』・西鶴の原質／江本裕『懐硯』・新趣向の試み／吉江久彌『本朝二十不孝』・奇抜な発想／塩村耕『武道伝来記』・敵討を凝視する／矢野公和『武家義理物語』・義理と生命／白倉一由『日本永代蔵』・町人社会の諸相／浅野晃『西鶴織留』・主版書肆の動向を主に／檜谷昭彦『世間胸算用』・大晦日と町人世界／古相正美『万の文反古』・「内証」と「人の心」を描く書簡体短編集／広嶋進『西鶴置土産』・零落の大尽たち／早川由美『生玉万句』・新風を鼓吹する句集／山下一海『俳諧独吟一日千句』・亡妻への挽歌／中野沙恵　西鶴研究の軌跡と展望（昭和六十年以降）／箕輪吉次　西鶴研究文献目録（昭和六十年以降）／鈴木俊幸　平成五年度西鶴三百年祭記念行事について／浅野晃

18　特別座談会・井原西鶴に迫る　平5・8・1『月刊

オール関西』第一〇巻第五号
座談者／大谷晃一・作道洋太郎・谷沢永一
［資料提供］日本永代蔵　世間胸算用　好色一代男

19　井原西鶴三百年祭　西鶴文学会　第一、三、四部共催＝大阪府文化振興財団

第一部　没後三百年井原西鶴記念会　平5・8・10　於誓願寺

第二部　井原西鶴辞世碑除幕式　平5・9・25

第三部　井原西鶴没後三百年記念第二八回西鶴忌　平5・9・25　於誓願寺　墓前祭・井原西鶴三百一回忌法要　西鶴発句朗詠／山中昌弘　作品朗読『好色五人女』巻三より／葛野好子　上方舞・西鶴「樽屋おせん」／戸部銀作＝作・演出、山村若佐紀＝舞　講演・西鶴三百年祭記念井原西鶴文学賞創設について／桝井寿郎　井原西鶴と関西の江戸学／河内厚郎　西鶴対芭蕉／大谷晃一　現代文学の先駆井原西鶴／尾崎秀樹

第四部　没後三百年第二八回西鶴忌記念講演会　平5・9・26　於生国魂神社参集殿　地唄・井原西鶴作「春日野」／菊田歌雄　講演・西鶴没後三百年を迎えて／桝井寿郎　わが西鶴／藤本義一　タチャーナ・レーチコ女史『西鶴の創作』について／法橋和彦　フィンランドにおける西鶴理解／ツルネン・マルティ　川端文学のなかの西鶴／エドワード・サイデンステッカー

20　三百年祭記念　西鶴展　平5・8・31〜10・3　於東京サントリー美術館、平5・10・16〜11・26　於大阪市立博物館　主催／大阪市立博物館・朝日新聞社・NHK大阪放送局　協力／日本近世文学会・西鶴三百年祭顕彰会・エールフランス

［目録内容］西鶴・人と文学／暉峻康隆　元禄の美術と工芸／森口隆次　図版・西鶴の人物像と俳諧　好色物の世界　武家物・雑話物の世界　町人物の世界　西鶴と演劇　西鶴が住んだ大坂の町／相蘇一弘　三十三間堂に憑かれた男たち／榊原悟　西鶴と仮名草子／冨士昭雄　西鶴本の挿絵／信多純一　師宣登場―『好色一代男』と浮世絵／内田欽三　西鶴と歌舞伎・浄瑠璃／浅野晃　西鶴を中心とした元禄文学略年表／谷脇理史

［出品］サントリー美術館＝懐硯　西鶴俗つれづれ　可笑記　花見事　今昔操年代記

大阪市立博物館追加＝難波雀　往古梨園集（賢女の手習并新暦）　好色盛衰記　武家伝来記　世間胸算用

21　**西鶴で〝大阪おこし〟なるか**　自治体キャンペーン展開　今年は没後三〇〇年　関西の江戸文化見直す機運も　平5・9・3『日本経済新聞夕刊』

22　三百年祭記念　**西鶴の夕べ**　平5・9・11　於東京朝日新聞記念会館ホール（有楽町マリオン）　朝日新聞社　講演・西鶴と文学／暉峻康隆　映画上映・西鶴一代女／溝口健二監督

23　原宿ジャック第2弾　**西鶴ＲＥサイカク**　没後300年　西鶴に21世紀が見える　平5・9・16　於ラフォーレミュージアム原宿　主催／大阪市・大阪都市協会　総合プロデュース・河内厚郎　口演・西鶴文学と笑い／暉峻康隆　落語・落語への誘い／桂小米朝　蛸芝居／桂吉朝　トークショウ・「江戸の大阪」「大阪の江戸」／司会・河内厚郎　パネラー・桂小米朝　川本三郎　杉浦日向子　脇田修

［資料提供］日本永代蔵（電通編配布用プログラム）

24　**西鶴ルネッサンス委員会、大阪で発足**　平5・9・21『朝日新聞』

25　西鶴〝才覚〟にあやかり　**文学サミットや演劇シアター来年の関西空港開港盛り上げ**　平5・9・21『サンケイ新聞』

26　**西鶴ルネッサンス委発足**　関西復権へイベント計画　平5・9・21『毎日新聞』

27　西鶴ルネッサンス委　没後三〇〇年記念　**文学サミット／演劇シアター**　平5・9・21『読売新聞』

28　没後300年の命日　**先行き不透明な今―急浮上　西鶴・才覚リサイクル**　銅像や文学賞商売も学ぼう　平5・9・25『朝日新聞夕刊』

29　辞世碑を建立　**西鶴没後300年**　文学賞も創設　平5・9・26『毎日新聞』

30　**西鶴の復活**　なぞの生涯に魅かれて　吉村正一郎　平5・9・29『サンケイ新聞』

31　**「才覚」学んで商都活性化**　井原西鶴活性化　**今秋イベント相次ぐ大阪市**　平5・10・3『毎日新聞』

32　**西鶴の夕べ**　平5・10・13　於大阪市中央公会堂　主催／大阪市教育委員会

第一部　映画上映・西鶴一代女／溝口健二監督　第二部　講談・日本永代蔵／旭堂南海　講演・元禄流行作家―わが西鶴／藤本義一

33　**てれび総研「落語で見せます！　西鶴商法で平成不況にサヨウナラ」**　平5・10・17　テレビ大阪放映・テレビ大阪午前一一～一二時　［資料提供］日本永代蔵

34　**西鶴三百年祭　「好色」女の解釈に変化　封建下の悲惨な性からしたたかな生が浮かぶ**　平5・10・22『朝日新聞夕刊』

35　**西鶴三百年祭　織田作之助ら大阪の作家崇拝　町人的・言葉遊びの感覚　冷徹さで川端作品とも共通**　平5・10・23『朝日新聞夕刊』

36　**西鶴三百年祭におもう**　桝井寿郎　平5・11・1『大阪人』第四七巻第一一号

37　**松竹新喜劇　西鶴よもやま噺　三場**　平5・11・1～25（昼の部）12・5～20（夜の部）　於道頓堀中座　協賛／四天王寺創建千四百年祭　作・演出／米田亘　出演／藤山直美　その他

38　**西鶴フェスティバル'93　おらんだ西鶴　好色一代男**　平5・11・2～8　於一心寺シアター（天王寺特設芝居小屋）主催・西鶴演劇シアター実行委員会　共催・テレビ大阪　脚本・早坂暁　主演／桂枝雀　芦屋小雁　段田安則　藤吉久美子　高田聖子　小林真理

39　**井原西鶴没後300年　西鶴に挑戦!!　平成大矢数**　平5・11・7　於生国魂神社境内特設舞台・NHK大阪スタジオ　主催／NHK大阪　共催／西鶴ルネッサンス委員会　放映（総合テレビ二元生中継）第一部　午前一〇時五五分～一一時五五分　一日で俳句を何句作れるか？　西鶴に挑戦　第二部　午後二時四〇分～五〇分　第三部　午後六時一〇分～四五分　相撲俳句、こども俳句　第四部　午後九時五〇分～一〇時　フィナーレ　午後一一時～一一時五五分　西鶴を超えるか？　独吟矢数男　口上・佐藤誠　大谷昌子　座長・端信行　後見・桜井武次郎　大谷晃一　眉村卓　福井敏雄　露の五郎　その他　選者・坪内稔典　その他　絵師・成瀬国晴　勧進元・倉光和之　独吟矢数男・内山思考

40　**BSスペシャル　なにわ元禄大鑑～西鶴とその時代～**　NH

K大阪放映〈衛星第2〉
第一夜　～食～　元禄グルメ紀行　平5・11・8　午後八時～九時五五分　於大川・五郎船から　出演・奥村彪生　為後喜光　城戸真亜子　露の五郎　座長・端信行
第二夜　～商～　商道は西鶴に通ず　平5・11・9　午後八時～九時三〇分　於誓願寺から　出演　桝井寿郎　倉光弘己　暉峻康隆　冨士谷あつ子　座長・端信行
第三夜　～芸～　芸は〝はんなり〟上方風　平5・11・10　午後八時～九時三〇分　於大和屋から　出演・中村鴈治郎　吉田簑助　桂文珍　座長・端信行

41 井原西鶴没後三百年記念　**国際シンポジウム　西鶴**　平5・11・12　於大阪市中央公会堂　主催／大阪市・大阪市教育委員会・西鶴三百年祭顕彰会　後援・大阪21世紀協会・朝日新聞社・NHK大阪放送局　協力・日本近世文学会
テーマ・西鶴文学の世界性　基調講演・西鶴と人間喜劇／ハワード・ヒベット　アメリカの文学と西鶴／クリストファー・ドレイク　シンポジウム／ハワード・ヒベット　クリストファー・ドレイク　谷脇理史　冨士昭雄　吉江久彌　司会・浅野晃

42 **おらんだ西鶴　好色一代男**　平5・11・13　NHK大阪放映〈衛星第2〉午前一時一五分～三時
〈内容〉平成五年一一月二日～八日の一心寺シアターでの公演を中継録画したもの

43 西鶴三百年祭　**東洋と西洋、過去と現代結ぶ**　比較文学から魅力探る講演　大阪でシンポ　平5・11・19『朝日新聞夕刊』

44 情報めも　**西鶴の世界パート2**　平5・11・26『サンケイ新聞夕刊』

45 歴史バラエティ　**銭ほど面白きものはなし**～西鶴の見た浮世～　平5・12・5　於NHK大阪放送局テレビ第二スタジオ公開録画　出演・桂米朝　藤本義一　はな寛太　いま寛大　特別ゲスト・吉本晴彦　司会・遥洋子　葛西聖司
放映　平成五年一二月二三日　NHK総合テレビ午後九時一五分～一〇時一〇分
[資料提供] 日本永代蔵　好色一代男　他

46 文化サロン　**映像フォーラム「西鶴の世界** パート2**」**
平5・12・6　於大阪府立文化情報センター

1、ビデオ映画上映・あぐら剣法無頼帖／斎藤光正監督
講演・取材をとおして見た西鶴の世界／吉村正一郎
放映　平成六年一月一日　朝日テレビ　午後七時～八時
五四分

47 **没後三百年記念出版　西鶴研究資料集成　全八巻**　竹野静
雄監修・解題　クレス出版
第一回配本　第一～四巻　平5・12・15
第一巻　明治五年～明治三三年　五三〇頁
第二巻　明治三三年～明治四五年　五八一頁
第三巻　大正二年～大正八年　六一八頁
第四巻　大正九年　七四一頁
第二回配本　第五～八巻　平6・2・10

48 **上方文化が江戸をささえた**　河内厚郎　平6・1・3
『東京人』第九巻第一号
〔資料提供〕好色一代男　摂津名所図会

49 **西鶴に挑戦！　平成大矢数　記念句集**　平6・1　NHK
大阪放送局
〈内容〉平成五年一一月七日、生国魂神社境内特設舞台
から、生中継で「テレビ大矢数」を展開、俳句ファンの
市民から句を募り、その数を競ってみようとした企画へ
の投句を冊子にまとめて紹介したもの。

50 **『三百年祭記念西鶴文学の魅力』　西鶴三百年祭顕彰会編**
平6・9・15　勉誠社　四六判三一一頁

補注　大阪府立中之島図書館所蔵の西鶴本等を〝出品〟ま
たは〝資料提供〟したものについては、各項に〔　〕で補
記した。

白崎禮三と瀬川健一郎

――「織田文庫」蔵、作之助宛書簡をめぐって――

「虚無の相貌を点検し了り、瀝青《チヤン》色の穹窿を穿って、エデンの楽園を覗かんとする卑劣を放棄した時、詩人は、最初の毒を飲まねばならない――」。「今は降り行くべき時だ」と。――これは大正一五年一一月、同人誌『山繭』が富永太郎の一周忌を記念してだした追悼号に、小林秀雄が送った一節である。そして小林は、富永の裸像をいっそうしっかりと見据える。「彼は、その短い生涯を、透明な衰弱の形式に定着しつゝ、二十五で死んでしまった」――「私は、花の様な衰弱を受けた」と、たった一行の凝縮した言葉に刻みつけて……。

その富永は、小林秀雄、中原中也、河上徹太郎、そして年下に大岡昇平ら友人に恵まれていた。富永の存在はこれら友人に語りつがれることにより、我が国唯一の象徴詩人として、時と共に輝やきを増した。

この東の詩人富永に対して、その人生の出発点において、「最初の毒」を飲んだ詩人として、もう一人西に白崎禮三がいる。彼も決して友人に恵まれなかったわけではない。昭和六年四月に第三高等学校甲類に入学するや、同級の織田作之助、瀬川健一郎、一年上級の青山光二らと因縁めいた強い絆で結ばれていく。そしてつきあいのよい白崎は、仲間とことごとく行動を共にし、あっという間に「フランス象徴詩派の流れに没入する」、「不羈無頼の文学青年に変貌(1)」。あげく出席日数不足と落第を繰り返し、果ては退学、その後はひとまず東京暮らしもするが(この頃のことは、織田作之助が「夫婦善哉後日」で小説化している)、やがて病のために郷里の敦賀に帰省。

所謂、シャートォブリアンの「未だ生活せざる以前にすでに悩める疲労と倦怠」を持つ男として、一冊の詩集の出版を夢見るが、『海風』第六号に『詩集闇の波』の予告が出ただけで、念願は果たせずに終わる。「咽喉の痛みで神経が疲れ、（中略）眠ってばかりゐる」、「煙草がすへるやうになったら会をう」という言葉を、織田作之助宛に残して三〇歳で世を去る。

そんな白崎禮三の存在をぼくが知ったのは、昭和三〇年九月に青山光二の『青春の賭け』（現代社）の出版を見た時からであったが、その後、特に注目することになるのは、織田作之助の実姉竹中タツ氏が大阪府立中之島図書館に寄贈された織田の旧蔵書の中に、白崎の織田宛書簡が一四通も保管されていたことによる。おりしも無頼文学研究会に所属し、『無頼文学辞典』の項目中、「白崎禮三」、「瀬川健一郎」、「富士正晴」などの執筆依頼を受けていたこととも重なり、昭和五二年八月に「織田文庫」が一般公開された機会に白崎の書簡全部に目を通す。するとその中の一通に、瀬川健一郎氏との友情を確認しうる次のような一文が綴られているのに出会う。

瀬川応召のこと無論通知はなかった。それはいゝが、どうも予想外のことで何だか寂しい。無事に帰ってくれゝばいゝが、見境なしにしぼられてゐるだろうと思ふと妙に悲しい。（昭17・12・22付、織田宛）

これは瀬川氏も知るはずもない手紙の文面であるから、発見した者がすぐに伝える必要があった。が、そう思いながらも、結局念願を果たしたのは、数年後の昭和五五年三月、中之島図書館発行の〝図書館だより〟『なにわつ』に、『白崎禮三詩集』の紹介文を掲載した直後になってしまう。

白崎の書簡のコピーと、『なにわつ』の二点を同封して送付したところ、折り返し次のような返信が高松宛にとどく。(2)

拝啓

いい気候になってきて気持も明るくなりますが、ご多忙のことと存じます。お忙しいなかを図書館だより誌ご恵送下さいましてありがとう存じます。お礼申し上げます。

白崎禮三詩集はまことにありがたいもので、富士君に感謝しています。織田の友人たちが作らなければならないのに、富士君に作ってもらって恥ずかしいことです。このことは富士君にも申し上げておきました。白崎の詩の一つ一つに思い出があって、当時を思い出しますが、ぼくは白崎の詩に傾倒していました。いい友人でしたし、応召のとき手紙を出さず通知をしなかったとすれば、白崎にまことにすまないと思います。どうして通知をしなかったのか、自分でもよくわかりません。白崎をかなしませたことを詫びたい気持ちです。

白崎のこと、織田のこと（三高時代）は早く書きたいのですが、なかなか書けません。その原型は織田の本の解説で三十枚ほど書きましたが、五百枚位書きたいと思っています。昭和六年から十一年までです。お礼申し上げるのがおそくなりました。しばらく歯医者（大阪）に通っていまして、やっと終ったところです。

ご自愛を祈り上げます。ありがとうございました。

敬具

瀬川　拝

書簡で綴られている「応召云々」は、この時より四〇年近くも昔にさかのぼる話である。その間、昭和四七年一月二〇日には、白崎の願いもかない、手紙に綴られているように富士正晴が私版で『白崎禮三詩集』（青山光二、富士正晴編　タイプ版　非売品）も刊行されている（『嶽水会雑誌』発表の詩から四篇、「椎の木」から二四篇、「海風」から二六篇、外に青山光二「略年譜」付）。巻頭に「故白崎禮三の詩稿の散逸をおそれて」、「とりあえず小部数作り贈る」とそえてある。

それにしても、「織田文庫」に残された一四通の書簡を読んで、深く心を揺り動かされるのは、綴られた白崎の肉声であり、生きざまである。最初の昭和一六年（月日不詳）の東京淀橋区大久保百人町二―六　渡辺方から、野田村丈六の織田宛書簡（『読物と講談』の用箋を使用）では、「海風は頑固な雑誌にしたい」と決意のほどを綴り、さらに同一七年九月一六日の書簡でも、「大阪文学九月号見た。表紙が非常にい丶、これでは中味が表紙負けする。」「小説やっと十枚書いた。序が終ったしいよいよ本題五十枚位にはなるだろう」と意気込んでいる。が、病状が徐々に悪化し、郷里の敦賀に戻った頃から、文面も次第に変わっていく。

今咽喉をいためてゐるのでこれが癒ってからにする。結核ではないと思ふが咽頭の粘膜がただれてゐる。煙草がすへず何もかも手持無沙汰だ。（昭18・9・8付、織田宛）

会って話出来るまでになってゐないのだ。粘膜がただれてゐるので一食一食がかなりの苦痛なのだ。（中略）実際厄介な病気になったものでこの苦痛は人にはちょっと想もつかないらしい。（昭18・11・22付、同）

そして昭和一九年（二九歳）末には、友人とも恩師とも会うことを拒否し、寝たままとなる。翌二〇年一月二〇日、繰り返すが三〇歳の若すぎる死であった。

青山光二が「略年譜」の昭和六年（一七歳）の部分で「禮三をして詩人の宿命を自覚せしめる契機となったものに」、「武生市での、遠縁にあたる年上の、有夫の女性との恋愛・失恋事件があるが、詳細はすでに知る由もない」と特に書き加えていることに、富永太郎の人生を重ねて戦慄を覚える。

注

（1）青山光二「白崎禮三略年譜」（『白崎禮三詩集』昭47・1・20　発行人富士正晴・印刷所「いなぎ」・非売品）より引用。

（2）消印、判読不能。昭和五五年四月と記憶する。

織田作之助の蔵書について

織田作之助がロマンを夢見ながら、喀血にあえぎ死去したのは、戦後敗戦の混乱期の真只中、昭和二二年一月のことであるから、今年でもうそれから三〇年以上の歳月が流れたことになる。その間、大阪の富田林の地にあって、このながき歳月、実弟の作之助の蔵書ならびに草稿、書簡類の一切を、ほぼ完全なかたちで保存しとおしてこられた姉の竹中タツ氏が、昨年（昭和五二年）八月、故人の作之助とは縁の深い郷土の大阪府立中之島図書館にそれらの一切を寄贈され、「織田文庫」として永久に保存されることになったいきさつについては、昭和五二年八月一八日付『毎日新聞』、ならびに同日『朝日新聞夕刊』に詳しく報道されている。以後、竹中タツ氏は、その功績を讃えられ、昭和五二年二月一七日には大阪府知事黒田了一氏から感謝状を、また今年（昭和五三年）の七月一四日には紺綬褒章を受けられた。

ところで一方、大阪府立中之島図書館に永久に保存されることとなった「織田文庫」の内容についてであるが、どんな資料が多いか、これは研究家にとって関心のあることにちがいない。しかし目下のところ、図書館ではまだ整理中であり、現在けんめいに編纂中の『織田文庫目録』の完成とあわせて公開にふみきる予定であるから、現時点ではまだ一般の人々の目にふれるまでにはいたっていない。早くても今秋、おそくなれば今年末を待って公開ということになる。したがって私も立場上、蔵書についての詳細な紹介は一応遠慮しなければならないのであるが、公開に先立って直接蔵書を見ることの出来る幸運な位置にいることから、管見した範囲内で、興味ある点についてのみであるが、些かの報告をしておきたい。

まず蔵書の全貌であるが、総数は一〇〇〇冊をこえ、大半が戦中、戦後、しかも直後のものでしめられている。したがって古本屋が珍重するような高価な限定本などは、織田の蔵書に限って決してなく、大半は所謂仙花紙の本でしめられている。これは織田の生きた時代、あるいは作家活動をなした時代を何より象徴するように思える。うち比較的装幀の立派な本としては、岩波版『鏡花全集』や、宇野浩二、武田麟太郎などの初版本が目につくが、前者は私にはやや意外であり、宇野や武田の本が揃っているのは当然すぎるほど当然に思える。また今度は、内容的に見てみるなら、やはり大阪に関するもの、特に五代友厚、西鶴等についての文献や、文楽についてのものが多い。これも当然のことと思える。その他、戯曲に関するものや、スタンダール、ドストエーフスキーの文献も多く、文学から離れたものとしては、将棋、競馬に関するものも案外沢山買い込んでいる。織田の文学作品と蔵書との間には切り離せない関係があるのを今更のように感じさせられる。今後の興味ある研究課題になるのではなかろうか。

ところで、ちょっと話はそれるが、織田の蔵書の中で、私の関心を特にひくのは、意外に多い戦中、戦後期の雑誌の所蔵である。完全に揃っているものはあまりないが、二〇〇点を越える仙花紙中心の雑誌が蔵され、この中には珍らしいものもかなり多い。『嶽水会雑誌』や『海風』が蔵書に見られるのは当然であるが、例えば、当会（無類文学研究会）会員で故河原義夫編輯の『新生文学』昭和一八年九月号などもその中に混じっており、河原氏がその中に「陋巷記」という小説を河原美雄の筆名で書いている。このように、当時織田周辺にいた文学青年たちの発行していた今では珍らしい雑誌が蔵書の中に数多く残っているのには、かなり興味のつきないものがある。

またこうした資料とは別に、蔵書に混じって織田自身の私生活を覗けるような、貴重な資料が数点あるのも、見逃せないものと思う。例えば「雑日記」と記された昭和一一年一〇月一日より三一日までの日記。「予算実行貯金の出来る家計簿」という既成品の家計簿に、織田（宮田）一枝が記したと思える、昭和一六年、一八年の綿密な家計の記録。これは幸福な時代の織田の生活を知りうる貴重な裏面史といえそうだ。

さらに、これらに加えて、白崎禮三、杉山平助、宇野浩二らの織田作之助宛書簡もかなりの数ある。また草稿も「土曜夫人」をはじめ、数多く残っている。これらを見ていると、織田作之助についての研究も、今後、『織田文庫目録』の発行、「織田文庫」の公開によって、さらに深まりゆく思いを新たにする。この機会に研究者の一人として、竹中タツ氏のご意志に感謝しておきたい。

織田作之助の小説「見世物」の成立

――西鶴の影響史を探る――

一

大阪に新世界という名の、大阪人にはよく知られている場末の歓楽街がある。第五回内国勧業博の跡地で、中央に通天閣が聳えるあの一地区である。ここは戦前からもルナパークと称する娯楽場をはじめ、浴場、映画館、演芸場などが立ち並ぶ庶民文化繁栄の場所であり、戦後は昔の一時期より多少は寂れたとはいえ、今もその賑やかさには大差がない。織田作之助は昭和二一年一〇月一日に創刊の綜合雑誌『新世界』（大阪市生野区猪飼野東五丁目八、新世界新聞社発行、本書一七一頁参照）に「見世物」という作品を発表しているが、この界隈の終戦直後の風俗とともに生きた者にとっては、何となく小説の題名が街頭の雑踏のイメージと一致し、しかも戦後の開放の息吹きを逸早く伝えているようでタイムリーにも思える。しかし、実際に雑誌を手に取り物語を読んでみると、この小説は元禄期の新町や道頓堀の話であり、雑誌の巻頭にも「新世界とはアメリカ洲をさしていふ」と記されていて、作品掲載の動機が編集者の雑誌創刊の意図とは関係のないことがわかる。そして織田の精神的軌跡を知る者にとっては、その作品を検討すればするほど、なぜこの時期に小説「見世物」が登場するのか奇異である。

織田作之助の小説「見世物」
（『新世界』昭21・10・1　新世界新聞社）

そこで、まず「見世物」の梗概を紹介することからはじめる。

小説の年代は元禄六癸酉年冬月。主人公は敦賀国金子村の村一番の利口者といわれる吉兵衛。物語はこの主人公が、村一番の話し上手といわれている久助の、一生の思い出にと大坂見物に行き新町の遊廓で枕を交わした女郎が夜中に青首を伸ばして行燈の油を舐めたので震え上がって飛んで帰ったという話を聞いて、自分も大阪へ出かけ、その女郎初音を身請けして、盛り場でろくろ首の見世物に仕立て、一儲けを企てるということからはじまる。そしてことはうまく運び、いきなり割り込んできた「ろくろ首」の見世物小屋が、一時は実録の興味から人気をさらうことになる。しかしそのうち見世物の初音が、廓では腹がへって栄養をつけるためにも油を舐めていたとはいえ、見世物小屋では余りに油を舐め過ぎて寝込んでしまったため、突然別のインチキな見世物にかえる。そして、介抱しているうちに愛しくなったからだろうか、病気が恢復してもろくろ首になれとはいわずに、仲間の香具師がインチキに怒って宿へ撲り込んできた時には、初音を伴って故郷へ旅立ってしまうという結末で終わる。………

ところでこれは、大阪を舞台にした元禄的な、余りに元禄的な小説である。[1] 大坂の新町の遊廓の賑わい、生玉・道頓堀等の見世物小屋の繁栄、京都伏見と大坂を結ぶ淀川の三十石船と八軒屋での着船、立ち並ぶ白壁の蔵屋敷、売った買ったの声が飛びかう堂島の米相場、すべてが西鶴の生きていた時代の情景を髣髴とさせるように描かれている。

しかし、昭和二一年一〇月という時代の状況は、織田がこのような作品を描けるような時期ではなかったはずだ。何より大阪は二度の焼夷弾による空爆のため焼野原であり、織田自身も一躍流行作家になったとはいえ、居場所を転々としていた。戦時下の言論・思想の自由が弾圧され、「大阪の適応性」を唱えて歴史物に目を向けていた一時期ならいざ知らず、終戦という歴史的に未曽有の価値転倒の渦中に身を置いていた織田にとって、喀血を重ねながら死への加速度を増す中での執筆には、もっと別な凄味があったはずだ。それに織田（宮田）一枝と同居していた西野田でのあの幸福な時代はもはや終わり、今や手許には引用するための資料すら所持していない。念のため年譜・書誌類を確認してみても、昭和二〇年三月以後、つまり小説「猿飛佐助」を最後に、歴史物にはほとんど関心を抱いていない。そのことは、この一時期に書きまくった織田の作品群を辿ってみても判然としている。

昭和二一年だけを例にあげてみても、「それでも私は行く」（『京都日日新聞』）、「夜の構図」（『婦人画報』）、「夜光虫」（『大阪日日新聞』）、「土曜夫人」（『読売新聞』）と四つの連載小説を一手に引き受けている多忙さである。さらに短・中編小説になると、「世相」「競馬」などの代表作をはじめ二〇編以上もの夥しい数の作品を発表している。それらの主題はいずれも戦後の混乱した世相・風俗、その中に蠢く人間像が中心である。そして一二月の雑誌『改造』には、日本の伝統的私小説、――特に志賀直哉の小説を最高とする心境小説に対するアンチテーゼとして、「観念のヴェールをぬぎ捨てた裸体のデッサンを一つの出発点として」の偶然性・虚構性の可能性の追究、その「可能性の文学」を性急に提唱している。大喀血はその直後、死はその一ヶ月後だ。

この時期の織田は、かつては『青春の逆説』（昭16・7　万里閣）が発禁になり、「悲憤の涙にかきくれた」（三島書房版「あとがき」）が、いまこそ「七千四百万人の人間が今や七千四百万の口を、各自取り戻した」（『最近の日本文学』）と叫べる絶好の機会を迎えたのだ。「猫も杓子も定説に従う」（『可能性の文学』）のにはもうあきあきしたし、「左翼にも右翼にも随いて行けず」、「若さがないというのが僕の逆説的な若さ」（『世相』）という自嘲も終わった。舞台は一転し、社会は所謂実存主義文学・肉体文学を歓迎し、織田は一躍時代の寵児となって肉体を削りながら、めまぐるしく変転する世相を、風俗を、そして何より人間の裸像を坂道をころがるように描き続け、「虚無よりの創造の可能性を信じる」（『私の文学』）ことに賭けたのである。

――したがって、綜合雑誌『新世界』に発表された小説「見世物」は、終戦後に執筆された作品でないことは歴然としている。ところがこれまで、このことは『全集』の「解題」でも指摘がないし、研究者も見過ごしたままである。のみならず雑誌『新世界』の調査もされていない。

では、小説「見世物」の執筆はいつか。以下はその考証である。

二

この稿を執筆するに当たり、最初に大阪府立中之島図書館に所蔵する「織田文庫」の草稿類の筆跡、使用原稿用紙等に則しての調査結果から報告する。

全般的にいえることは、草稿類の中には、「二十歳」、「青春の逆説」、「土曜夫人」等のようにまとまって残っているものもあるが、多くは書きかけ、または書きつぶしの類であり、一応タイトルごとに整理されていても、何種類もの書きつぶしが残っていて、判別は非常に困難である。しかも使用されている原稿用紙の種類も、満寿屋、久楽堂、盛文堂、丸善、松屋、東京文房堂、織田作之助自家製などの二〇〇字詰、四〇〇字詰を半分に切断したもの、四〇〇字詰とあり、罫の色も時期により茶、黄、朱、灰、紺色と入り乱れて使われていて、どれがどの時期のものと特定するには困難な要素が多い。が、そうした全貌を踏まえた上で、敢えて顕著な特徴だけを記せば、次のことだけはいえる。

㈠「放浪」、「夫婦善哉」など初期の頃の草稿は、二〇〇字詰の原稿用紙を多く使い、万年筆を使って書かれた文字は、丸味がなく、一字一字が丁寧に書かれ、筆跡は細く力強い。

㈡昭和一五年一〇月の小説「子守歌」の草稿、または『夕刊大阪新聞』に連載の小説「合駒冨士」（第四回から断続的に原稿がある）を境に筆跡は以前と比べると崩れて丸味を帯び、万年筆を替えたかのように顕著な違いが見られる。また四〇〇字詰表面上質の原稿用紙を多く使用している。

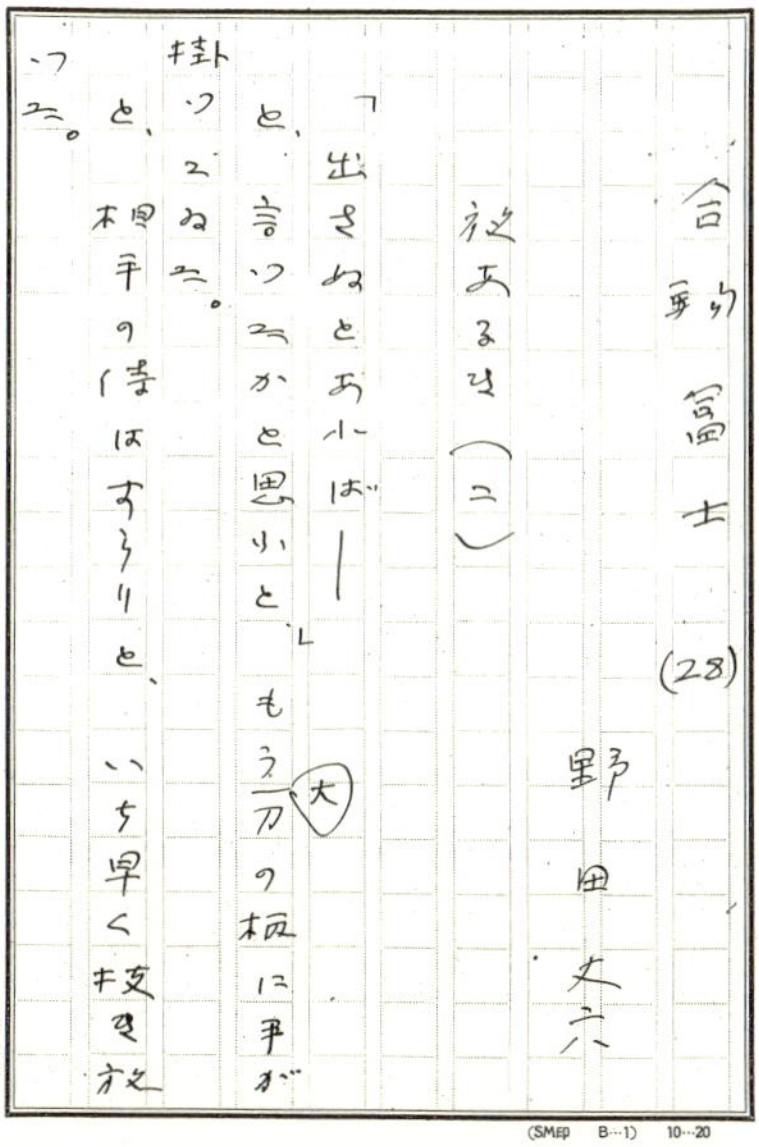

織田作之助の小説「合駒冨士」自筆草稿
〈大阪府立中之島図書館蔵〉

㈢戦後になると、筆跡は大きく崩れ、明らかにこの時代のものとわかるほど万年筆の文字が太い。

以上のことから、大雑把ではあるが織田作之助の残された草稿に則して、これからの考証に必要な最低限の時期区分、昭和一五年一〇月以前と以後、そして戦後の三つの時期の見分けは可能になる。そこでこれを前提にして、次に小説「見世物」の自筆原稿の執筆時期の鑑定に移る。

この「見世物」の自筆原稿については、現在、二ヶ所に所蔵が確認し得る。一つは『織田作之助文藝事典』（平４・７　和泉書院）で紹介されている関西大学総合図書館の「大阪文芸資料」中に所蔵されている完全稿二一枚（『全集』収録と同一内容）であり、もう一つは別の題がつけられているが、大阪府立中之島図書館の「織田文庫」にある草稿「ろくろ首」六枚である。

このうち関西大学の自筆原稿から鑑定をはじめると、この自筆稿に使用されている原稿用紙は四〇〇字詰、薄茶の罫、横に東京文房堂製と印刷されているもので、筆跡は一字一字が丁寧で細くて力強い。先に掲げた項目から判断すると、当然㈠に該当し、それ以外のものではありえない。そこでその根拠として年月の限定が必要であることから、昭和一〇年代の「織田文庫」の草稿をもとに逐一比較点検してみると、使用原稿用紙が一致し、筆跡も非常に近いものとして、小説「雨」とエッセイ「小説の芸」の二点を選びだすことができるので、これら現存する二タイトルの草稿について、具体的に紹介しておく。

㈠　小説「雨」の草稿。下記の六種類の草稿または草稿断片が現存。

A　四〇〇字詰、朱色の罫で原稿用紙の紙質が悪く文字のインクがにじむ、大型で盛文堂製のもの、八枚。四六（三枚）、四六（二枚）、五八、六一の通し番号あり。

B　二〇〇字詰、茶色の罫で、丸善製の原稿用紙を半分に切断したもの、九枚。書きつぶしのようなもの。

C　四〇〇字詰、薄茶色の罫で、原稿用紙に東京文房堂製と印刷のあるもの、三枚。一～三の通し番号あり。一枚目には「雨」の題と「織田作之助」の記名がある。（図版掲載）

D　四〇〇字詰、茶色の罫で丸善製。筆跡が別人のもの、三枚。題の部分が空白で、「織田作之助」の記名

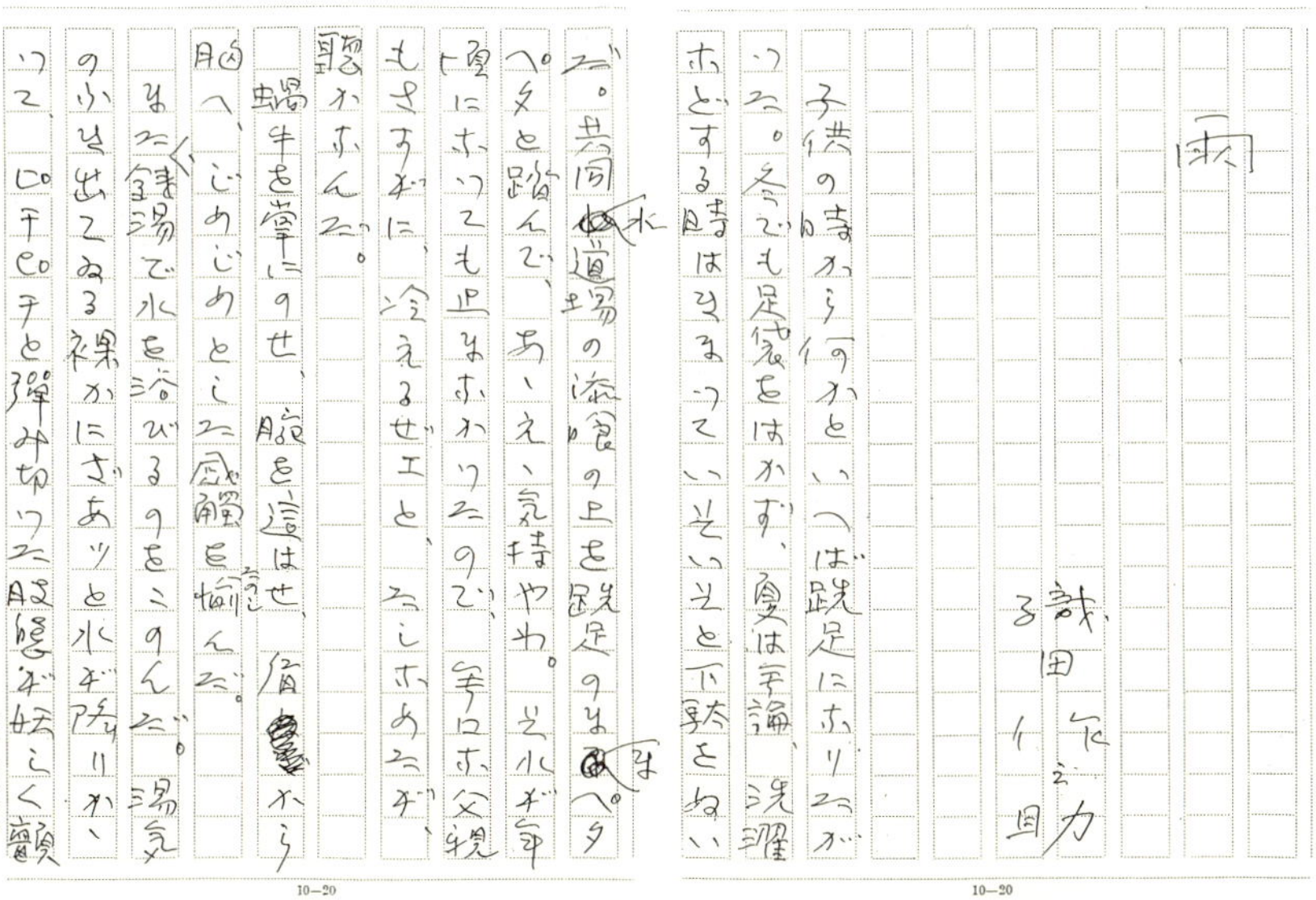

織田作之助の小説「雨」自筆草稿〈大阪府立中之島図書館蔵〉

の横に、「大阪府南河内郡野田村丈六」と付され、一、四、六の通し番号あり。

E　四〇〇字詰、茶色の罫で丸善製、鉛筆書きのもの、六枚。四〜九の通し番号あり。

F　四〇〇字詰、茶色の罫で丸善製、書きつぶしのようなもの、六枚。四、五、六、七のみ通し番号あり。

〔解説〕このうち筆跡、使用の原稿用紙ともに関西大学所蔵の自筆稿「見世物」と一致し、鑑定する上で特に重要なのは「C」である。この草稿の内容を点検すると、昭和一三年一一月に同人誌『海風』に掲載の初出ではなく、のち昭和一五年八月に創元社から発行の単行本『夫婦善哉』所載のものと一致し、直前に改稿されたと考えられるもの。したがって自筆稿「見世物」もこの時期の執筆と見るのが妥当である。また「A」についても昭和一五年八月に『週刊毎日』に掲載の「探し人」の草稿と筆跡、インク共に非常に近く、使用原稿用紙も盛文堂製で一致していることから、この時期のものであることが歴然としている。なお「D」については、ここで特筆するに当たらないが、別人の筆跡のものが混じっているので念のため調査してみたところ、織田〔宮田〕一枚の書き残した「家計簿」や「書簡」の右下がりの文字と一致するので、同居の彼女が転記したものと考えられる。

(二)　エッセイ「小説の芸」の草稿断片。一枚のみ現存。

四〇〇字詰、薄茶の罫で東京文房堂製のもの。四の通し番号あり。

〔解説〕昭和一五年五月、雑誌『士』〔未見〕に発表の草稿断片か。『全集』〔文泉堂版〕に所蔵の内容とは多少文面が異なるが、関西大学の自筆稿「見世物」とは原稿用紙が一致する。筆跡も近いが、些か小説「放浪」などのより初期の草稿の文字に近づく。

以上のことから、確認が可能になるのは下記のことである。関西大学所蔵の自筆稿「見世物」の執筆年代は、昭和一〇年代の他の時期の草稿には、使用原稿用紙や筆跡の一致するものが見当たらないことから、昭和一五年一〇月以前の、ごく限られた一時期のものということになる。

ところで年月についての推定はこれでよいとして、この「見世物」の自筆稿が、そののち戦後になってから雑誌『新世界』に掲載されるまでには、さらに次のことを補足しておく必要がある。

「見世物」の自筆稿に当たってみると、すぐ気のつくことであるが、織田はこの作品を雑誌に発表するに際して、明らかに崩れた太い筆跡の万年筆の文字で何ヶ所もの書き込みや、抹消を行っている。これは明らかに手持ちの自筆稿が気に入らないことから、自身の手で訂正増補したもので、具体例をあげれば、原稿の第一枚目の小説の題名「轆轤首」を二本線で抹消、横に「見世物」と改めたりしている。また自筆稿の最終部分の二一枚目には、「新世界編集部」と朱の角印が押されていて、これは新世界編集部の求めに応じて、掲載の意志を持って渡されたことがわかる。つまりこれらのことから結論としていえることは、雑誌『新世界』の創刊号に発表された小説「見世物」は、昭和一五年一〇月以前に一度完成していた作品を、発表する機会がなかったので、状況が一転した戦後になってから新たに自筆で訂正増補し発表したということになる。

三

一方、大阪府立中之島図書館の草稿についてはどうか。次にそれを紹介する。

ここに残るのは、「ろくろ首」と題された四〇〇字詰、紺色の罫の原稿用紙使用の自筆稿六枚で、筆跡は昭和一五年一〇月以後に書かれた草稿の文字と一致する、崩れた字体のものである。しかもこの草稿には、「野田丈

— 14 —

節約合戦

野田丈六

平井房人画

事の起りは、石山譲吉が坂井純太に、

「芝居がハネたら、どこぞで食事でもしまひよか。」

と言つた、——その言葉にはぢまる。

歌舞伎座の廊下である。

「え、そら良ろしいな。」

と、坂井純太が答へたのである。ところが、坂井純太はさう言つた途端に、彼の妻君、つまり坂井夫人に着物の袂を引張られたのだ。しかも、それだけでは済まなかつた。坂井夫人は坂井純太をぐいぐい廊下の端まで引つ張つて行つて、

「あんた、阿呆やな。」

いきなり、さう言つた。

「なんでやねん？」

「なんでやねんテ、そやおまへんか。なんで、あんたは石山さんに、そら良ろしいなテ答へはつたんです？　石山さんが何ぞ食べまひよか言やはつても、あんたは贅沢することちつともおまへんやないか？」

「無茶言ひな、僕かてお腹空いたら何ぞ食べたいやないか。」

「お腹空いたら、家へ帰つてから茶漬でも食べはつたらよろしおます。」

「可哀想なこと言ひな。幕の休みに芝居見物に来てるのやで。帰りにちよつと位美味いもん食べさしたりイな。」

しかし、坂井夫人は、

「今は非常時だす。」

身も蓋もなくなるやうな声でさう言つてから、こんどはにはかに声をひそめて、

「——ここでの話でつけどな。石山さん言ふお方は大の吝嗇漢でつしやろ。一諸に食事したら、勘定はきつとこつちに払はせる肚したはるに違ひおまへんぜ。第一、奥さんが、がつがつの節約屋はんでつさかい。」

坂井純太は眼をしよぼつかせて、

「そない言うたかて、お前、勘定はどうせこつちで持たなしよないがな。」

「なんでだんねん？」

「芝居の切符貰つてるやないか。今日の芝居は無料で見せて貰てるねん。その返礼に要らな不可ん義理がある。」

さう坂井純太が言ふと、坂井夫人は声をはげまして、

「何言ふてなはんねん。切符はあんた、招待券だつせ。石山さんがどこぞで貰ひはつた招待券でんがな。余分のがあつて捨てるのが惜しいよつて、私らに呉れはつたんでつせ。石山さんは無料の招待券で交際の義理済まそ思たはりまんねんで。そんなもん、いちいち勘定に入れんでもよろしい。……勘定払たらあきまへんで。石山さんに払はしなはれ。」

それがかなり大きな声だつたので、向うの長椅子に腰掛けてる石山夫婦に聴える位だつた。坂井純太は周章てて、

野田丈六（織田作之助）の小説「節約合戦」

（『大阪パック』２月特輯号、第36巻第３号）

〈大阪府立中之島図書館蔵〉


六」の筆名が付されている。——ということは、どういうことだろうか。

一つだけはっきりしているのは、織田がこの「野田丈六」の筆名を使うのは、生涯でごく限られた一時期のみであること（但し、俳号として使ったのは別である）、すなわち昭和一五年一〇月四日からはじめた『夕刊大阪』に掲載の時代小説「合駒富士」が最初で、以後は短篇小説「節約合戦」(2)（『大阪パック』昭

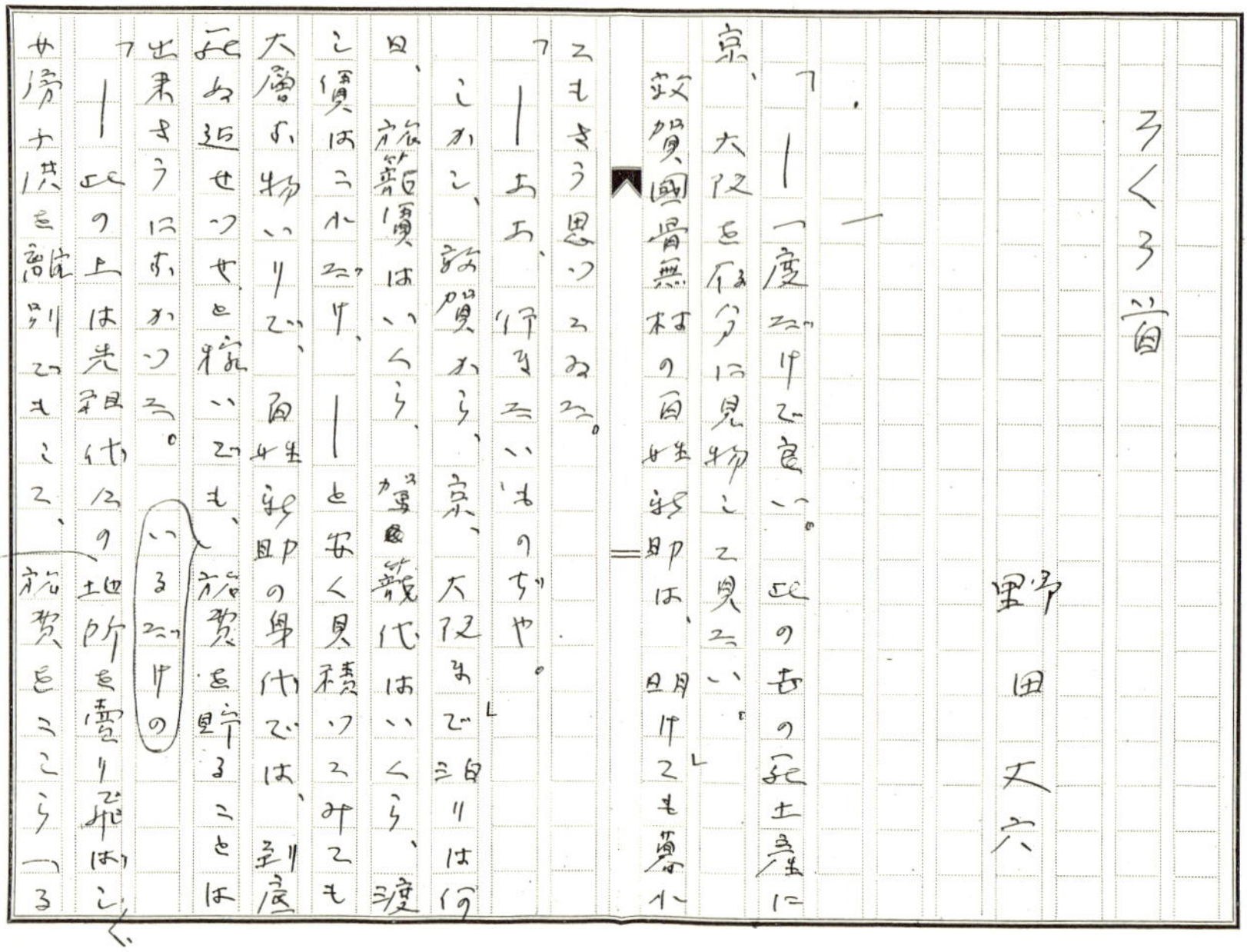

ろくろ首

野田丈六

一

「――一度だけで良い。此の世の死土産に京、大阪を存分に見物して見たい」

敦賀國骨無村の百姓新助は、明けても暮れてもそう思つてゐた。

「――ああ、行きたいものぢや」

しかし、敦賀から、京、大阪まで泊りは何日、旅籠賃はいくら、駕籠代はいくら、渡し賃はこれだけ、――と安く見積つてみても大層な物いりで、百姓新助の身代では、到底死ぬ迄せつせと稼いでも、いるだけの旅費を貯ることは出来さうになかつた。

「――此の上は先祖代々の地所を売り飛ばし、女房子供を離別してまでも、旅費をこしらへる

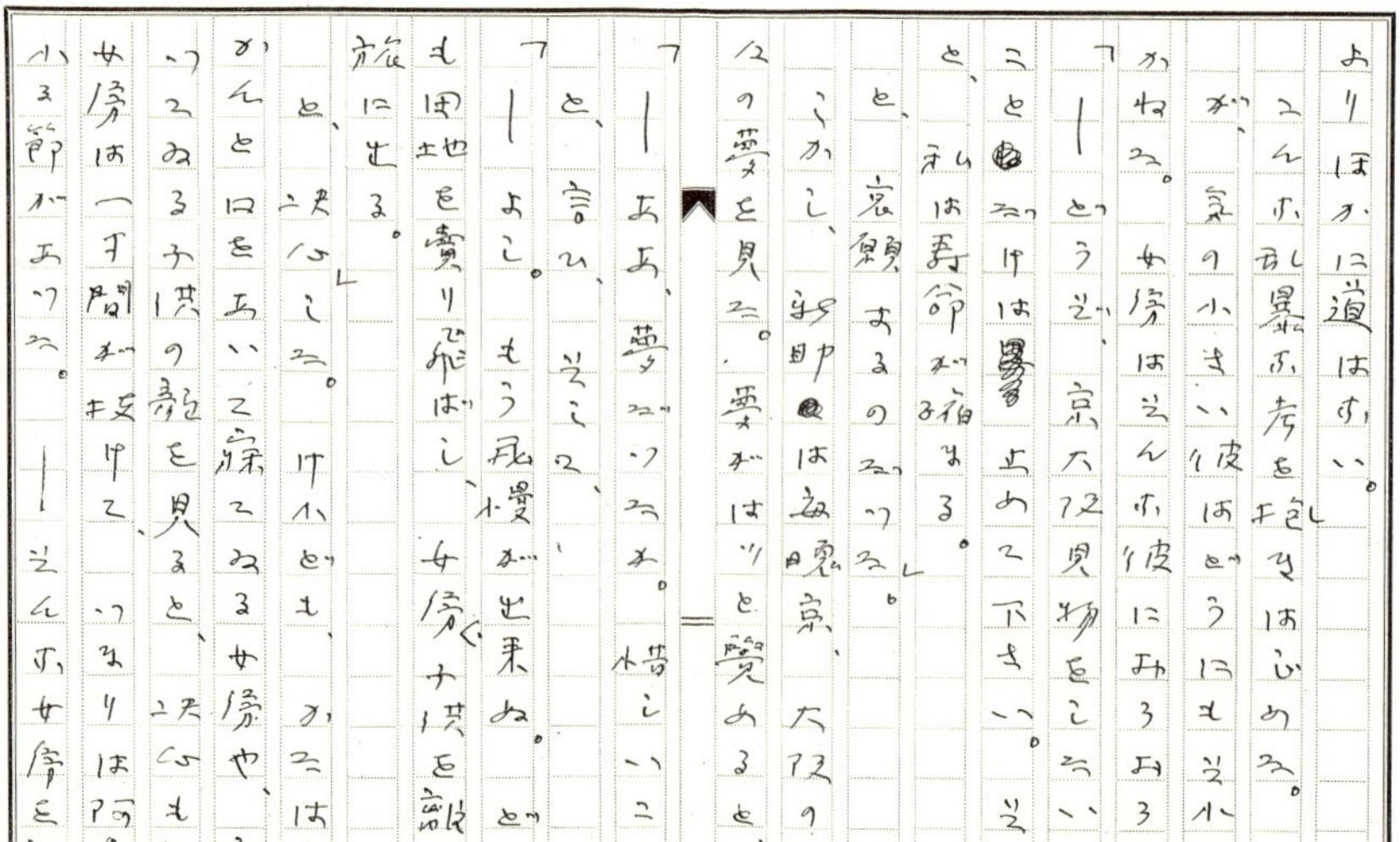

よりほかに道はない。」

こんな乱暴な考を抱きはじめた。

が、気の小さい彼はどうにもそれが実行しかねた。女房はそんな彼にみるみる心配さ

「――とうとう、京大阪見物をこしらへいと

ことだけは止めて下さい。それを聞く

と、私は寿命が縮まる。」

と、哀願するのだつた。

しかし、新助は毎晩京、大阪の見物が

その夢を見た。夢がはつと覚めると、

「――ああ、夢だつたか。惜しいことだつた」

と、言ひ、そして、

「――よし。もう我慢が出来ぬ。どうあつても田地を売り飛ばし、女房子供を離別して、旅に出る。」

と、決心した。けれども、かたはらで、ぽかんと口をあいて寝てゐる女房や、寝言を言つてゐる子供の顔を見ると、決心も鈍つた。

女房は一寸間が抜けて、つまりは阿呆と思はれる節があつた。――そんな女房を離縁す

野田丈六（織田作之助）「ろくろ首」自筆草稿〈大阪府立中之島図書館蔵〉

3

は、行く末の女房の身の上が案じられた。

中の鳴声をきくと、もう新助の決心は跡方もなく消えてしまった。が、要は捨てられなかった。

「ああ、行きたいものぢゃ。」

ところが、運のよいことには、村のお寺が勧進元の頼母子講の抽籤で、新助は一等の籤を引き、思はぬ大金が転り込んだ。

新助は宿願を果すことになった。

女房子供、縁者と水盃をし、村の人々に見送られて、京、大阪への旅に出た。

元禄四年十月のことである。

道中恙もなかった。

新助は無事に念願の京、大阪見物を済ませて、その年の十一月に故郷の骨無村へ帰った。

村の人々は祝宴を張って、彼の無事を祝し、且つ土産話を謹聴した。

宴は、骨無村には新助のほかに京、大阪を知ってゐる者はなかったのである。人々は新

みやげに、新助は村一番の話上手である。

4

助の話が佳境にはいって来ると、

「あ！　あ！」

と、感嘆した。

ある者は、はたと膝を打った。

皆々ぽかんと口をあいて、新助の顔を見守ってゐたのである。思ひがけなく、新助の顔はいくらか垢ぬけがしてゐたやうである。

「――ほんに、えらい事ぢゃった――」

さう冒頭《まくら》を振って、新助は次の様な話をしたのである。

彼は腰を抜かせたさうである。人々も驚いて、腰を抜かせたのであった。

二

――京見物を済ませ、さて大阪見物ぢゃ。

大阪といふところは、ほんにえらい所ぢゃ。

淀川を舟で下って、八軒屋に着いた。

さて、難波橋より西を見渡すと、数千軒の問屋が甍をならべ、白壁が雪の曙にも勝って

5

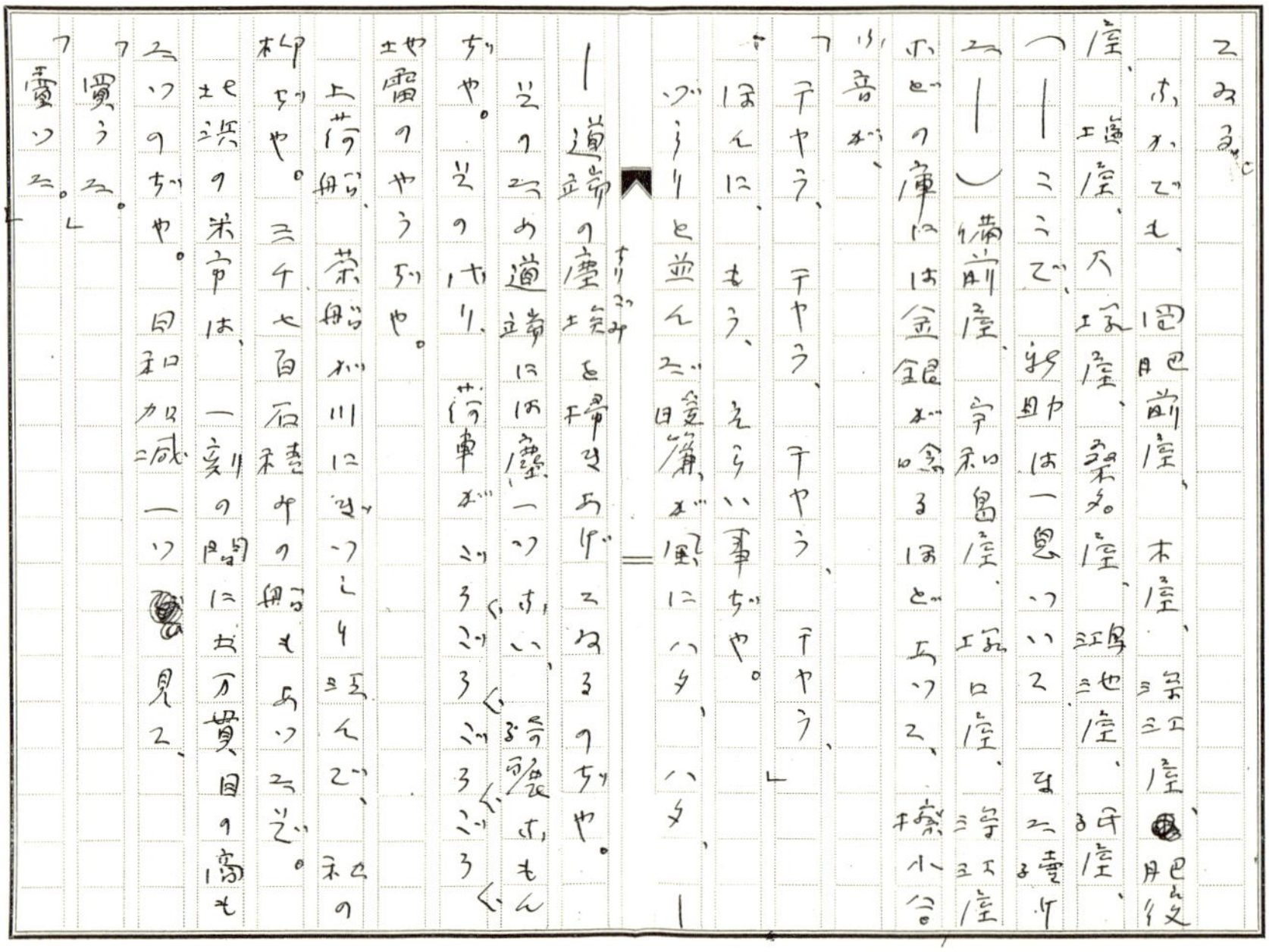

ころみる、
なんでも、国肥前屋、木屋、深江屋、肥後
屋、塩屋、大塚屋、桑名屋、鴻池屋、紙屋、
「――ここで新助は一息ついてまた続け
て――）備前屋、宇和島屋、塚口屋、淀屋
などの庫には金銀が唸るほどあって、摂小倉
り音が、
「チヤラ、チヤラ、チヤラ、チヤラ。」
ほんに、もう、えらい事ぢや。
――ざうりと並んだ鎧庇が風にハタ、ハタ、―
――道端の塵埃を掃きあげてゐるのぢや。
見ろこの道端には塵一つない。綺麗なもん
ぢや。見の代り、荷車がごろごろごろごろごろごろ
地雷のやうぢや。
上荷船、茶船が川に連なり並んで、私の
柳ぢや。三千七百石積みの船もあつたぞ。
北浜の米市は、一刻の間に大万貫目の高も
こつのぢや。日和加減一つ見て、
「買うて。」
「売つて。」

6

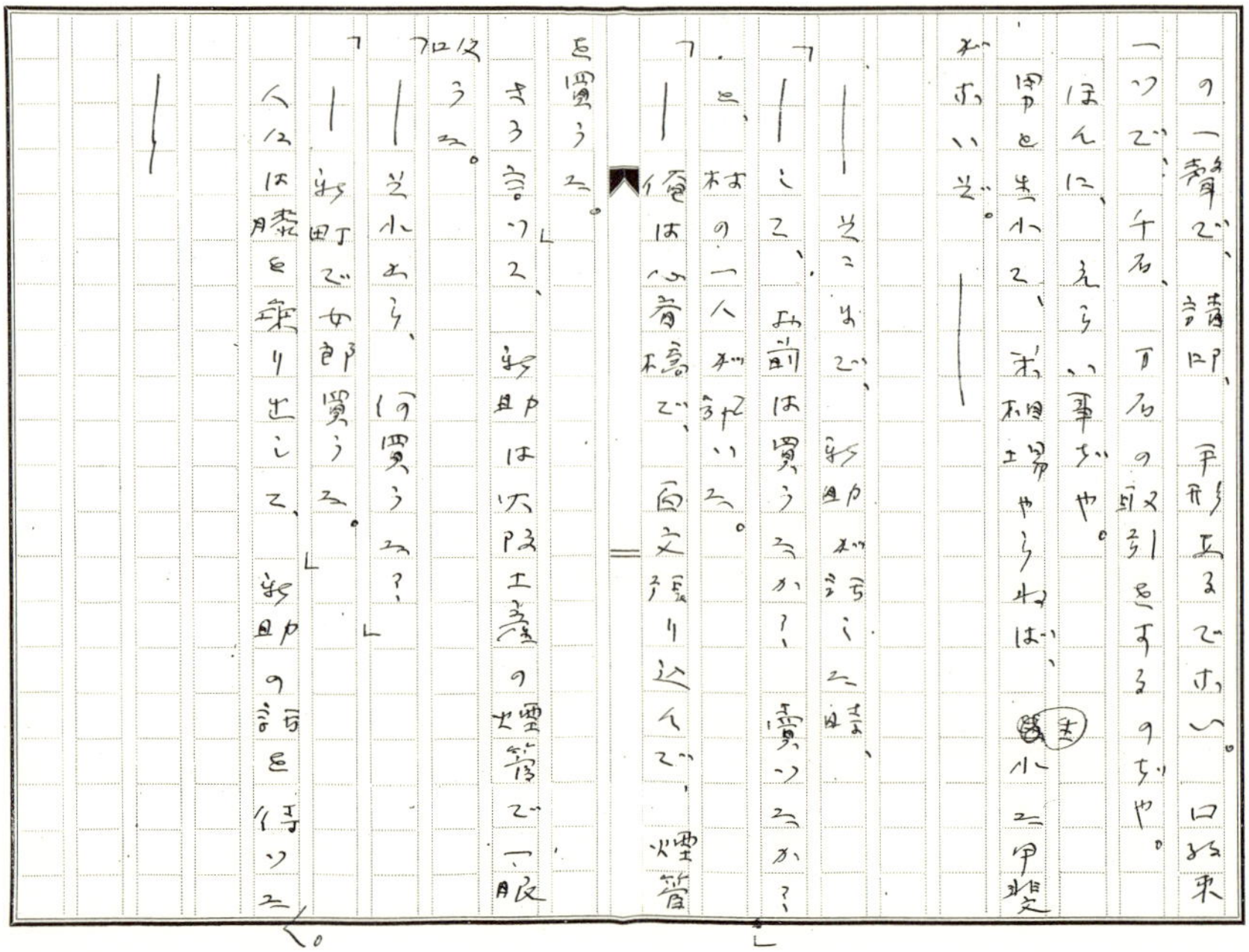

の一声で、請印、手形まるでない。口約束
一つで、千石、万石の取引をするのぢや。
ほんに、えらい事ぢや。
男と生れて、米相場やらねば、男と小さい甲斐
がないぞ。
――
――そこまで、新助が語る一時、
――とて、お前は買うてるか、売つてるか。」
と、村の一人が訊いた。
――俺は心斎橋で、百文張り込んで、煙管
を買うた。」
きろ言つて、新助は大阪土産の煙管で一服
うた。」
――見れあら、何買うた？」
――新町で女郎買うた。」
人々は膝を乗り出して、新助の話を待つた
――

16・2・1）の掲載の時と、単行本『合駒冨士』（昭17・7　実業日報社）の著者としてのみであり、その後は思想統制下の戦時中といえども一切使っていない。

それでは、なぜこの草稿「ろくろ首」に「野田丈六」名を記す必要があったのかということであるが、確実にいえることは次のようなことではないかと思う。まずこの草稿の執筆年月が「野田丈六」の筆名の使用から見て昭和一五年一〇月～一六年一月末頃までのごく短い期間内に限定し得ることから、当時の織田にはその直前の八月に発行した単行本『夫婦善哉』の中の「雨」の一部が風俗紊乱で削除警告を受けたり、「六白金星」（昭和一六年八月『文芸』に発表予定）が検閲で発表が許されなかったりしたショックと当惑があり、ちょうど『夕刊大阪』の「合駒冨士」連載時に社員であることを隠すために便宜上使っていた匿名を使い、この機会に風俗的にきわどい部分などは表現をかえて量的に増やしてみる構想があったのと、もう一つ、それでもなおこの厄介な時期に例え匿名を使用してでも、この作品を改稿のうえ発表する意志があったのではないかということである。じじつ織田は、中断したとはいえ、新たな稿では大阪の街の情景などさらに細かい描写を加え、小説「雨」の改稿で行ったと同様に地の文の無駄を省き、会話や心理描写を多くしてより長い小説に仕上げるべく試みている。しかしこのことについては、草稿自体が瞭然と物語るはずであるから、ここに全稿を掲載する。（二四〇～二四二頁図版掲載）

四

次にこれらのことを前提にして、小説「見世物」における西鶴の影響について検証を進めてみたい。

織田作之助が近世大坂の生んだ俳諧師・浮世草子作者、――織田流にいえば「リアリストの眼を持っていたが、書く手はリアリストのそれではなかった」（「西鶴の眼と手」『台北西鶴学会報』昭19・1）井原西鶴と決定的な出会いを持つのは、昭和一五年八月に発行の単行本『夫婦善哉』を『週刊朝日』の大久保恒次に献呈すると、「もう一冊もらって志賀直哉のもとへ持って行った。この男はもっと西鶴を読む方がいいよ、と直哉は感想をもらす。大久保はこれを作之助に伝えた。作之助ははっとした様子だった」（大谷晃一『生き愛し書いた』）ことからはじまる。これが転機となって、以後、織田は昭和一六年一月の雑誌『大阪パック』に現代語訳「西鶴物語集」(3)を発表したのを手はじめに、書きおろしの『西鶴新論』（昭17・7　修文館）を一応の成果として刊行するのと前後して、「世間胸算用」（『西日本』昭16・12〜17・3）、「西鶴物語」（『鉱山の友』昭17・8）と急速に現代語訳にのめり込んでいくことになる。

のち織田はこの頃の様子について、「西鶴を本当に読んだのは『夫婦善哉』を単行本にしてからである。私のスタイルが西鶴に似ている旨、その単行本を読んだある人に注意されて、（中略）意外かつ嬉しかった。その頃まだ『一代男』すら通読していなかった私は、あわてて西鶴を読みだし、スタンダールについでわが師と仰ぐべき作家であることを納得した」（「わが文学修業」『現代文学』昭18・3）と回想しているが、まさしく織田にとって西鶴の勉強とは、何より読むこと、現代語訳を試みることからはじめられたと見てよい。じじつ「昭和十六年師走」に発行の準備を整えていた〝あとがき〟のための草稿「作者ノート」(4)では、さらにこうも書き留めている。「私はいまライフワークの一つとして西鶴を研究している。まだ手をつけたばかりで、まず西鶴を読むことからはじめている。読むためには現代語に直してみるにしかずと思ひ、暇を見てそれをやっている」。

ところで織田は、一体に影響の受けやすい作家であることは周知の事実である。いや、こんないい方が悪ければ、自己投影の好きな作家といいなおしてもよい。そして、本人がこれだけのめり込んでいることを認めている西鶴であってみれば、作品全般のどこかに何らかの典拠をとどめていないわけがない。そのことはスタンダールと織田の作品との関係を見ただけでも一目瞭然である。

例えば二六歳の時まで純粋戯曲理論などを唱えていた織田が、「スタンダールの『赤と黒』を読んでいきなり小説を書き出し」（「わが文学修業」）て以来、「ジュリアンという人物は、青春期の私にとって新しい戦慄であった」（「ジュリアン・ソレル」）といい、「ジュリアンの青春を自分に擬したい」（同上）と思って、「雨」以後、毛利豹一という人物を通して、「二十歳」、「青春の逆説」などの作品で、「ジュリアンの爪の垢のような人物」（同上）を描き続けることになる。このスタンダールの影響はそれのみにはとどまらず、「異郷」の露国で侯爵家の令嬢ナターシャ（マチルドの分身かと思える）と恋に陥る淡路屋伝兵衛、「それでも私は行く」の先斗町のお茶屋の息子で三高生の梶鶴雄、掏摸のグループ青蛇団の一員で夜の世界にさ迷う「夜光虫」の豹吉、傷ついた自尊心を恢復するため女優の冴子を誘惑する「夜の構図」の須賀信吉、未完の「土曜夫人」に登場する天才的にダンスの巧い京吉、――とそのいずれもが「貧しく卑しい育ちでありながら、比類なき自尊心の強さと、精神の高貴さと、つねに自分意外の何ものをも頼らず、信ぜずギリギリ一杯に生きるという情熱」（「それでも私は行く」）の持ち主で、ジュリアン同様に野心家、美少年であり、「心に毎日嵐があり」、「自尊心を傷つけられると辛抱できぬ男」（「ジュリアン・ソレル」）として、生涯あきずに切ないまでに自己投影されている。

しかも、この「心に毎日嵐があり」、「自尊心を傷つけられると辛抱できぬ男」という台詞が曲者である。織田はそれを小説で展開するに当たって、物語の山場、山場でジュリアンがあのレナール夫人の手を握る場面と同様の舞台設定を好んで作意的に行う。その具体例として（ここでは作品論を展開するのが本意ではないが）、「二十歳」の最後の部分で、戎橋界隈のとあるカフェのような喫茶店で出会った「眉毛の細く描いた眼の細い女」から、

「あんたボタンがとれちゃっているわよ。」「恋人につけて貰いなさいよ。みっともないわよ。」といわれて急に我慢ならなくなり、自尊心の疼きから、「(よし、この女を恋人にしてやる)」「(百数えるうちに、この女の手をいきなり摑むのだぞ)」とだしぬけに決心する場面が登場する。これは明らかに木挽の倅ジュリアンが、ヴェール町長の家へ家庭教師に行き、家から数歩の菩提樹の下で夕涼みをするならわしになった時、「十時が鳴るちょうどその瞬間、今晩やるんだと一日中心に誓ってきたことをやってのけよう」(『赤と黒』桑原武夫、生島遼一共訳)と決意し、「十時の最後の一打がまだ鳴りひびいているとき、彼はつと手を伸ばして、レナール夫人の手をとった」(同上)と描かれているあの場面の、織田好みに俗化したミニ版である。

同様の展開は、「夜の構図」の中でも再び繰り返される。主人公の須賀信吉が、「舞台稽古で、冴子を始めて見た時信吉は傷つけられた自尊心を恢復させるために、冴子を誘惑しようと決心」し、ホテルの信吉の部屋で「二時以後ではだめだ」と「いきなり冴子の肩に手を掛ける」、「第十四章」のあの場面がそうである。

そこでこうした生涯で読み耽った作品の気に入った場面を、素早く自作で展開するという着想が、織田という作家の得意にした手法であるとするなら、スタンダールと同様にその生涯に決定的な影響を及ぼした西鶴の作品についても、例外ではありえないはずである。じじつこれについては、暉峻康隆氏の「織田もたびたび西鶴のテーマやプロットや描写を借用している。(中略)「雪の夜」は、「西鶴置土産」の中の一篇、「人には棒降むし同前におもはれ」のテーマを現代化したものであるし、(中略)「猿飛佐助」の第一章「火遁の巻」における信州新手村の年中行事の描写は、「世間胸算用」巻四の「闇の夜のわる口」を敷写したものである」(『織田作之助選集附録』第四巻「織田作之助と西鶴」)という早くからの指摘も見られる。

とするなら、小説「見世物」についても、西鶴の作品の影響というものを検証してみる必要があるし、このことにより「見世物」の執筆年代をさらに限定し得ることになるはずである。というのも残された筆跡、原稿用紙についていては、「二」で鑑定したように昭和一五年一〇月以前のものであることが確定的であるから、あとはこの作品に西鶴の影響が見受けられる典拠さえはっきりすれば、（なぜなら織田が西鶴の勉強を本気ではじめるのが昭和一五年八月以降のことであることから）、小説「見世物」はこの年の八〜一〇月の短い期間に執筆されたと断定し得ることになるからだ。

では小説「見世物」に、西鶴の影響はどのように見られるだろうか、具体的に典拠をあげてみる。

㈠　元禄大阪の町の情景描写について――

新町の九軒町の揚屋井筒屋（実在）などは、西鶴が好んで描いた場所であるが、それ以外に織田が西鶴の作品をふまえて描写している部分を比較しておく。

「日本永代蔵」巻一「浪風静に神通丸」より。――「惣じて北浜の米市は、日本第一の津なればこそ、一刻の間に、五万貫目のたてり商も有事なり。（中略）互に面を見しりたる人には、千石・万石の米をも売買せしに、両人手打て後は、少も是に相違なかりき。（中略）難波橋より西、見渡しの百景、数千軒の問丸、甍をならべ、白土、雪の曙をうばふ。（中略）上荷、茶船、かぎりもなく川浪に浮びしは、秋の柳にことならず。（中略）天秤二六時中の鐘にひびきまさって、其家の風、暖簾吹かへしぬ。商人あまた有が中の嶋に、岡・肥前屋・木屋・深江屋・肥後屋・塩屋・大塚屋・桑名屋・鴻池屋・紙屋・備前屋・宇和嶋屋・塚口屋・淀屋など、此所久しき分限にして、商売やめて多く人を過しぬ。」

小説「見世物」より。――「そこから北浜一帯を見渡せば屋根に白壁がずらりと並び、鴻池、肥前屋、肥後屋、備前屋、桑名屋、紙屋、木屋、塩屋、塚口屋など大金持をはじめとしてそこら一帯の商人の蔵には、金銀あわせて何れも何万貫、擦れ合う音チャラ、チャラ、カチンカチンと鳴り響く。屋号を染め抜いた大暖簾がこれも幾千本、風にはためくたび、道端の塵を掃ききよめて塵一つ落ちていない、（中略）川には千石船が何十、何百とひしめき合って身動きも出来ぬ。（中略）日和加減一つの売った買ったで瞬く間に何万石の米相場がたつ。何万石の商内であろうと、売った、買ったの声一つで済まし、証文一つ書くでなし」

草稿「ろくろ首」より。――「難波橋より西を見渡すと、数千軒の問屋が甍《いらか》をならべ、白壁が雪の曙にも勝っている。なかでも、岡肥前屋、木屋、深江屋、肥後屋、塩屋、大塚屋、桑名屋、鴻池屋、紙屋、（中略）備前屋、宇和島屋、塚口屋、深江屋などの庫には金銀が唸るほどあって、擦れ合う音が、「チャラ、チャラ、チャラ、チャラ」（中略）、づらりと並んだ暖簾が風にハタ、ハタ、――道端の塵埃《ちりごみ》を掃きあげているのぢや。（中略）上荷船、茶船が川にぎっしり泛んで、秋の柳ぢや。三千七百石積みの船もあったぞ。北浜の米市は、一刻の間に五万貫目の商もたつのじゃ。日和加減一つ見て、「買うた。」「売った。」の一声で、請印、手形あるでない。口約束一つで、千石、万石の取引きをするのぢや。」

㈡　ろくろ首の怪異談について――

「諸艶大鑑――好色二代男」巻二「百物語に恨が出る」の中に、新町九軒町の遊女が嫌な客を送りだして勤めをすませたあと、朋輩が集まって百話の怪異談遊びをはじめるが、その一つに次のものがある。――「けふ吉田屋の喜左衛門咄し、ききやったか。其女良の名はいわれぬ事、轆轤頸をぬけて、鼬堀のくづれ橋に出て、新うつぼ町の今津さまにま見へ、其の身は何の覚もなく、床の寝息のうるさく此女良やめぶんにあそばしける」

㈢　夜中に行燈の油をなめる話について――

「本朝二十不孝」巻三「当社の案内申程おかし」の中に、親に背いて嘘八百、口先上手でその日暮らしをしている男が、縁遠い女のところへ入聟し、生まれた子供が三歳になった時の因果話として、次の記述がある。
――「有よの禰覚に枕もと近き灯の、油土器を引傾け、酒のごとく、一滴も残さず呑ける。其後、ためしけるに、夜呑ざる事なし。是、かくれなく、あなたこなたに呑せ「前代、珍敷事」と、さたせざる所なし。」

(四)　見世物で金儲けを企てる話について――

この種の話は何ヶ所にもある。三ヶ所紹介しておく。

「世間胸算用」巻四の「長崎の餅柱」
「西鶴織留」巻一の「品玉とる種の松茸」
「西鶴名残の友」巻四の「見立物は天狗の凧」

以上を見てもわかるように、織田は小説「見世物」一作だけでも西鶴の作品から実に多くの形象模倣をなしている。が、だからといって作品自体が安易な盗作で終わっていないことは、織田の名誉のためにいっておかねばならない。これらは本質的に共感以上のものがあっての形象模倣である。のみならず昭和一六年一月の『大阪パック』に現代語訳「西鶴物語集」をはじめて発表する以前にも、これだけ多くのものを西鶴から摂取しているとすれば、短期間に実にスピーディーに西鶴の多くの作品に接していたということであり、驚嘆すべきである。のちの時代物への傾斜は、ここからはじまる。

五

最後にこの稿を締めくくるに当たって、結論めいたことを書くとするなら、小説「見世物」は、昭和一五年八月～一〇月のごく限定された期間に執筆されたものであり、のち織田自身が書き残した言葉を使えば、「現代文壇中、唯一人西鶴の伝統と匂を身につけた作家として織田作之助は若くして既に一家を成して」（「不詳草稿」）[5]いたという以外にはない。

織田の世界は、出発点から「若さがないというのが僕の逆説的な若さ」（「世相」）であったように、戦前・戦中を通じて「思想とか大系（ママ）とかいったものに不信」（同上）を抱き、スタンダールや西鶴の「何事も信じない人」（「西鶴新論」）としての不逞不逞しさを一人孤独に身につけることにより、逆に真の抵抗の姿勢を磨いていた、といまならいえそうである。

終戦後の織田は大きく変貌し、虚無よりの創造の可能性に賭けるが、それは西鶴とは無縁な存在としてではない。しかし二度と西鶴の作品に戻ることはなかった[6]。

注

（1）小説「見世物」では、「伏見の三石船」となっていて誤りである。正しくは「三十石船」。

（2）雑誌『大阪パック』に掲載の短篇小説「節約合戦」（野田丈六）については、未発掘資料であったので、『大阪読売新聞』の取材に応じ資料の提供を行った。詳しくは、平成四年七月一五日付「織田作之助　幻の短編見つかる」の記事を参照されたい。但し東京版は同一の内容ではない。

（3）これについては、拙稿「織田作之助の西鶴現代語訳についての覚書―新資料『西鶴物語集』の紹介―」（『大阪府立図書館紀要』第二八号）を参照されたい。

（4）この創作集の刊行は実現せずに終わる。「織田文庫」の草稿「作者ノート」によると、「目次」があり、「雪の夜 32 大人の童話 33 立志伝 63 秋深き 42 私設人事相談所 22 西鶴短篇集 50 作者のノート 8 合計二百五十枚」と計画されていて、それぞれの作品についての解説が、二〇〇字詰原稿用紙一五枚に書かれている。

（5）「織田文庫」には文庫目録の整理時点で、「不詳草稿」の類が五〇〇枚近くある。この草稿もその中の一枚。

（6）確かに戦後になってからも、昭和二二年六月五日発行の『双樹』クオタリー第一輯（大阪市東住吉区杭全町七四七 双樹社）に、織田の西鶴現代語訳として、「西鶴名作集（遺稿）」が発表されている。そして『全集』の青山光二「作品解題」によると、「著者の死後に発表されたこの雑誌は、そのちょうど一年ほど前に、『新星』（新星社発行）という誌名で予告広告の出されていた季刊誌と、内容がおなじである」が、「『新星』は発行されず一年後に『双樹』第一輯として世に出た模様で、（中略）それぞれの原稿は、昭和二十一年の春頃、執筆者の手許を離れていたと思われる」としるされているが、筆者はこれを終戦後になって新たに織田が訳出したとは考えていない。というのもここに収録の「二代目に破る扇の風」（『日本永代蔵』）は、すでに昭和一六年一月に「西鶴物語集」（『大阪パック』）の中の一篇として発表されたものであるし、「世界の借屋大将」（同上）は、昭和一七年八月の「西鶴物語」（『鉱山の友』）の中の一つ、「煎じやう常とは変る問薬」（同上）は、昭和一七年一二月発表のエッセイ「養生式と長者丸」（『健康文化』）で紹介されている。また「所は近江蚊屋女才覚」（『西鶴織留』）は「織田文庫」に草稿が現存し、筆跡は昭和一六年頃のもの。したがって終戦になって雑誌に発表するに際して、小説「見世物」と同様に手許の草稿に加筆などを行い、一つの題のもとにまとめたということはあっても、現代語訳の原文は「読むためには現代語に直してみるにしかずと思ひ、暇を見てそれをやっている」時期、つまり西鶴を読み耽っていた時期にできていたと見る方が正しい。

〈付記〉

本稿を執筆するに当たり、可能な限り草稿を調査し、実証性を重んじて論の展開をなした。しかし筆跡などは近い年代であれば、執筆者の気分などによりかなりの変化があることから、草稿「ろくろ首」と自筆稿「見世物」との執筆年代が逆に考えられるという異論があってもいい。その場合は、草稿「ろくろ首」の描写の方がより西鶴の原文に近いことや、改稿に当たって無駄を省略し作品を短くしたなど新たな説も立つが、ただそれでは匿名の使用時期と筆跡をめぐって、より多くの疑問が新たにまた生まれて来ることを付記する。

なお末筆になったが、関西大学総合図書館所蔵の自筆稿の閲覧に際し、同館の藤井収氏に労をおかけしたことを謝す。

参考文献

『生き愛し書いた—織田作之助伝—』大谷晃一（昭48・10　講談社）
『大阪府立中之島図書館織田文庫目録』同館編発行（昭53・10）
『資料織田作之助』関根和行（昭54・1　オリジン出版センター）

発表掲載誌一覧

Ⅰ

若き日の涙香、最初の活躍―『大坂日報』への投稿と『政事月報』の編纂―

〔初出〕伊藤秀雄　榊原貴教編『黒岩涙香の研究と書誌』（平13・6・20　ナダ出版センター）

浪華文学会の誕生と『桃谷小説』―西村天囚を中心に―

〔初出〕『大阪春秋』第一二七号（平19・7・1）

『桃谷小説』書誌解題

〔初出〕『大阪春秋』第一二七号（平19・7・1）

明治中期に於ける　大阪の文界と出版の動き

〔初出〕『大阪府立図書館紀要』第一〇号（昭49・3・30）

〔収録〕『ニーチェから日本近代文学へ』（昭56・4・20　幻想社）

Ⅱ

「老天」の新視界―角田浩々歌客と宮崎湖処子に於けるホーソーンの受容―

〔初出〕『翻訳と歴史』第一八号（平15・11・30）

わが国最初のチェーホフ文献と初期受容―角田浩々歌客の先駆的仕事を中心に―
〔初出〕『翻訳と歴史』第二四号（平16・11・30）
角田浩々歌客の未掲載稿「大阪の新聞紙と文学」と関西文学の状況
〔初出〕関西大学『国文学』第九三号（平21・3・10）
『角田浩々歌客 主要執筆稿集成』構想ノート
〔初出〕『大阪府立図書館紀要』第三九号（平22・3・31）

Ⅲ

二葉亭四迷と「大阪朝日新聞」
〔初出〕関西大学『国文学』第五三号（昭51・12・25）
〔収録〕『ニーチェから日本近代文学へ』（昭56・4・20 幻想社）
二葉亭四迷の『手帳』と『大阪朝日新聞』
〔初出〕関西大学『国文学』第五四号（昭52・9・25）
〔収録〕『ニーチェから日本近代文学へ』（昭56・4・20 幻想社）
〔追記〕二葉亭四迷と『大阪朝日新聞』
〔初出〕『二葉亭四迷全集月報』五（昭61・4 筑摩書房）

Ⅳ

藤澤桓夫蔵書始末

〔初出〕『CABIN』第五号（平15・3・31）
司馬遼太郎の出発―新世界新聞社の発行物はあった―
〔初出〕『CABIN』第八号（平18・3・31）
晩年の石上玄一郎と大阪
〔初出〕『甲蟲派』第五号（平27・7・27）
※「講演「図書館と作家」解説」の題で発表したものに、後半書きおろし加筆。

V

織田作之助の西鶴現代語訳についての覚書―新資料「西鶴物語集」の紹介―
〔初出〕『大阪府立図書館紀要』第二八号（平4・3・31）
西鶴没後三〇〇年忌・回顧と総括
〔初出〕『大阪府立図書館紀要』第三〇号（平6・3・31）
白崎禮三と瀬川健一郎―「織田文庫」蔵、作之助宛書簡をめぐって―
〔初出〕『大阪府立図書館紀要』第三七号（平20・3・31）
織田作之助の蔵書について
〔初出〕『無頼の文学』第八号（昭53・11・5）
織田作之助の小説「見世物」の成立―西鶴の影響史を探る―
〔初出〕『大阪府立図書館紀要』第二九号（平5・3・31）

「あとがき」にかえて

「あとがき」を書くことなど、余計なことだ、所詮は執筆した論稿がすべてを物語る、——といつも考えてきた。

だから、ただ一つのことを除いては、なにもしるしたくない。

ところでその「ただ一つのこと」と言い分けをしてまで、特にしるして置く必要にかられるのは、この機会にしるして置かなければ、恐らく生涯にわたるぼくの仕事の原点を理解していただけないと思うからだ。

その原点とは、次のようなことである。

ぼくの執筆論稿及び作成書誌など仕事の大半が、埋もれた文献・資料を重視し、その徹底的な原本調査に基づき、先行論稿に疑義を呈し、少なからず文献学的犯罪捜査になっているのは何によるのか、ということであるが、答えは単に調査・考証好きの資質によるものではなく、昭和二〇年三月一四日の未明の大阪大空襲の日に、B29から投下された焼夷弾の中を逃げ惑った生死にかかわる人生最初の壮烈な体験から始まっているということである。爾来、ぼくは世の大人達の一切の言動、既成の総ての価値、存在しうる事物の根拠について、信じる確信を喪失した。そして一方的に与えられた思想・

観念を受け入れることだけは断じて拒否し、眼に写るもの、この世界を構成している総てのものが虚偽であると疑うことから人生を出発しなければならなくなった。ゆえに、信じられるものは、自分と自分の眼、そして自ら体験した確信のみ。

かいつまんでいえば、日本は建国このかた、神の国であり、いくさには負けたことがない、と公言してはばからなかった世の指導者達の言動は嘘だったし、神風は吹かず、国土はまたたくまに爆弾と焼夷弾で荒廃し、敗戦が確定したにもかかわらず、あきらめきれず本土決戦だの、ただポツダム宣言を受諾しただけ、と言いはる輩のあさましさを至るところで見せつけられた。そして現実に存在した光景は、都市の焼野原の広がりと飢え。天皇陛下という言葉が発せられた途端に直立不動をしいられた、昨日までのことは一切が間違いでした、今日からは民主主義の世の中にかわりました、皆さん、男の子も女の子も平等ですよ、机と椅子をコの字型に並べて仲良くし、男女一緒になってグループで学習しましょう、証城寺の狸囃を英語で皆いっしょに唱いましょう、等々の先生の豹変ぶり。また毎朝先生が教室に現われると級長が号令をかけて起立し、正面の天皇の肖像の額に向かって「海ゆかば」を斉唱することも突如とりやめとなり、校門近くの中庭にあった菊の御紋入りの奉安殿はあっというまに取り壊されてしまった。

加えて、いまや「坊や大人になったら何になりたい」、「兵隊さん」と答えて有頂天になっていた世の空気は急に一変し、焼跡にはジープが走り、G・Iとパンパン、或るいはM・Pとオンリーが闊歩する時代に変わってしまった。

そうした幼少の頃の体験は、いま人生の終焉真近になっても大きく影を落としている。国民学校の低学年時代に体験した価値の転倒、生死を分ける社会の激動から受けた衝撃を生涯にわたって引き摺り続けてしまった。否、意地でも忘れるものかと固執することとした。

わが家の焼け跡起し見付けにし
ドロップ缶の銀貨を磨く
（第十三回契沖顕彰短歌大会受賞）

もしここにしるした事柄が耳障りであると思われるなら、所詮は老いた筆者の繰り言にすぎないと聞き流していただきたい。

最後に私事にわたるが、金婚式を迎えた今日まで、ぼくのニーチェから始まった文献蒐集、および研究生活を一言の不満も洩らさずに見守り続けてきた妻好江に、本書を捧げる。

なお、末筆になったが出版に際しては、浦西和彦氏をはじめ、たえず懇切に相談に応じて下さった和泉書院社長、廣橋研三氏と編集スタッフの皆様に大変お世話をおかけした。厚くお礼申し上げます。

☆

付記

本書に収録の二葉亭四迷の佚文「露国従軍記」「敵の誤解」の二篇は、すでに十川信介氏の「解題」つきで、筑摩書房刊『全集』第四巻に収録されている。また織田作之助の『大阪パック』掲載の匿名小説、「節約合戦」（野田丈六）は、平成四年七月一五日『夕刊読売新聞』に新発見の資料として掲載を見る。さらに角田浩々歌客のチェーホフの訳文「大椿事」「子守歌」については、榊原貴教氏が『翻訳と歴史』第二四号で、「新発掘されたチェーホフの翻訳」としてすでに紹介ずみである。

■著者略歴

高松敏男（たかまつ としお）

1937年２月、大阪市生まれ。関西大学卒業。元大阪府立中之島図書館郷土資料課長・大阪府史編集室長。

▼主な仕事

『ドストエフスキー論』（1972　日本ドストエフスキー協会資料センター）、『ニーチェから日本近代文学へ』（1981　幻想社）、『日本人のニーチェ研究譜』「ニーチェ全集別巻」（1982　白水社）［西尾幹二氏と共編］、『大阪府史５・６』（1985、1987）［黒羽兵治郎氏と共編］、『大阪府立中之島図書館九十年史』（1994）［編集責任担当］、『高松敏男書誌選集−ニーチェNietzsche−』（2011　金沢文圃閣）、『高松敏男書誌集Ⅱ−大阪関係書誌』（2013　金沢文圃閣）、その他『明治文学全集47』「黒岩涙香集」、『ニーチェ物語』、『日本近代文学大事典』、『無頼文学辞典』、『幽霊塔』（旺文社文庫）、『紙魚放光』、『大阪近代文学事典』、『黒岩涙香研究と書誌』、『ニーチェを知る事典』（ちくま学芸文庫）などに執筆。

近代文学研究叢刊　66

発掘追跡　大阪近代文学の興亡

二〇一八年二月二六日初版第一刷発行
（検印省略）

著者　高松敏男
発行者　廣橋研三
印刷・製本　亜細亜印刷
発行所　有限会社　和泉書院

大阪市天王寺区上之宮町七－六
〒五四三－〇〇三七
電話　〇六－六七七一－一四六七
振替　〇〇九七〇－八－一五〇四三

装訂　濱崎実幸

ISBN978-4-7576-0869-6　C3395

近代文学研究叢刊